Juna März

Die Sieben
oder
Warum die Welt dann doch nicht gerettet wurde

AF206572

七

Juna März

Die Sieben

oder

Warum die Welt dann doch nicht gerettet wurde

Roman

Bibliografische Information der Deutschen Nationalbibliothek
Die Deutsche Nationalbibliothek verzeichnet diese Publikation in der Deutschen
Nationalbibliografie; detaillierte bibliografische Daten sind im Internet
über http://dnb.dnb.de abrufbar.

©2017 Bettina Obrecht/Prophetenmühle Productions
Herstellung und Verlag
BoD-Books on Demand, Norderstedt
© Umschlagfoto: Werner Cee
©Umschlaggestaltung: Felix Obrecht

ISBN 978-3-74488826-4

預言

Die graue Welt fährt auf einem
defekten japanischen Fahrrad mit sieben Gängen
in den Abgrund.
Sieben sind die Bremse.
Die Sechs fällt aus dem Siebengestirn
Die Fünf schlägt mit weicher Faust
Die Vier schlägt nur die Saiten,
die Drei zaudert und zweifelt, verschlossen,
die Zwei steigt riesenhaft aus dem Grab
die Eins eint sie in ihrer Kugel
Die schöne Sieben ist leicht zu durchschauen.
Alle sieben könnten das Rad auf Kurs bringen.

Aus „Tausend Weissagungen aus dem Altertum"

Erst jetzt, viele Jahrhunderte nach dem Untergang der Erde, hat es sich in den benachbarten Galaxien herumgesprochen, dass der blaue Planet beinahe im letzten Moment gerettet worden wäre. Jene, die selbst an diesem Rettungsmanöver beteiligt waren, haben offenbar nicht gerne über ihr Scheitern gesprochen und so ist dieses letzte Kapitel der Erde, ja, ist der Planet selbst, in Vergessenheit geraten.

Man muss sich darüber im Klaren sein, dass der Untergang der Erde auf das übrige Universum nicht die geringsten Auswirkungen hatte. Die meisten Bewohner unseres Weltraums haben bis heute nie von diesem kleinen, unbedeutenden Planeten gehört. Nur noch wir spezialisierten Historiker befassen uns mit dem Schicksal untergegangener Zivilisationen. Mein Professor, der als Kind ein Buch über die Milchstraße besaß und damals aus irgendeinem Grund eine besondere Zuneigung zu dieser fernen, blaugrün schimmernden Kugel namens Erde fasste, bat mich jedoch, die Auswertung einiger Dateien, die ihm zufällig in die Hände gefallen waren, für ihn zu übernehmen.

Diese Aufzeichnungen wurden in Form eines uns bislang unbekannten, flugfähigen Datenträgers von einem unserer Raumkreuzer aufgegriffen. Um es genauer zu sagen, das Objekt war mit dem Kreuzer kollidiert, hatte sich in einer seiner Landeklappen verklemmt und ihn beinahe zum Absturz gebracht. Was bei der Reparatur zunächst für ganz gewöhnlichen Weltraumschrott gehalten worden war, entpuppte sich bei näherer Analyse als Datenträger, der aus der Milchstraße stammte und dort vor einer unbekannten Zahl von Jahren ins All abgefeuert worden sein muss.

Unbekannt ist nach wie vor auch der Autor. Fachkreise schließen jedoch aus, dass eine der an den Ereignissen beteiligten Personen persönlich den Text verfasste. Unserer Theorie zufolge hat seinerzeit schon kurz nach dem Untergang der Erde ein Historiker alle Beteiligten befragt und aus ihren Einzelinformationen die Gesamtgeschichte zusammengefügt. Seine Schilderungen legen nahe, dass er sich ausführlich mit den einzelnen handelnden Personen beschäftigt und auch detailliert über die Erde und ihren für uns exotischen Schauplätze recherchiert hat. Möglicherweise ist der Text sogar in direkter Zusammenarbeit mit den Erdflüchtlingen entstanden. Anzumerken ist auch, dass er bedauerlicherweise eher unsachlich/ unwissenschaftlich formuliert ist. Der Verdacht liegt nahe, dass der Autor mit seinem Werk dichterische Ambitionen verfolgte. Offenbar hat ihn die Literaturszene aber nicht zur Kenntnis genommen, denn die Schrift ist, soweit uns bekannt, in keine der gängigen Sprachen des Universums übersetzt worden.

Unsere Veröffentlichung stellt den Versuch dar, die Aufzeichnungen in zeitgemäßer, verständlicher Sprache für ein breiteres Publikum lesbar zu machen. Wie bei allen von der Erde erhaltenen Informationen muss der Fachmann hier allerdings Abstriche machen, was den wissenschaftlichen Gehalt angeht. Der Text ist recht unterhaltsam und bietet immerhin einen interessanten Einblick in die Situation auf der Erde kurz vor ihrem Untergang.

Ich habe mich entschlossen, der eigentlichen Geschichte eine Auflistung der Hauptpersonen voranzustellen, um eventuelle Verwirrungen und Verwechslungen auszuschließen. Vielen Lesern fällt es heute schwer, die fremden, veralteten Namen auseinanderzuhalten.

Die Sieben:

1. Mme Helena, eigentlich Birgit, von Beruf Hellseherin, mittleren Alters und aufgrund einer Weissagung mit der Aufgabe betraut, sechs weitere Personen zu finden, die mit ihr gemeinsam die Erde vor dem Untergang bewahren könnten.

2. Carl Theodor, ein junger, groß gewachsener Mann, Geist eines Langen Gardisten aus dem Regiment Friedrich Wilhelm des Ersten.

3. Mario, genialer junger Physiker, dem eine rasche Karriere in der Rüstungsindustrie vorbestimmt war, der sich aber vor diesem Schicksal in eine psychiatrische Anstalt retten konnte.

4. Cindy, eine junge, mittelmäßig erfolgreiche Rocksängerin und Liedermacherin.

5. Leonardo, Bewohner des Planeten Schlamm, der mit seinem Raumschiff auf der Erde notlanden musste.

6. Ronan ehemalige „die Faust", jetzt „die ausgestreckte Hand"; Serienheld, der sich aus seiner Abhängigkeit von einem Drehbuchautor und damit vom reinen Bildschirmdasein befreien konnte.

7. N.N. wird gesucht.

Außerdem:

Professor Haderzwerg, Koryphäe der Wissenschaft, bekannt durch sein Standardwerk "Die Widerlegung von fast allem."

Nils, sein Assistent und Spion.

Karol, sein ehemaliger Assistent und jetzt Bewohner derselben psychiatrischen Anstalt wie Mario.

Dr. Wimpel, führender Kopf im Bereich Wettermanipulation/meteorologischen Kriegsführung, enger Freund von Professor Haderzwerg.

Ein alkoholabhängiger Drehbuchautor

Ein einsamer, alleinstehender Lehrer aus dem dritten Stock

Ein USiF (Abk. f. Unsichtbarer Freund). Die Mitnahme eines USiF bei längeren Reisen war seinerzeit von der Raumfahrtbehörde des Planeten Schlamm vorgeschrieben)

sowie

Charles, Cindys alter Schäferhund.

Ein Flugzeug durchkreuzte das weißlich-graue Gewebe des Himmels. Es zog einen Streifen hinter sich her, dessen blasses Grau sich noch einige Minuten lang graduell von der Farbe der bereits vorhandenen Wolkenschicht abhob, um allmählich doch mit ihr zu verschmelzen. Nahe der verschleierten Sonne schimmerte heimlich ein metallisch-regenbogenfarbener Halo. Ein Wetterromantiker fotografierte diesen sofort und reihte ihn in seine Galerie von Himmelserscheinungen ein, die im Internet längst keiner mehr anklickte.

Der Wetterromantiker war der einzige unter sieben Milliarden Menschen, der an diesem Tag überhaupt in den Himmel sah. Alle anderen hatten ihren Blick jeweils auf den vor ihnen fahrenden Wagen, auf kleine und größere Bildschirme, auf halb leere Teller, auf attraktive körperliche Merkmale von Mitmenschen und Hunden oder ganz ins Leere gerichtet. Die anderen hielten ihre Augen geschlossen.

Der Wetterromantiker war trotz seiner Einsamkeit glücklich und zufrieden, hatte nichts Ungewöhnliches bemerkt und ist daher für diese Geschichte nicht weiter von Bedeutung. Dass man ihm im Nachhinein Vorwürfe gemacht hat, ist allerdings nicht auszuschließen.

Die Welt musste nämlich gerettet werden. Die Zeit drängte.

Mit den Menschen passierte etwas.

Das Geschehen war schon seit einiger Zeit im Gange. Es erschien zuerst schleichend, doch beschleunigte es sich zusehends.

Die Menschen gingen völlig normal ins Bett und standen völlig verrückt wieder auf.

Oder sie standen normal auf und gingen verrückt ins Bett.

Sie versuchten, im Bett nicht zu träumen und tagsüber erst recht nicht.

Sie sahen niemals in den Himmel, denn sie gingen selbstverständlich davon aus, wenigstens da oben sei alles in Ordnung.

Die Menschen öffneten ihre Münder, aber es kamen schon lange keine Wörter aus Fleisch und Blut heraus, sondern nur noch Plastikwörter in immer gleichen Farben und Formaten.

Die Plastikwörter sammelte ein hoch subventioniertes Recyclingunternehmen gegen Gebühr ein, schredderte sie und machte Dämmmaterial daraus.

Manchmal verkaufte es den Müll auch hoch subventioniert nach China, wo man Sportmode daraus fertigte.

Die Erinnerungen der Menschen wurden sofort gefriergetrocknet und in den Kellern anthropologischer Museen zum Konservieren von Moorleichen verwendet.

Die Menschen hielten alles für normal, und wenn sie es einmal in der Woche nicht für normal hielten, gingen sie schnell joggen.

Alte Menschen, die sich hartnäckig erinnerten, wurden in heiße Länder geschickt, wo die Sonne ihr Gedächtnis in rasender Geschwindigkeit zersetzte.

Und wohl bezahlte Institutionen und Wissenschaftler arbeiteten emsig daran, lästige Erinnerungen an andere Zeiten in schriftlicher, bildlicher oder auch nur gedanklicher Form aus der Welt zu tilgen.

Einer dieser Wissenschaftler war ein gewisser Professor Haderzwerg, von dem noch die Rede sein wird.

七

Cindy war Rockmusikerin und zog ihren Vorteil aus der Tatsache, dass es mit der Welt nicht zum Besten stand.

Über Banalitäten wie etwa das Wetter schrieb sie keine Songs. Das Wetter hatte für sie keine Rollen zu spielen. Sie wäre sehr überrascht gewesen, wenn man sie darauf aufmerksam gemacht hätte, dass sie an sonnigen Tagen die besten Lieder schrieb, das Wetter ihre Arbeit also doch beeinflusste.

Sonnige Tage waren sehr selten, aber nicht ausgeschlossen. Dass auch Lieder über das schlechte Wetter dringend nötig gewesen wären und möglicherweise sogar zur Abwendung des Untergangs hätten beitragen können, ahnte sie nicht.

Heute war es in ihrem Loft ein bisschen heller als sonst. Dennoch fröstelte Cindy auf ihrem Sperrmüllsofa. Sie umklammerte die Steinguttasse in ihren Händen, aber die wärmte nicht mehr. Der Kaffee darin war längst abgekühlt. Ihr Kopf fühlte sich an wie mit Watte ausgestopft. Nicht dem geringsten Gedanken gelang es, diese Masse zu durchdringen und an einer Stelle in ihrem Gehirn anzudocken, die zu einem weiteren Gedanken hätte führen können.

Cindy konnte diesen Zustand, in den sie immer häufiger geriet, gar nicht leiden.

„Ich glaube, die mischen uns was ins Trinkwasser", sagt sie zu Charles, ihrem alten, grauen Schäferhund. „Oder sie beschießen uns mit irgendwelchen Wellen, die unsere Gedanken beeinflussen. So was gibt es."

Charles sah sie glücklich an, denn solange sie mit ihm sprach, war seine behaglich enge Welt in Ordnung.

Cindy klopfte auf das Polster neben ihr, aber Charles war zu steif, um aufs Sofa zu springen. Er legte nur seine Schnauze platt auf Cindys Knie und wedelte mit dem Schwanz. Der Hund hatte ein langes, nicht immer einfaches Leben als Gefährte einer begeisterten Musikerin hinter sich, das nun dank seiner fortschreitenden Schwerhörigkeit allmählich etwas leichter wurde.

Cindy fühlte sich leer. Sie erhob sich und ging zum Fenster. Da war nichts. Sie ging zum Anrufbeantworter, aber da war nichts. Sie checkte ihre Mails. Nichts. Sie ging zum Kühlschrank und fand einen Becher Schokopudding. Innerhalb weniger Sekunden hatte sie ihn leergelöffelt. Wehmütig betrachtete sie ihren alten Hund, der ganz entgegen seiner früheren Gewohnheiten von ihrem Gang zum Kühlschrank nicht einmal Notiz genommen hatte. Er hatte seine Schnauze jetzt auf dem Sofa liegen und war offenbar im Stehen eingeschlafen.

Cindy war sechsundzwanzig Jahre alt und nicht so glücklich wie geplant, obwohl sie ihr Studium abgebrochen, ihr WG-Zimmer bei den ordentlichen Kommilitoninnen aufgegeben und sich von ihrem Freund, der sich mit geradezu grauenerregender Konsequenz auf ein gesetztes Leben zwischen vier unverrückbaren Wänden vorbereitet hatte, getrennt und sich daraufhin auch mit ihren Eltern überworfen hatte. Nun lebte sie das chaotische Leben, von dem sie immer geträumt hatte, aber es fühlte sich leer an. Nur an den Abenden, in denen sie mit ihrer Band in irgendeinem Club auftreten konnte, war die Welt für zwei Stunden in Ordnung.

Cindy griff nach ihrer Gitarre. Charles verschob seine Schnauze auf dem Sofa so weit, dass er sie gramvoll ansehen konnte. Aber Cindy stöpselte das Kabel nicht ein, strich die leise vibrierenden Saiten sanft und lauschte ihrer inneren Musik. Nur diese Musik konnte ihr den Weg zeigen. Sie wartete auf eine Eingebung, aber nichts geschah.

Das muss das Ende der Welt, dachte sie. Aber das war natürlich übertrieben.

Es war noch nicht ganz so weit.

Vielleicht hätte Mme Helena sich niemals mit den nachhaltigen Veränderungen der Welt beschäftigt, wenn ihr nicht das Buch der Weissagungen in die Hände gefallen wäre. Eigentlich hatte sie im Internet auf einen Titel aus der Lektüreliste ihres Fernkurses geboten (*Tausendundeine Weissagung – Modernes Hellsehen*). Als das Buch ankam, stellte sie verärgert fest, dass man ihr irrtümlicherweise den Titel „Tausend Weissagungen aus dem Altertum" geschickt hatte.

Sie schlug das Buch auf und las sich sofort fest. Die enthaltenen Weissagungen gefielen ihr so gut, dass sie sich spontan vornahm, das Buch zu behalten und eine Prophezeiung nach der anderen auswendig zu lernen. Sie klangen ehrlich angestaubt, so etwas gefiel ihrer Kundschaft.

Mme Helena lernte jeden Tag eine Weissagung auswendig.

Und schon nach etwa fünfundsiebzig Seiten stieß sie auf die Weissagung, die ihr Leben veränderte.

Sie ging mit dem Buch in der Hand auf und ab. Schauer überliefen sie, während sie diese eine Weissagung immer und immer wieder durchlas.

Es gab keinen Zweifel, dass sich die Worte ganz direkt und persönlich an sie richteten.

Die graue Welt fährt auf einem
defekten japanischen Fahrrad mit sieben Gängen
in den Abgrund.
Sieben sind die Bremse.
Die Sechs fällt aus dem Siebengestirn
Die Fünf schlägt mit weicher Faust
Die Vier schlägt nur die Saiten,
die Drei zaudert und zweifelt, verschlossen,
die Zwei steigt riesenhaft aus dem Grab
die Eins eint sie in ihrer Kugel
Die schöne Sieben ist leicht zu durchschauen.
Alle sieben könnten das Rad auf Kurs bringen.

七

An dieser Stelle habe ich lange gefeilt, die Lösung ist noch nicht ganz zufriedenstellend. Das „Fahrrad" ist eine Erfindung, die aus der Zeit Ende des zweiten Jahrtausends der irdischen Zeitrechnung stammt. Der Begriff „altertümlich" weist jedoch auf einen wesentlich älteren Ursprung der Weissagung hin, also eine Zeit, in der das Fahrrad noch nicht erfunden war und man überwiegend die Hilfe von Tieren in Anspruch nahm, um sich fortbewegen zu können. Mme Helena hätte dieser logische Fehler auffallen müssen. Möglicherweise handelt es sich schon beim ursprünglichen Text in ihrem Buch der Weissagungen um eine mangelhafte Übersetzung, die aber ohnehin symbolisch zu verstehen ist und von Mme Helena auch in diesem Sinne verstanden wurde.

七

Cindy spürte etwas wie Musik. Ihr Herz klopfte wild. Und das jetzt, wo sie gerade im Discounter an der Kasse stand und das abgewetzte schwarze Förderband ihre bescheidenen Einkäufe unaufhaltsam vorwärts schob. Diese Musik von irgendwoher durchdrang sie wie eine Welle und verlieh ihr für den Bruchteil einer Sekunde die absolute Sicherheit, dass ihr Weg der einzig richtige sei und sie an ein großartiges Ziel führen würde, ein Ziel, dessen Konturen sie gerade eben vage erahnen konnte ...

Die Kassiererin zog Milchpackung, Butter und Schokoriegel durch, ohne Cindy anzusehen. Sie musterte die Avocado einen Moment lang ausdruckslos und rührte sich nicht mehr.

„Avocado", murmelte Cindy.

Die Verkäuferin verzog immer noch keine Miene, aber sie tippte eine Nummer ein und ließ die grüne Frucht zu den anderen Einkäufen rollen. Cindy bezahlte, steckte Avocado, Schokoriegel und Butter in die Jackentaschen und griff nach der Milchpackung. Dabei bemühte sie sich, nichts von all dem zu sehen, was sie umgab. Sie wollte dieser inneren Musik nachlauschen. Es war ihre Schicksalsmusik.

Wenn es ihr gelang, den Ursprung dieser Musik zu finden, würde sie jene Tür finden, hinter der all das lag, was sie schon ihr Leben lang vermisste. Es war allerdings noch unklar, ob es ihr dann auch gelingen würde, diese besagte Tür zu öffnen, oder ob sie einfach davor stehen bleiben musste.

Cindys Fahrrad hatte einen platten Hinterreifen.

Bei diesem Anblick verebbten die letzten leisen Schwingungent.

„Scheiße!", sagte Cindy aus vollem Herzen, und das bezog sich weniger auf den platten Reifen als auf die vertriebene Musik.

Sie klemmte Milch und Schokoriegel auf den Gepäckträger und kettete ihr Fahrrad los.

Es lag etwas in der Luft, damit tröstete sie sich, während sie das Rad in Richtung Industriehalle schob. Die Musik war ihr entwischt, dieses eine Mal jedenfalls, aber sie würde wiederkehren. Cindy erwartete sie dringend, und ihre Band verließ sich ganz auf die Eingebungen ihrer Frontfrau. Ihre Texte beflügelten die Musiker, ihre Gitarrenriffs trieben sie vorwärts und ihr Grinsen nahm kleinen aus zwischenmenschlicher Rivalität geborenen Reibereien die Schärfe.

Sie war jemand!

Nur leider war sie jemand, den außerhalb ihrer Band niemand so richtig beachtete.

Als sie anhielt, um Atem zu schöpfen, fiel ihr Blick auf die Werbetafel eines Sushi-Restaurants.

Ihr wurde bewusst, dass sie noch nie im Leben rohen Fisch gegessen hatte. Ihr sesshafter Ex-Freund hatte sich zu solcherlei kulinarischen Experimenten nicht hinreißen lassen, obwohl alle seine künftigen Kollegen untereinander längst die Adressen der besten Sushi-Bars in der Stadt austauschten.

Ob Sushi nun spießig war, cool oder gewagt: Cindy beschloss in diesem Moment, dass es an der Zeit sei, etwas Neues auszuprobieren. Sie ließ ihr Fahrrad stehen, ohne es abzuschließen, denn nicht einmal den skrupellosen Fahrraddieben dieser Stadt traute sie zu, freiwillig ein plattes Fahrrad wegzuschieben.

Über der Theke der Sushi-Bar hing ein großes Plakat.

Wer das Glück hat, etwas zu essen, das er nie zuvor gegessen hat, wird 75 Tage länger leben, war in pseudo-asiatisch gepinselten goldenen Buchstaben darauf zu lesen.

Während Cindy noch rätselte, ob es sich hierbei um ein altes japanisches Sprichwort oder nur die zeitgenössische Empfehlung eines Ernährungsexperten handelte, fuhren bunte, appetitliche Häppchen auf einem Laufband, ähnlich dem Kassenband des Discounters, an ihr vorüber.

Sie bereute ihre spontane Entscheidung durchaus nicht beim Essen, sondern erst an der Kasse und kurz darauf noch einmal, als sie ihr Fahrrad mit leerem Gepäckträger vorfand.

Milch und Schokoriegel waren verschwunden.

Japan, Fahrrad und Kristallkugel: Die Hinweise auf Mme Helena waren eindeutig. Es konnte kein Zufall sein, dass sie das falsche Buch ersteigert hatte. Dieses Ereignis folgte nur vollkommen logisch auf allerlei periodisch wiederkehrende Umwälzungen in ihrem Leben.

Früher einmal hatte sie Birgit geheißen. Sie hieß immer noch Birgit, wenn sie einmal in der Woche bei ihrem Vater anrief, der in der Nähe von Malaga eine kleine weiße Box mit Klimaanlage bewohnte. Sie hieß Birgit, wenn offizielle Schreiben von der Stadtverwaltung eintrafen und sie hätte Birgit geheißen, hätte sie jemals ein Klassentreffen besucht, was sie nicht tat.

Jene Birgit auf dem alten Klassenfoto war unscheinbar.

Mme Helena dagegen war eine Erscheinung.

Birgit konnte sehr ordentliche Geschäftsbriefe in japanischer Sprache verfassen und ein Fahrrad mit sieben Gängen zerlegen und wieder zusammenschrauben.

Birgit konnte die Kostenrechnung für ein mittelständisches Unternehmen erstellen und genau angeben, wann und warum welche Mitarbeiter entlassen werden mussten.

Birgit war intelligent und hatte keine Minute ihres Lebens an Hellseherei geglaubt.

Sie hätte lange Zeit jedem Unternehmen geraten, Mitarbeiter, die an Hellseherei glaubten, fristlos zu entlassen.

Sie hätte dabei sogar angemessene Gewissensbisse gehabt.

Birgit hangelte sich anhand von Fernkursen durchs Leben. Zunächst belegte sie „Japanische Geschäftskorrespondenz", danach „Fahrradmechanik leicht gemacht" und schließlich den beliebten Kurs: „Unternehmensberatung für Frauen – Charmant, eiskalt, erfolgreich".

Immer, wenn sie auf diese Weise Kompetenz erworben und diese im Berufsleben angewandt hatte, war sie eine Weile zufrieden mit sich gewesen, bis ihre Tätigkeit sie dann erneut langweilte oder ihre Vorgesetzten in ihrer Achtung unrettbar gesunken waren.

Nach dem dritten Kurs verdiente sie gut und verachtete die Unternehmer, die ihr solche absurden Summen bezahlten, noch tiefer als jeden ihrer früheren Vorgesetzten.

Sie wurde zunehmend unruhig.

Sie flog zu ihrem Vater und versuchte, ihren Kopf vor der Klimaanlage der kleinen weißen Box bei Malaga zu kühlen. Aber ihr Vater wusste genau, was die Tochter in ihrem Leben alles falsch gemacht hatte. So reiste sie vorzeitig wieder ab.

Am Flughafen von Malaga begegnete ihr eine bunte Zigeunerin, die nach ihrer Hand fasste und ihr eine grauenvolle Zukunft daraus las. Birgit gab ihr Kleingeld und glaubte natürlich kein Wort, denn sie verließ sich grundsätzlich nur auf ihr eigenes Urteil. Sie flog nach Hause, zog die durchgeschwitzte weiße Birgit-Bluse aus, schrieb sich beim Fernkurs „Wahrsagen und Hellsehen in vierzig Stunden" ein und nannte sich von diesem Tag an *Mme Helena*.

Nach Abschluss dieser vierten Ausbildung verdiente sie mehr Geld als in ihren Zeiten als Unternehmensberaterin, Fahrradmonteurin und Japanisch-Korrespondentin zusammengenommen.

Sie betrachtete ihre eigene Hand und sagte sich eine rosige Zukunft voraus.

Das machte sie wieder eine Weile zufrieden.

Sie putzte einmal am Tag ihre Kristallkugel mit Spiritus und Himbeergeist und roch daran wie an einer seltenen Blume.

Sie nähte ihre Kostüme selber, weil das Kaufhaus der Stadt für ihr neues Leben keine Kollektion vorgesehen hatte.

Sie besuchte ihren Vater nicht mehr, aus Angst, der Hellseherin vom Flughafen wieder zu begegnen und von ihr durchschaut zu werden.

Ihr Vater besuchte sie seinerseits auch nicht, weil er sich vor eisglatten Bürgersteigen in Deutschland fürchtete. Im Deutschen Pensionistengolfclub prahlte er jedoch mit seiner Tochter, die – wie er glaubte – immer noch erfolgreich japanische Firmen beriet. Damit machte er sich keine Freunde, denn die eine Hälfte der Clubmitglieder hatte keine Kinder, die andere Hälfte konnte die Japaner nicht leiden.

Also redete er wieder wie alle anderen über die bedrohliche Wasserknappheit und die hässlichen Plastikfolien über den andalusischen Tomatenfeldern und darüber, dass spanische Haushaltshilfen die Spiegeleier grundsätzlich durch den exzessiven Gebrauch von Olivenöl verdarben.

Mme Helena absolvierte inzwischen ohne Wissen ihres Vaters auch noch einen Aufbaukurs und versuchte, sich einen Traummann vorauszusagen. Es gelang ihr nicht.

Der Lehrer aus dem dritten Stock kam häufig, obwohl er nichts über seine Zukunft wissen wollte. Er wollte überhaupt nichts wissen, denn als Lehrer wusste er natürlich schon alles. Er wollte Mme Helena in die Augen sehen und mit ihr Wein trinken und von seinem Leben erzählen, das er hauptsächlich in den Schulferien führte. Manchmal durfte er das, denn Mme Helena war einsam.

Noch war sie einsam, aber sie wusste bereits, dass die Weissagung sie in nicht allzu ferner Zeit mit sechs sehr unterschiedlichen Wesen verbinden würde.

Als der Zwirbelantrieb seines Raumschiffs direkt über dem Planeten Erde ausfiel, war Leonardo zunächst nicht sonderlich beunruhigt.

Er hatte seit Erwerb seines Raumgleiterführerscheins schon mehrere Notlandungen auf unbekannten Planeten unbeschadet überstanden. In der Regel waren die Bewohner gastfreundlich, bewirteten ihn mit lokalen Spezialitäten und lauschten gebannt seinen Berichten aus fernen Teilen des Universums, die sie vermutlich nie zu Gesicht bekommen würden. Leonardo war manchmal ein bisschen peinlich berührt von der Rückständigkeit der Kulturen, die er auf diese Weise kennen lernte. Es konnte sogar vorkommen, dass Kinder an seinen blauen Antennen zupften, um zu prüfen, ob diese echt seien – das waren sie natürlich nicht, aber sie waren recht stabil befestigt. Egal, wo er landete, allein durch diese beiden Antennen, die wie blaue Fühler vor seiner Stirn baumelten, unterschied er sich von den jeweiligen Bewohnern, denn sein Raummorphingsystem passte sein Erscheinungsbild beim Betreten jedes Planeten sofort jenem der vor Ort schädlichsten und daher eindeutig mächtigsten Lebensform an. Nur um glaubhaft machen zu können, dass er von einem anderen Planeten stammte, musste er sich die blauen Antennen anstecken. Er kam sich damit albern vor, aber Vorschrift war Vorschrift.

Abgesehen von solchen Unannehmlichkeiten hatte Leonardo noch nie schlechte Erfahrungen mit der Urbevölkerung fremder Planeten gemacht. Und so nahm er auch diesmal dankbar zur Kenntnis, dass seine intelligente Pannen-Verzögerungsautomatik den Komplettausfall des Zwirbeltriebwerks so lange hinausgeschoben hatte, bis er die Umlaufbahn eines recht akzeptabel aussehenden Planeten erreichte.

„Na dann", sagte er zu seinem Unsichtbaren Freund, dessen Begleitung auf jeder intergalaktischen Reise seit zwei Jahrhunderten Pflicht war, und schaltete die Notlandeautomatik ein.

Leonardo war ebenso hochintelligent wie jeder auf seinem Heimatplaneten Schlamm – abgesehen natürlich von jenen, die ihn regierten. In einem ruhigeren Moment wäre ihm sofort klar geworden, dass die Notlandung auf der Erde kein Zufall sein konnte.

Schuld war allein sein Vorname.

Seine Eltern hatten ihm nämlich nach dem einzigen Erdenbewohner getauft, dem es jemals gelungen war, mit dem Planeten Schlamm Kontakt aufzunehmen. Jener *Mensch*, der sich Leonardo nannte, hatte ein paar dürftige Sätze in einer seltsam gestelzten Sprache geschickt. Die Bewohner des Planeten Schlamm hatten nicht verstanden, was er damit sagen wollte, doch sie hatten „Leonardos" Bemühungen wohlwollend zur Kenntnis genommen. Die Schlammbewohner litten seit Generationen an einer Sinnkrise und erhofften sie sich von primitiven Zivilisationen ferner Planeten neue mythische Erkenntnisse über das Dasein und den Ursprung des Universums. Ja, es gab seinerzeit einen regelrechten Boom um diesen Leonardo, seine merkwürdigen Sätze wurden auf Poster gedruckt, Imbisse servierten Erdenfrikadellen und Erdentorte, und eine ganze Anzahl von Kindern aller Geschlechter erhielten seinen exotischen Namen.

Jener irdische Leonardo hatte die Schlammbewohner natürlich ebenso enttäuscht wie alle Außerschlammischen vorher: Er hüllte sich nach seiner ersten Botschaft in hartnäckiges Schweigen und geriet allmählich in Vergessenheit. Manch ein Schlammbewohner vermutete, dass die Erdbewohner inzwischen ausgestorben seien. Zahlreiche Wissenschaftler hatten diesen Sachverhalt sogar schon eindeutig bewiesen, während andere ebenso eindeutig nachgewiesen hatte, die Erdbewohner hätten inzwischen eine so hohe Entwicklungsstufe erreicht, dass sie sich mit so niedrigen Lebensformen wie den Schlammbewohnern nicht mehr verständigen konnten. Sowohl diese letztere Gruppe von Wissenschaftlern, die momentan überwiegend in Gefängnissen lebte, wie auch die erstere forderten seit Jahrhunderten Geld für eine Erdexpedition, um diesen drängenden Streitfall zu klären. Obwohl die Mittel bewilligt wurden, flog niemals ein Wissenschaftler in Richtung Erde: Die einen durften nicht, weil sie im Gefängnis saßen, während die anderen kollektiv unter Flugangst litten.

Leonardos Eltern sprachen nicht oft über seinen Namenspaten. Sie taten einfach so, als sei „Leonardo" ein genauso alltäglicher Name wie Lila-Leberfleck-am-rechten-Oberschenkel oder Wenn-die-brüllt-wackeln-die-Wände. Leonardo ließ sich nicht täuschen. Er beneidete seine Spielkameraden um ihre schlichten Namen und wollte von seinem eigenen Namenspaten gar nichts wissen. Und so war es ihm nie in den Sinn gekommen, auf der Sternenkarte nach der genauen Position jenes verstummten Planeten mit dem absurden Namen „Erde" zu suchen, auf dem er nun gleich notlanden würde.

Kurz vor der Notlandung dachte er nur: „Hoffentlich gibt es da etwas Anständiges zu essen."

Der erste Bewohner der Erde, der das notgelandete Raumschiff entdeckte, ließ sofort die Rollläden herunter. Der zweite tat dasselbe, und der dritte hätte es gern getan, besaß aber in seinem billigen Fertighaus keine Rollläden. Aus diesem Grund legte er sich hastig ins Bett und schloss die Augen, obwohl die Sonne noch recht hoch am Himmel stand.

Im Inneren des Raumschiffs war Leonardo noch damit beschäftigt, seinen Unsichtbaren Freund zu suchen, der bei Notlandungen leicht in die Ritzen zwischen den Geräten rutschte und vor Schreck darüber hinaus noch eine ganze Weile stumm war.

„Komm raus. Du weißt, dass ich dich brauche", knurrte Leonardo.

Es war nämlich streng verboten, fremde Planeten ohne den Unsichtbaren Freund zu betreten.

Als er den UsiF endlich aufspürte, drückte er ihm die vorgeschriebene Fahne des Planeten Schlamm in die Hand. Er selbst steckte die üblichen Gastgeschenke ein: Eine Flasche blaugrünen Grumpf für den Herrn des Hauses, für die Dame eine Packung jenes Konfekts, das der Zwirbelantrieb auf langweiligen Flugabschnitten selbständig herstellte, und für die Kinder einige der kleinen durchsichtigen Würfel, in denen Schlammschnecken lebten. Diese unterhaltsamen Tiere brachen in Chorgesang aus, wenn man sie alle gleichzeitig in kochendes Wasser warf, und das funktionierte bis zu fünfmal. Nach dem fünften Mal waren die Schnecken allerdings heiser und man musste sie wieder zehn Jahre lang liegen lassen. Manchmal, wenn er sich im Weltraum einsam fühlte und der Unsichtbare Freund schlecht gelaunt war, spielte Leonardo selbst mit seinen Schlammschnecken, daher konnte er sich jetzt nicht sicher sein, dass sie noch alle funktionierten.

Leonardo schaltete das Raummorphingsystem ein, betrachtete sein neues, an die Erdbewohner angepasstes Aussehen im Spiegel und musste schallend lachen. Er befühlte sein Gesicht, seine Ohren und seine Haare. Der Unsichtbare Freund kicherte verhalten hinter seinem Rücken. Als Unsichtbarer brauchte er sich niemals umzumorphen.

Es hatte eben auch gewisse Vorteile, unsichtbar zu sein.

Als Leonardo und sein UsiF das Raumschiff verließen, lag die Siedlung vollkommen verlassen vor ihnen. Leonardo sah sich um, zuckte mit den Schultern, nahm dem UsiF die Fahne ab und rammte sie in den kleinen, mit Brettern eingefassten Sandhaufen zu seiner Linken, der so wirkte, als sei er nur zu diesem Zweck angelegt worden. Dann setzte er sich vorsichtig auf einen merkwürdigen Schemel, der unpraktischerweise nicht auf dem Boden stand, sondern mit zwei langen, schwingenden Ketten an einem Metallgestänge festgemacht war, und dachte nach.

Der ganze Planet wirkte nicht so, als ob man hier gerade auf ihn gewartet hätte.

Aber der Schein trog.

„Das ist er!"

Mme Helena atmete tief ein und wieder aus. Sie beugte sich dichter über die Glaskugel, aber ihre feuchte Atemluft schlug sich am Glas nieder. Sie richtete sich auf, sprühte Glasreiniger auf die Kugel und wischte. Dann beugte sie sich erneut vor. Nun war die menschenähnliche Gestalt mit den blauen Antennen an der Stirn deutlich zu erkennen. Die Antennen wippten rhythmisch, denn der Außerirdische saß auf einer Kinderschaukel. Er sah aus, als warte er auf etwas. Ab und zu redete er mit sich selbst.

„Ist der echt?", fragte der lange Geist, der neben ihr stand, misstrauisch. „Ich glaube ja nicht an Außerirdische."

Mme Helena runzelte die Stirn. Sie selbst glaubte nicht an Geister und musste trotzdem seit einigen Wochen mit diesem hier zurechtkommen. Manchmal ärgerten sie seine skeptischen Fragen. Aber man musste ihm zugute halten, dass er aufgrund seiner Lebenszeit im neunzehnten Jahrhundert ein außerirdisches Raumschiff nur mit Mühe von einem irdischen Flugzeug unterscheiden konnte.

„Du siehst doch, dass das kein Mensch ist", sagte sie geduldig. „Hast du schon einmal einen Menschen mit Antennen gesehen?"

„Aber sonst sieht er genau wie ein Mensch aus", brummelte er.

„Du ja auch", sagte Mme Helena spitz. "Irgendwie. Genau genommen."

„Das ist etwas Anderes." Der Geist richtete sich zu seiner vollen, eindrucksvollen Größe auf. „Ich war immerhin schon mal einer. Ein Mensch, meine ich."

„Ich weiß, ich weiß", murmelte Mme Helena.

„Außerdem", stichelte der Geist, „hast du gesagt, er ist groß wie ein Baum, von rot glühendem Feuerschein umgeben und er landet mit einem goldenen, geflügelten Schiff…"

„Nun, so hab ich mir das eben vorgestellt." Mme Helena tippte mit der Fingerspitze gegen das Glas. Ihre Fingernägel waren in Mondsilber lackiert, auf jedem Nagel prangte ein indigoblaues Sternzeichen. Für Wassermann und Steinbock war leider kein Platz gewesen. „Er sieht in Wirklichkeit anders aus. Aber er ist es trotzdem."

Sie war unschlüssig, wie sie sich verhalten sollte.

Mit einem Geliebten, der sich fürs Kino begeisterte, hatte sie vor Jahren unter anderem *Mars Attacks* gesehen und *Independence Day* gesehen. So empfand sie Außerirdischen gegenüber eine gewisse Vorsicht.

Aber nein, wie konnte sie zweifeln? Die Weissagung war eindeutig formuliert! Die Worte hatten angekündigt, dass ein Wesen von einem anderen Planeten auf der Erde landen würde. Bei der Gestalt in der Kristallkugel handelte es sich also zweifelsfrei um einen der sechs Verschworenen, die Mme Helena zusammentrommeln sollte, um gemeinsam mit ihnen die Welt zu retten.

Der Geist ließ sich ächzend in einen roten Plüschsessel sinken. Die Knochen taten ihm genauso weh wie zu Lebzeiten, was er als Schikane empfand. Schon vor seinem Tod hatten sie ihm ständige Pein bereitet, obwohl er jung gestorben war, und die Ursache dafür lag in seiner gewaltigen Körpergröße.

Die Pfaffen hatten gerne gepredigt, der Tod sei die Erlösung. Carl Theodor hatte ihnen nie so recht getraut. Leider konnte er nicht zurückkehren und ihnen sagen, was er von ihren Falschinformationen hielt.

„Ich muss den anderen Bescheid sagen", murmelte Mme Helena. Sie wandte sich zu Carl Theodor um. „Oder soll ich noch abwarten?"

Es war ungewohnt und schön, jemanden um Rat fragen zu können. Der Lehrer aus dem dritten Stock wurde gern um Rat gefragt, redete dann aber lieber über etwas anderes. Der Geist seinerseits besaß zwar nicht viel Lebenserfahrung, hatte aber seit seinem Tod über vieles nachgedacht.

„Und wenn die Wachen dieses Wesen festnehmen?", fragte er zurück.

Mme Helena runzelte die Stirn.

Bei der Armee dienten sicher viele kinobegeisterte Offiziere und Rekruten, die im Zuge ihrer Ausbildung ebenfalls *Mars Attacks*, *Independence Day* und ähnliche Filme gesehen hatten.

Es war nicht auszuschließen, dass sie den Außerirdischen in Stücke reißen würden, bevor es Mme Helena gelungen war, auch nur einen Gedanken mit ihm auszutauschen.

Dann fiel ihr noch etwas Schlimmeres ein.

„O Gott – hoffentlich hat noch keiner das Fernsehen gerufen!"

„Oder die Wache…", wiederholte der Geist hartnäckig, denn er hatte zu einer Zeit gelebt, in der noch kein Mensch das Grauen des Medienzeitalters hatte erahnen können. Daher hielt er eine Abteilung uniformierter Staatsdiener immer noch für die gefährlichste aller Institutionen.

Es bereitete Carl Theodor außerdem große Schwierigkeiten, den Unterschied zwischen dem Fernsehgerät und Mme Helenas Kristallkugel zu verstehen. Mme Helena versuchte immer wieder geduldig, ihm klar zu machen, dass die Kristallkugel die Wahrheit zeigte, die Bilder im Fernsehen dagegen reine Erfindung seien. Aber der Geist glaubte von Zeit zu Zeit noch immer das, was er in den Nachrichten sah. Verständlicherweise war es schwer für ihn, sich in einer Gegenwart zurechtzufinden, in der man nicht einmal dem Priester die Wahrheit sagen musste.

Weder der Geist noch Mme Helena konnten ahnen, dass die Gefahr diesmal nicht bei den Wachen und nicht bei den Medien lag, sondern in den Laboren der bis dato noch nicht einmal gefürchteten, da in den Medien kaum präsenten und daher vollkommen unbekannten Wissenschaftler namens Haderzwerg und Wimpel. Aber dazu später.

„Ich melde mich gleich bei den anderen." Mme Helena ließ sich auf ihre rote Couch sinken und legte sich die Handflächen an die Stirn. „Vielleicht finden wir gemeinsam heraus, wo genau er gelandet ist."

„Zeigt dir das deine Kristallkugel etwa nicht?" Der Geist verkniff sich ein Gähnen.

Mme Helena schloss die Augen. „Hoffentlich erreiche ich sie", murmelte sie.

„Wenn es mit der Gedankenübertragung nicht klappt, kannst du es ja mit dem Telefon versuchen", riet der Geist, der das Telefon für die genialste Erfindung der Neuzeit hielt und es sehr bedauerte, dass man noch nicht in der Vergangenheit anrufen konnte.

Darauf antwortete Mme Helena nicht mehr. Sie wartete auf die erste Verbindung.

七

Mario zuckte zusammen, als Madame Helena in seinen Gedanken erschien, denn er hatte gerade nicht mit ihr gerechnet. Er rechnete seit langer Zeit nicht mehr damit, dass ihn jemand kontaktieren würde, und er behielt überwiegend Recht, vor allem, seit er in der Institution lebte. Wohl war er ein Leben lang Pessimist gewesen, aber hier verstand sich Pessimismus endlich von selbst und keiner nahm den Insassen ihre schlechte Laune übel. Von Madame Helena hatte er nun so lange nichts mehr gehört, dass er inzwischen ebensowenig an sie glaubte wie seine Ärzte, die merkwürdigerweise trotzdem immer alles über sie wissen wollten.

Weil der Kontakt so überraschend kam, musste Mario eine Weile mit sich kämpfen, bis er antwortete. Madame Helena trommelte bereits ungeduldig mit den Fingernägeln auf ihrer Kristallkugel herum, und dieses Geräusch, das ganz klar und deutlich bei ihm ankam, fand Mario unerträglich. Es erinnerte ihn an ... an irgendetwas Grauenvolles. Eigentlich erinnerten ihn alle Geräusche an irgendetwas Grauenvolles, deswegen vermied er es nach Möglichkeit, sein schallgedämmtes Zimmer zu verlassen.

„Er ist da!", rief Madame Helena jetzt ungeduldig.

Mario konnte ungeduldige Menschen nicht aushalten. Es deprimierte ihn, dass sie es eilig hatten, wo doch sowieso alles, was sie anpackten, zwangsläufig schlecht enden würde: Egal, wie sie hetzten und zappelten und plapperten, letztendlich würden sie alle irgendwann sterben.

Madame Helena klopfte nun mit dem Knöchel gegen die Kristallkugel. Es fühlte sich an, als poche sie gegen Marios Schädelknochen.

„Es ist soweit! Er ist gelandet!"

„Wer?"

„Nummer Sechs. Na komm, du weißt schon. Er ist die Nummer sechs."

„Es müssen aber doch sieben sein. Die Sieben fehlt ja immer noch", beschwerte sich Mario und rieb sich müde die Stirn. „Was nützt uns da eine Sechs, wenn die Sieben fehlt?"

„Ohne Sechs keine Sieben. Vielleicht führt er uns zu ihr. Wir müssen vorbereitet sein. Bist du bereit?"

„Mir geht's nicht so gut. Ich fühl mich ganz schön schlapp. Was meinst du mit bereit?"

Madame Helena runzelte die Stirn. Mario war eindeutig die Nummer fünf, sie hatte ihn deutlich in ihrer Kugel gesehen, daran war nicht zu rütteln Aber manchmal zweifelte selbst sie am Sinn dieser Weissagung, wer auch immer sie formuliert haben mochte.

„Für die Aufgabe", zischelte sie, obwohl niemand außer dem Geist sie hören konnte.

„Ach ja", seufzte Mario und fühlte sich erst recht müde. „Selbst wenn, ich kann ja sowieso nicht helfen. Ich kann ja hier nicht raus."

Er bedauerte, dass Mme Helena telepathisch mit ihm in Verbindung trat, anstatt anzurufen. Das Telefon hätte er einfach auflegen können.

„Wir finden einen Weg. Du bist dazu bestimmt, vergiss das nicht. Versuch nicht, dich zu drücken."

„Aber ich komme hier nicht raus. Die lassen mich nicht gehen. Echt nicht."

„Es muss einen Weg geben. Bisher ist alles eingetroffen, was vorausgesagt war. Wir gehören zu den Sieben, denk daran. Die Verantwortung liegt bei uns. Gemeinsam können wir es schaffen. Wenn wir erst mal wissen, worum es geht."

Mario fühlte sich überfordert. Er hasste den Begriff „Verantwortung". Er dachte an seinen alten Basketballtrainer, der ihn gerne und regelmäßig überfordert hatte. Es war eine unangenehme Erinnerung.

„Ich weiß aber gar nichts", sagte er nur."

„Ich auch noch nicht", wisperte Madame Helena. „Aber wir werden es herausfinden. Stell dir das doch vor, es fehlt nur noch einer. Wir haben den Außerirdischen, den Fernsehhelden, die Rocksängerin, den Geist und dich."

„Und wer fehlt?"

„Das ist es doch – wir wissen es nicht." Madame Helena seufzte. „Eine Schöne, die leicht zu durchschauen ist. Aber egal, die finden wir auch noch. Ich muss euch erst einmal alle hier versammeln. Gemeinsam kommen wir der Sieben bestimmt auf die Spur. Sobald ich einen Plan habe, sage ich Bescheid."

„Ich warte hier", murmelte Mario. Es war durchaus praktisch, nirgendwo hingehen zu dürfen. Jeder wusste, wo er einen finden konnte. Davon abgesehen, dass sich kein Mensch für Mario interessierte und ihn finden wollte. Außer dieser aufdringlichen Madame Helena.

Aber genau genommen interessierte die sich auch nicht wirklich für Mario, sondern nur für ihre Weissagung.

Cindy probte dreimal in der Woche mit jenen Mitgliedern ihrer Band, die jeweils zu diesen Proben anwesend waren, und welche das sein würden, das wusste vorher keiner. Unwägbarkeiten wie Übertragungen von Fußballländerspielen, durchgefeierte Nächte, Erkältungen und Unlust verhinderten beharrlich das vollzählige Erscheinen der Musiker. Nur Cindy war immer dabei. Sie hatte es in dieser Beziehung leicht, da die Proben in ihrem eigenen Loft stattfanden.

Heute hatte Cindy schlechte Laune, was teils auf den Verlust ihrer Schokoriegel, teils auf den fahlweißen Himmel, teils auf eine allgemeine Ratlosigkeit im Bezug auf den Sinn des Lebens zurückzuführen war.

„Was ist eigentlich?", fragte Kralle in einer Mischung aus Wohlwollen und Gereiztheit, als Cindy wieder einmal vor dem Mikrofon verstummte und die Hände von der Gitarre fallen ließ, als habe sie sich verbrannt.

Kralle war ein guter Typ, der zuverlässigste unter den Musikern, wenn auch nicht der talentierteste, eine schlaksige Gestalt mit Kinnbärtchen und Surferkette und warmherzigem Humor, ein Freund, mit dem Cindy eine Art lockerer Beziehung pflegte. Gewarnt von der bedrohlichen Häuslichkeit ihres Ex hielt sie Abstand und achtete darauf, nur in größeren zeitlichen Abständen Textnachrichten an Kralle zu schicken.

Kralle war jedenfalls sensibel genug, von ihrer Verwirrung Notiz zu nehmen. Er legte ihr den Arm um die Schultern.

„Nicht dein Tag, oder?"

„Doch", antwortete Cindy gereizt. „Jeder Tag ist mein Tag. Erst wenn ich tot bin, gehören mir die Tage nicht mehr."

Kralle zog den Arm erschrocken zurück.

„Du weißt doch, was ich meine", brummte er.

„Ich war heute Sushi essen", sagte Cindy.

Kralle starrte sie besorgt an. „Meinst du, der Fisch war nicht mehr in Ordnung?"

„Der Fisch war in Ordnung. Und nun lebe ich fünfundsiebzig Tage länger und weiß immer noch nicht, wofür."

Der Schlagzeuger steckte sich eine Kippe an. Der Keyboarder stand auf und reckte sich gähnend. „Gibt's irgendwo Bier?"

„Alles leer." Der Schlagzeuger schüttelte den Kopf. „Tankstelle."

„Gehen wir." Der Keyboarder sah Kralle an. „Du auch?"

„Nein. Ich brauch noch kein Bier." Kralle sah Cindy immer noch an, und sein Blick war ein bisschen traurig.

„Du bist unzufrieden", stellte er fest.

„Wir sind ja auch noch nicht gut", fauchte Cindy.

Kralle winkte ab. „Ich meine gar nicht unsere Band. Ich meine: Du bist unzufrieden mit deinem Leben."

„Ich finde mein Leben super!", schrie Cindy mit sich überschlagender Stimme.

„Okay." Kralle seufzte. Er hielt Charles die Hand hin, aber der näherte sich Menschen mit Musikinstrumenten nur, wenn man ihm ein beachtliches Stück Wurst anbot. Also legte Kralle seinen Arm wieder um Cindy. Diesmal hielt sie still.

„Aber wir erreichen doch nichts", murmelte sie. „Wir ändern doch überhaupt nichts."

„Was möchtest du denn genau ändern?", fragte Kralle, während er sie fester an sich drückte.

„Du kapierst überhaupt nichts", fauchte Cindy und riss sich wieder los. „So einfach kann man das doch nicht sagen."

Kralle verschluckte eine chauvinistische Bemerkung über weibliche Logik.

„Sollen wir die Probe abbrechen?", schlug er vor. „Wir könnten Pizza bestellen. Oder Sushi", fügte er grinsend hinzu. „Wenn man davon wirklich älter wird."

„Das klappt nur beim ersten Mal", erklärte Cindy mit düsterer Miene. „Und außerdem kommt es gar nicht in Frage, dass wir die Probe abbrechen. Die Musik ist das Allerwichtigste."

„Na ja, fast das allerwichtigste." Kralle grinste.

Aber an Cindys Augenblitzen erkannte er, dass auch diese Bemerkung nicht gut angekommen war.

七

Leonardo hielt den Atem an, als sich endlich eine Haustür öffnete. Zwei Erdbewohner traten heraus. Leonardo klemmte sich Flasche und Konfekt vor die Brust und stupste mit dem Ellbogen in Richtung UsiF, für den Fall, dass dieser gerade nicht aufpasste.

„Es geht los."

Das Paar schritt durch den Garten direkt auf die beiden zu. Leonardo bereitete sich auf die interstellaren Begrüßungsformalitäten vor, die allen Bewohnern des Universums vertraut sein mussten. Aber etwas Merkwürdiges geschah. Anstatt seine Gastgeschenke wie vorgeschrieben anzunehmen, wandten sich die beiden Menschen schroff nach links und verschwanden in einem kleinen weißen Anbau. Vielleicht war es hier üblich, dem Besucher gleich ein kleines Gegengeschenk zu überreichen, das im Schuppen aufbewahrt wurde? Oder war auf diesem Planeten alles anders? Bewaffneten sich die Erdbewohner gar? Ein absurder Gedanke. Und doch wurde Leonardo ein bisschen nervös, als ein großes Klapptor des Schuppens aufschwang und ein Fahrzeug ins Freie glitt, das von der Frau gesteuert wurde. Der Mann saß neben ihr und sah unbewaffnet aus. Auch handelte sich auch bei dem Fahrzeug offenbar nicht um ein Kampfgerät, sondern um ein sehr altmodisches Fortbewegungsmittel. Leonardo musste ein bisschen grinsen, weil es offenbar nicht fliegen konnte, sondern mühsam über die Straße davonkroch.

Dann wurde er wieder ernst.

Hier stimmte etwas nicht.

War er auf einem Planeten gelandet, dessen Bewohner keinerlei Umgangsformen kannten?

Er brauchte aber Hilfe, denn von Zwirbelantrieben verstand er nichts.

Und er hatte Hunger.

Er dachte einen Moment daran, in sein Raumschiff zurückzukehren und eine seiner in Lichtgeschwindigkeit zuzubereitenden Raummahlzeiten einzunehmen. Aber das widersprach dem Gesetz der interstellaren Begegnung, in dem viel Wert auf gemütliches Beisammensein verschiedener Zivilisationen gelegt wurde, und außerdem aß er seit Wochen nichts anderes als dieses widerliche Zeug. Nein, er musste warten, bis ihn jemand an seinen Tisch bat. Außerdem konnte man nie wissen, ob der Unsichtbare Freund in Wirklichkeit nicht ein Unsichtbarer Feind war, der alles, was man tat, mitprotokollierte und an die Behörden weiterleitete. Und wenn Leonardo irgendetwas überhaupt nicht brauchen konnte, dann ein Jahrhundert ohne Flugerlaubnis.

Also setzte er sich hin und schüttelte zur Unterhaltung von Zeit zu Zeit die Glaswürfel mit den Schlammschnecken, die ohne kochendes Wasser nur leise summten. Der Unsichtbare Freund ging auf und ab und machte Dehnübungen, weil er bei langen Flügen so steif wurde. Leonardo lauschte zunehmend gereizt seinen Schritten und dem Knacken seiner Gelenke. Es erschien ihm immer noch ungünstig, dass ein Unsichtbarer nicht gleichzeitig auch unhörbar war. Der Unsichtbare Freund redete allerdings kaum. Und wenn er einmal etwas sagte, dann beschwerte er sich in seiner eigentümlich hohen Stimme doch immer nur über die Benachteiligung, die man als Unsichtbarer so erfuhr. Tatsächlich war es so, dass die Unsichtbaren noch nicht einmal gemeinsam für ihre Rechte demonstrieren konnten, denn eine Demonstration, die keiner sieht, verfehlt naturgemäß ihre Wirkung. Dennoch konnte Leonardo eine gewisse Ungeduld nicht verbergen, wenn der Unsichtbare wieder einmal anfing, sich über sein mangelndes Aussehen zu beklagen.

Dann dachte er wehmütig an Füße-wie-kleine-Schwimm-flossen und bereute es zutiefst, dass er sie auf seine Spritztour nicht mitgenommen hatte. Aus wenigen Lichtjahren Entfernung sah er schon ganz deutlich, dass es eine reine Trotzreaktion gewesen war, mitten in der Nacht alleine – bis auf den Unsichtbaren Freund natürlich – loszufliegen. Er tastete nach seinem Funkgerät. Er würde sie gleich anrufen, wenn er die Begrüßungszeremonie mit den Erdbewohnern hinter sich hatte. Falls diese ihn jemals begrüßen würden. Im Moment sah es nicht so aus. Die Siedlung lag wie ausgestorben vor ihm. Einige Tiere aus weißem Stein glotzten ihn blöde an, ein kleiner Brunnen plätscherte, ein buntes Windrad drehte sich müde und die Gelenke des unsichtbaren Freundes knackten. Sonst blieb es still.

Aus diesen Aufzeichnungen wie auch aus anderen historischen Quellen können wir heute schließen, dass die Menschen der Erde Dinge, die sie nicht für möglich hielten, tatsächlich nicht sehen konnten. Vermutlich war in ihrem Gehirn das Wahrscheinlichkeitsrechenzentrum direkt an das Sehzentrum angekoppelt. Dieses Selbstschutz-Phänomen, das wir die "Phäno-Blindheit" nennen, hat auf der Erde zu vielen politisch/gesellschaftlichen Katastrophen und letztendlich möglicherweise auch zu ihrem Untergang geführt. Forschungen und Experimente in diese Richtung sind noch nicht abgeschlossen.

Mme Helena war schon seit Langem so einsam gewesen, dass sie sogar daran gedacht hatte, sich einen Papagei anzuschaffen.

So ein Vogel war nicht billig aber sie hätte ihn vermutlich als Betriebsausgabe von der Steuer absetzen können. Sie recherchierte über Papageien und erfuhr, dass man diese Tiere nur paarweise halten sollte, da sie sonst anfingen, sich selbst die Federn auszureißen. Mme Helena dachte nur kurz daran, ein Papageienpärchen anzuschaffen und verwarf diese Idee sofort wieder. Sie hätte sich in ihrer Gegenwart als fünftes Rad am Wagen gefühlt, wie damals, als ihre beste Freundin Conny mit Marc aus der Zehnten ging und Birgit auf manche ihrer Dates mitschleppte. Sie ahnte nicht, dass Marc Birgit jedes Mal anbaggerte, wenn Conny aufs Klo ging. Conny ging oft aufs Klo. Birgit fand Marc attraktiv, aber die Treue zu ihrer Freundin ging ihr über alles. Einmal kam Conny früher als erwartet vom Klo zurück und wurde Zeuge, wie Marc Birgit heftig in die Augen sah. Sie machte ihm eine Szene und trennte sich sofort von Birgit. Jede Dreierkonstellation erfüllte diese seither mit Unbehagen.

Mme Helena versuchte stattdessen, die Tauben auf dem Balkon zu zähmen, aber die beschmutzten ihre Wäsche und mussten wieder verscheucht werden. Und bevor Mme Helena noch ernsthaft über eine Katze nachdenken konnte, hatte die Sache mit der Weissagung angefangen und es dauerte gar nicht lange, da zog dieser junge Geist bei ihr ein. Nun war der Geist weder ein Haustier noch ein Lebensgefährte, er war ihr zu jung und auch wieder zu alt, aber er plauderte nett, schlief viel und war insgesamt unaufdringlich, eigentlich also ideal. Wenn beispielsweise der Lehrer von oben kam, setzte sich Carl Theodor so ruhig in die Ecke, dass er trotz seiner Größe fast unsichtbar war. Außerdem hatte er ein tragisches Schicksal, und tragische Schicksale hatten Mme Helena schon magisch angezogen, als sie noch Birgit hieß. Sie war in jüngeren Jahren Amnesty International beigetreten und hatte einmal lange Briefe an einen Häftling geschrieben, der eine mehrjährige Strafe wegen vielfachen Betruges verbüßte. Er versprach, sie nach seiner Entlassung zu besuchen, löste dieses Versprechen aber nie ein. Birgit war darüber erleichtert gewesen und hatte sich ihrer Erleichterung geschämt.

Sie hatte eine kurze, heftige Affäre mit einem arbeitslosen Oboisten, aber dann las sie, dass häufiges Oboenspiel durch den dabei entstehenden Überdruck im Kopf das Gehirn schädige. So sehr sie auch flehte, der Musiker wollte das Oboenspiel nicht aufgeben. Als er wieder eine feste Anstellung im Orchester bekam, trennte sie sich von ihm, denn sie musste sich eingestehen, dass sie nicht bereit war, schon in jungen Jahren einen Demenzkranken zu pflegen. An dem Tag, an dem sie dem Musiker die Tür wies, schrieb sie sich in den Fernkurs "Japanische Geschäftskorrespondenz" ein. Sie versprach sich viel von den Japanern, denn man sagte ihnen eine Philosophie nach. Nach vierzig Lektionen Geschäftskorrespondenz hatte Birgit aber keine Philosophie entdeckt, die sich wesentlich von jener der westlichen Geschäftswelt unterschied. Sie versuchte, mit ihren neu erworbenen Japanischkenntnissen Haikus zu lesen und scheiterte kläglich am Vokabular.

Sie versuchte selbst Haikus zu verfassen.

Danach schrieb sie sich in den Fahrradmontagekurs ein.

Sie hatte eine zähe, melancholische Affäre mit einem Junkie. Er war einige Jahre jünger als sie. Wenn er Stoff brauchte, nahm er Geld aus ihrer Brieftasche oder versetzte den Fernseher. Danach weinte er jedes Mal. Birgit versuchte ihn das Reparieren von Fahrrädern schmackhaft zu machen, so hätte er sein Geld ehrlich verdienen können. Aber er verkaufte die Fahrräder, die er reparieren sollte, und weinte noch mehr. Birgit brachte es nicht fertig, sich von ihm zu trennen, denn sie war sicher, nur sie könne ihn vor dem endgültigen Absturz bewahren. Endlich ging er auf ihr Drängen hin in den Entzug und kehrte von dort nicht mehr zu ihr zurück.

Vielleicht kam Birgit in diesem Moment zum ersten Mal der Gedanke, dass diese Welt irgendwie nicht zu ihr passte.

Sie brauchte dringend eine andere.

Es gab eine andere Welt, das stand fest. Sie musste nur die Tür finden, die hinein führte.

Ronan die Faust hasste den Schauspieler Steven O'Reilly, denn Steven O'Reilly entschied Tag für Tag, was Ronan zu tun hatte.

Besser gesagt: Der Drehbuchautor entschied.

Besser gesagt: Der Regisseur entschied.

Alle taten so, als hätte Ronan die Faust keinen eigenen Willen.

Nur weil Steven O'Reilly ihn spielte.

Nur weil der Drehbuchautor ihn erfunden hatte.

Nur weil der Regisseur das Drehbuch ignorierte und brüllte, wenn ihn jemand daran erinnern wollte.

Aber Ronan die Faust war ganz anders, als Steven O'Reilly, der Drehbuchautor und der Regisseur ihn sich vorstellten.

Hätte er für sich selbst einen Beinamen wählen können, dann vielleicht: *Ronan, die ausgestreckte Hand.*

Er hasste Gewalt. Mehr als das: Er hasste Streit. Er hasste jedes laute Wort und jede hochgezogene Augenbrauen. Er wünschte sich eigentlich nichts anderes, als endlich einmal freundlich – am besten bei einem Glas Rotwein – mit dem einen oder anderen seiner Mitmenschen zu plaudern.

Aber er bekam keinen Rotwein, man verordnete ihm immer nur Bier und ab und zu einen Klaren dazu. Genau genommen hatte der Drehbuchautor, der im Grunde kein schlechter Mensch war, in der dreiundzwanzigsten Folge sogar eine Szene für ihn vorgesehen, in der er einen Glas alten Burgunder trinken durfte. Aber der Regisseur hatte die Weinflasche gestrichen und wieder eine Bierflasche daraus gemacht, die Ronan noch dazu seinem Gegenüber über den Schädel ziehen sollte. Der Drehbuchautor hatte daraufhin Wunschfantasien, in denen er persönlich dem Regisseur eine Bierflasche über den Schädel zog, aber da er unter einer angeborenen Angst vor Altersarmut litt, trank er wehmütig zwei Flaschen Rotwein alleine aus.

Ronan träumte davon, dass er eines Tages streiken würde.

Er würde dann einfach tun, was er wollte.

Er würde mitten in der Szene, in der er laut Drehbuch einen Gauner mit seiner eisernen Faust zu Boden schlagen sollte, einfach lächeln, seinem strauchelnden Gegenüber auf die Füße helfen und sagen: „Ach, lassen Sie uns doch bei einem guten Glas Wein alles bereden."

Steven O'Reilly würde seinen Job verlieren, denn ihm würde natürlich keiner glauben, dass er keine Macht mehr über Ronan die Faust hatte.

Der Drehbuchautor würde Schnaps trinken und um die nächsten zwölf Folgen von Ronan die Faust bangen und sich nur ganz klammheimlich ein kleines bisschen freuen.

Dem Regisseur würde vielleicht endlich eines seiner Magengeschwüre aufbrechen.

Ronan die ausgestreckte Hand würde zu ihm sagen: „Mann, geben Sie doch einfach zu, dass Sie den Schund, den Sie hier produzieren, selbst nicht mehr ertragen."

Aber Ronan konnte nicht streiken. Es lag nicht in seiner Natur.

Bis Mme Helena in sein Leben trat.

Sie trat in einer Drehpause in sein Leben und er verliebte sich sofort in sie.

Wie sie ihn gefunden hatte, blieb ihm ein Rätsel. Denn in Drehpausen pflegte er sich nirgendwo aufzuhalten.

Manchmal besuchte er seinen Autor, aber der saß immer öfter mit starrem Blick und halb gerauchter Zigarette im Mundwinkel vor seinem Computer.

„Lass uns ein Glas Rotwein trinken", wollte Ronan zu ihm sagen.

So eine gewisse Sympathie hatte er sich für seinen Schöpfer bewahrt, obwohl seine Rolle von Folge zu Folge primitiver, brutaler und sinnloser wurde.

„Ronan", sagte Mme Helena jetzt. „Ronan, verstehen Sie mich?"

Ronan verstand Mme Helena wie er keinen anderen Menschen verstand. Er war sofort wach und streckte ihr die Hand entgegen. Lieber hätte er beide Arme nach ihr ausgestreckt und sie an sich gedrückt aber er war leider schüchtern und es war ihm jedes Mal ein Graus, wenn Steven O'Reilly ihn zwang, eine magere Blondinen zu Boden zu reißen und zu küssen.

„Ronan", sagte Mme Helena wieder. „Wir brauchen Sie."

Ronan konnte nichts sagen. Er spürte einen Kloß im Hals.

„Ronan?", fragte Mme Helena wieder. „Ronan, die ausgestreckte Hand?"

Da weinte Ronan und wusste, dass er angekommen war.

Er war zwar noch nirgendwo angekommen, aber als ihm das klar wurde, war er schon in Mme Helena verliebt.

„Ich kann eigentlich keine Actionhelden leiden", sagte Mme Helena. „Dass ich hier bin, liegt allein an einer alten Weissagung."

Und das hätte der Drehbuchautor in seiner lichtesten Stunde nicht schöner erfinden können.

Mme Helena wandte sich an Leonardo. Es war ihr erster Versuch, mit einem Außerirdischen telepathisch Kontakt aufzunehmen, und sie war unsicher, ob es klappen würde.

Leonardo spürte einen leichten Druck im Kopf. Er sah auf und zuckte zusammen. Ein Irdischer stand nur wenige Meter vor ihm. Ein ziemlich kleiner Irdischer, aber ein bewaffneter Irdischer. Er hielt eine primitiv aussehende Schusswaffe in der Hand und zielte damit auf Leonardo.

Leonardo hatte schon die Hand auf seinem Atomisierungsstrahler liegen, aber der UsiF trat ihm heftig auf den linken Fuß, um ihn an seine Pflichten zu erinnern.

Ein Unsichtbarer hat ein Gewicht, das man ihm gar nicht zutrauen würde.

Es war im Universum nicht üblich, ein Gegenüber zu vernichten, ohne sich wenigstens vorgestellt zu haben. Notwehr war da kein Argument, das irgendein Richter durchgehen ließ.

„Hi", sagte Leonardo deswegen. „Ich bin Leonardo vom Planeten Schlamm. Kann ich irgendwas für dich tun?"

Der kleine Irdische hielt die Waffe weiter auf ihn gerichtet.

„Ich bin Ronan die Faust", sagte der Irdische mit hoher Stimme. „Und ich mach dich fertig."

Leonardos Finger tasteten nach dem Atomisierungsstrahler.

„Wie alt bist du?", soufflierte der unsichtbare Freund.

„Und wie alt bist du?", wiederholte Leonardo mechanisch, denn diese Frage musste man unbedingt stellen, bevor man abdrückte.

„Ich bin schon neun!", sagte der Irdische.

Leonardos Hand glitt vom Knopf des Strahlers ab.

Es war strengstens tabu, Wesen im Alter unter hundertdreißig Jahren zu atomisieren.

Allerdings war Leonardo in keiner Galaxie jemals ein so junges Wesen begegnet, das bewaffnet gewesen war.

„Wo sind denn deine Eltern?", fragte er. „Es ist nur wegen der Begrüßungszeremonie. Wir stehen hier schon ziemlich lange und es ist nicht besonders gemütlich." Und ich habe Hunger, fügte er in Gedanken hinzu, aber es erschien ihm unhöflich, das auszusprechen.

„Ich hab nur eine Mutter", sagte das Kind und ließ endlich die Waffe sinken. „Mein Papa wohnt nicht hier. Nur Mike wohnt hier."

Leonardo räusperte sich. „Mike, soso. Trinkt Mike denn auch gerne mal einen?"

„Nee, einen nicht", sagte das Kind. „Nur viele."

Leonardo kannte im Universum kein Wesen, das es überlebt hatte, mehrere Gläser blaugrünen Grumpf zu trinken.

„Ich habe Konfekt für deine Mutter", sagte Leonardo.

„Was ist Konfekt?", fragte das Kind.

„Was Süßes."

„Meine Mama isst nichts Süßes. Die ist zu dick", erklärte das Kind.

Leonardo spürte, dass er diesen Planeten immer weniger mochte.

„Dann iss du sie", sagte er ungeduldig. Er hätte gern einen vielsagenden Blick mit dem Unsichtbaren Freund getauscht, aber der war ja leider unsichtbar.

Der Junge trat einen Schritt zurück und hob wieder seine Waffe.

„Ich darf keine Süßigkeiten von Fremden annehmen", sagte er. „Und wenn du sie mir schenkst, ruft Mama die Polizei an."

Heimweh legte sich über Leonardo wie eine erstickende Decke.

„Spielst du gerne mit Schnecken?", murmelte er.

„Was?"

Leonardo fasste in seine Tasche und zog eine Handvoll Glaswürfel hervor. Die Schnecken darin wanden sich im plötzlichen Tageslicht und zeigten ihre grellroten Bäuche.

„Bäh!" Der Junge trat wieder näher. „Was macht man denn mit denen?"

„Man wirft sie in kochendes Wasser", erklärte Leonardo. „Dann singen sie."

„Was singen sie denn?"

„Chor. Sie singen im Chor."

„Bäh", sagte der Junge. „Können die auch was Anderes? Können die auch Beyoncé?"

„Kann sein", sagte Leonardo entnervt und hielt dem Jungen die Glaswürfel hin. „Probier's aus. Und bitte sag deinen Eltern, dass ich hier stehe und auf die Begrüßung warte."

Offensichtlich gehörten die Irdischen zu den abgeschiedenen Bewohnern des Universums, zu denen der intergalaktische Benimmcode noch nicht vorgedrungen war.

„Und wo krieg ich kochendes Wasser her?", fragte der Junge. „Ich darf nicht allein an den Herd."

„Frag deinen großen Bruder."

„Ich hab keinen großen Bruder. Ich hab eine Schlange und zwei Vogelspinnen."

„Wie niedlich", murmelte Leonardo, der im Fach Intergalaktische Biologie Briefchen an Füße-wie-kleine-Schwimmflossen geschrieben hatte und sich daher an nichts erinnerte.

Das Kind nahm die Schnecken.

Und dann zog es mit der anderen Hand an Leonardos Antennen.

Es zog nicht, es riss mit aller Kraft. Und hatte die linke Antenne in der Hand.

Das hatte noch kein Kind im ganzen Universum geschafft.

Zum ersten Mal begann Leonardo sich ernsthaft Sorgen darüber zu machen, ob seine Pannenverzögerungsautomatik versagt und ihn auf dem falschen Planeten abgesetzt hatte.

„Pass bloß auf", sagte er streng zu dem Jungen. „Ich hab meinen Unsichtbaren Freund dabei."

„Und ich hab meine Ninja-Krieger, die hauen dich zu Brei", schrie der Junge. „Die reißen dir die Beine ab und den Kopf."

Leonardo begann, sich sehr, sehr unwohl zu fühlen. Wo konnte das Handbuch für sein Raumschiff bloß stecken? Wenn er es genau studierte, schaffte er es vielleicht, den Antrieb selbst zu reparieren. Andererseits waren laienhaft ausgeführte Reparaturen im Weltraum nicht ganz ungefährlich, denn wenn der Zwirbelantrieb nicht richtig eingestellt war, fing er womöglich mitten im Steigflug an, Konfekt herzustellen, und der wiederum verstopfte dann die Düsen.

„Ist das dein Raumschiff?", fragte das Kind und schlug mit der Antenne um sich wie mit einer Peitsche.

Leonardo nickte. „Kannst du mir das Ding jetzt wiedergeben?"

Der Junge köpfte mit der Antenne ein paar Blumen. „Gleich."

Er sah auf. „Ich guck mir jetzt dein Raumschiff an."

Und bevor Leonardo es verhindern konnte, war das Kind schon losgelaufen. Leonardo wühlte in der Jackentasche hektisch nach dem Funkschlüssel. Er drückte auf den Knopf, aber die Batterie schien leer zu sein. Das Kind kletterte schon die Stufen hoch und schob die Eingangstür zur Seite. Leonardo rannte hinterher. Als er keuchend das Cockpit erreichte, saß das Kind auf dem Pilotensitz und streckte die Hand mit den schwarz geränderten Fingernägeln nach dem Schwerkraftregler aus.

„Finger weg!", schrie Leonardo.

„Warum?", fragte das Kind, drückte und hing im nächsten Moment an der Decke des Raumschiffs.

„Darum", knurrte Leonardo, der neben ihm hing.

Das Kind heulte los. „Lassen Sie mich sofort runter! Ich sag's auch nicht der Polizei!"

Leonardo klappte die Ohren zu und versuchte, durch die offene Raumschifftür zu spähen. Das war sinnlos, denn den Unsichtbaren Freund konnte er natürlich nicht sehen. Falls der sich gerade irgendwo die Füße vertrat, mussten die beiden sich auf einen längeren Aufenthalt an der Raumschiffdecke gefasst machen.

„Wie heißt du noch gleich?", fragte Leonardo. „Bist du eigentlich ein Junge oder ein Mädchen oder etwas anderes?"

„Das muss ich Ihnen nicht sagen", heulte das Kind.

„Nein, das musst du nicht", bestätigte Leonardo. "Aber es ist manchmal ganz nett, wenn man weiß, neben wem man an der Decke hängt. Ich bin Leonardo vom Planeten Schlamm und ich bin nur hier, weil mein Zwirbelantrieb ausgefallen ist."

Das Kind heulte einfach weiter und Leonardo hielt seine Ohren zugeklappt, bis vierzig Minuten später der Unsichtbare Freund den Schwerkraftregler in die alte Position zurückdrehte und Leonardo und das Kind unsanft auf den Boden des Raumschiffs purzelten. Das Kind trat den Schlammbewohner noch einmal heftig gegen das Schienbein, bevor es durch die offene Tür flitzte. Leonardo setzte sich auf den Pilotensitz und machte einen neuen Versuch, den Zwirbelantrieb einzuschalten. Manchmal reparierten sich Motoren ja aus Langeweile von selbst, wenn man ihnen keine Beachtung schenkte. Aber leider rührte sich nichts. Und es sah nicht so aus, als würde Leonardo in absehbarer Zeit etwas zu essen bekommen. Er griff nach einem Würfel Zwirbelkonfekt und steckte ihn in den Mund. Das war im intergalaktischen Codex eigentlich nicht vorgesehen, aber ihm war in diesem Moment einfach nicht mehr danach, den Konfekt für die Mütter irgendwelcher irdischen Bälger aufzuheben.

In Südthailand fielen in nur zwei Tagen fünfhundert Liter Regen auf einen Quadratmeter. In Somalia schlängelten sich die Züge der Dürreflüchtlinge kilometerweit durch die verödende Steppe. Der Iran wurde von einem Erdbeben der Stärke 7,8 auf der Richterskala erschüttert, das ein abgelegenes Dorf zu neunzig Prozent zerstörte. Die Börsenkurse weltweit stiegen. Die steile Karriere eines berühmten Physikers endete, als sich an einem sonnigen Samstagnachmittag sein Fallschirm nicht öffnete und auch der Ersatzfallschirm seinen Dienst versagte. In Mitteleuropa stieg die Zahl der Lungenkranken um weitere zwei Prozent, obwohl Raucher im öffentlichen Raum inzwischen zuweilen öffentlich verprügelt wurden.

Zwischen all diesen Ereignissen bestand kein ersichtlicher Zusammenhang.

Zum besseren Verständnis des vorangegangenen Abschnitts und der irdischen Geographie insgesamt, also der kurioserweise streng voneinander abgegrenzten Nationen, sei hir ein Blick auf den „Atlas der untergegangenen Zivilisationen" empfohlen, Band 14, pp. 232-34.

Cindy malte ihre Gitarre. In Öl.

Musik konnte sie im Moment nicht ertragen, aber sie wollte ihre Elektrogitarre wenigstens ansehen. Und da sie festgestellt hatte, dass man am genauesten das sieht, was man gerade malt, hatte sie das Instrument auf eine rot-weiß karierte Tischdecke neben einige Früchte und eine braune Tonkanne drapiert und portraitierte jetzt das Ensemble.

Das Motiv kam ihr irgendwie bekannt vor, sie konnte die Erinnerung aber nicht wirklich einordnen und dachte auch nicht weiter darüber nach.

Der Gitarrenkorpus war harmonisch geschwungen, kastanienrotbraun mit silbernen Wirbeln und Beschlägen. Was störte, war das Kabel. Es legte sich trügerisch wie eine Schlinge um die Äpfel und Bananen und errang dadurch eine gewisse symbolhafte Bedeutung, die Cindy ihm eigentlich nicht zugestehen mochte.

Sie stand auf und zog das Kabel aus der Gitarre.

Sie legte die Gitarre wieder auf den Tisch, aber mit dem Ergebnis war sie immer noch nicht zufrieden. Eine e-Gitarre ohne Kabel wirkte verstümmelt. Das Instrument sollte auf dem Bild so lebendig wirken, als würde es jeden Moment ganz von alleine losjaulen und -wimmern.

Cindy versuchte, das Kabel unter der Tischdecke durchzuführen; dabei wäre beinahe der Tonkrug umgefallen. Rotwein schwappte aus dem Krug auf Cindys orangefarbenen Overall. In den gemalten Tonkrug auf dem Bild konnte man nicht hineinsehen, sie hätte den echten also gar nicht mit Wein füllen müssen, aber Cindy widerstrebte es, einen leeren Krug zu malen, und den Gedanken, ihn mit Wasser zu füllen, hatte sie verworfen.

Cindy trat gegen ein Tischbein und nahm sich einen prächtigen rotgelben Apfel. Sie warf sich in einen alten Plüschsessel und sah aus dem Fenster ihres Studios hinunter auf das Treiben im Gewerbegebiet. Auf dem Parkplatz vor dem Einkaufszentrum stauten sich Autos in alle Richtungen, denn das Wochenende drohte. Ein paar Krähen schaukelten im Aufwind. Ein Transporter lud rosafarbene Miettoiletten vor dem Baumarkt ab, an dem morgen ein großes Countryfestival stattfinden sollte. Cindy nahm sich vor, das Countryfestival vor dem Baumarkt zu besuchen, um danach ein böses Lied darüber verfassen zu können. Leider gelangen ihr böse Lieder erfahrungsgemäß nicht so gut wie traurige Lieder. Die meisten Feste stimmten sie traurig, und sie wusste selbst nicht, ob das auf die schlechte Musik, das schlechte Essen, die schlechten Werbeslogans der Sponsoren, die schlechte Gesichtsfarbe der Festgäste, das schlechte Benehmen der Festgastkinder und -hunde, den schlechten Sitz der Festgastkleidung, die schlechten Witze der Moderatoren oder die allgemeine schlechte Atmosphäre in den Gewerbegebieten zurückzuführen war.

Der Apfel war von innen heraus verfault. Cindy warf ihn mit Schwung aus dem Fenster.

So etwas Mutiges tat sie selten. Sie schrieb in der Regel nur Lieder über all die Dinge, die sie aus dem Fenster werfen wollte: Konventionen, Beziehungen, Erinnerungen, Erwartungen, Steuererklärungen, Musikkritiker.

Aber an der konkreten Ausführung hinderte sie stets die Sorge, das, was sie warf, könne einen Unschuldigen am Kopf treffen.

Ihre Eltern hatten sie korrekt erzogen.

Sie wagte auch jetzt nicht, aus dem Fenster zu sehen.

Vielleicht stand derjenige, den der faule Apfel am Kopf getroffen hatte, nun da unten und drohte mit der Faust.

Wie verhielt sich noch gleich die Sache mit der Fallgeschwindigkeit? Cindys Studio lag im vierten Stock. Und es waren hohe Stockwerke.

Konnte hohe Geschwindigkeit nicht jedes noch so harmlose Objekt in eine tödliche Waffe verwandeln? Man konnte mit Wasser Löcher bohren. Sogar mit Licht.

Cindy kroch auf allen Vieren ans Fenster. Sie schob ihren Kopf gerade so weit übers Fensterbrett, dass sie hinuntersehen konnte.

Unten standen die Müllcontainer.

Kein Müllmann lag mit zerschmettertem Schädel zwischen den silbernen Tonnen.

Cindy stand auf, starrte auf die Mülltonnen und sehnte sich danach, Katzen in den Abfällen wühlen zu sehen. Früher hatte es hier eine freundliche Katzenpopulation gegeben, die aber inzwischen von Tierfreunden kastriert und daher ausgestorben war.

Neue Katzen stellten sich nicht ein, denn der Müll wurde nun säuberlich getrennt und war daher zu nichts mehr zu gebrauchen.

Cindy sehnte sich nach Griechenland.

Irgendwann würde es mit der Tour nach Griechenland klappen.

Ihre Lieder waren in englischer Sprache geschrieben und daher auf der ganzen Welt zu verstehen.

Anlass zum Protest gab es überall.

Längst auch in Griechenland, obwohl man sich das hier in diesem grauen Land kaum vorstellen konnte.

Cindy hatte ein Lied geschrieben, in dem sie gegen die Kastration von Katzen protestierte, aber die Tierschützer hatten es missverstanden und sich dadurch in ihrer Aktion bestätigt gefühlt. Cindy wusste nicht, ob das an ihrem unbeholfenen Englisch lag oder an den schlechten Englischkenntnissen der Tierschützer oder auch nur an deren durch nichts zu erschütterndem guten Gewissen.

Charles, hob den Kopf und klopfte dreimal mit dem Schwanz auf die Schafwolldecke.

Cindy wandte sich vom Fenster ab und lauschte nach dem Geräusch des Fahrstuhls.

Wahrscheinlich war Kralle endlich gekommen. Sie wollten schon seit gut einer Stunde proben, aber Kralle kam immer zu spät und er entschuldigte sich jedes Mal damit, dass er keinen Parkplatz gefunden hatte. Kralle fuhr einen großen alten Mercedes-Bus, den sie auch als Tourbus nutzten und den sich Cindy manchmal auslieh. Er war auch für heiße Länder wie Griechenland geeignet, denn er besaß eine Dachluke.

Im Haus blieb es stumm.

Cindy beugte sich zu Charles hinunter und kraulte ihm den Nacken.

„Du wirst alt", sagte sie zu ihm. „Du hörst Gespenster."

In diesem Moment piepste ihr Handy.

Sie stand wieder auf, um nachzusehen, wer ihr eine Nachricht geschickt hatte.

Sie war nicht von Kralle.

Mario wachte auf und stellte erleichtert fest, dass das nebensächlich war, da sich sein Wachzustand nur unwesentlich von seinem Schlaf unterschied. Wenn er die Augen schloss, sah er unerfreuliche Dinge. Was er sah, wenn er die Augen öffnete, war ebenfalls unerfreulich. War er wach, dann schwirrte sein Kopf, als ob er träume. Wenn er träumte, fürchtete er sich so sehr, als sei er wach.

Die Zeit hatte keine Macht mehr über ihn, und das war etwas beinahe Erfreuliches. Aber wenn Mario etwas als erfreulich empfand, dann erfahrungsgemäß nur deswegen, weil er den Haken an der Sache noch nicht entdeckt hatte. Die Zeit hatte jedenfalls keine Macht mehr über ihn, und das war sicher äußerst unerfreulich, wenn man es genauer betrachtete. Vielleicht war er schon so gut wie tot, und das konnte ihm auch recht sein, davon abgesehen, dass ihm nichts recht war.

Er schleppte sich zur Frühstücksausgabe und erhielt ein weißes Gipsbrötchen, ein Schälchen bräunliche Marmelade und eine Scheibe uringelben Käse, dazu vier leuchtend bunte Pillen, die er unter den Brillenblicken der Krankenschwester schlucken musste. Er nahm sie bereitwillig, weil er wusste, dass er nach ihrer Einnahme wieder schlafen konnte. Wenn er schlief, nahm er wenigstens die anderen nicht wahr, die sich zum Teil noch nicht mit ihrem Schicksal abgefunden hatten, noch immer schrieen und über die Mauern des Innenhofs zu klettern versuchten. Was erwarteten sie bloß jenseits dieser Mauer? Da draußen war doch nichts, nur die Welt, diese gnadenlose, knirschende, eisenkalte Maschinerie mit ihren unzähligen Förderbändern und Zahnrädern, ihren Mahlwerken und Formpressen, ihren Greifarmen und Walzen, eine Anlage, an deren Ende nichts herauskam außer Schlamm und Asche.

Die anderen mussten doch verrückt sein, wenn sie die Sicherheit der Institution aufgeben wollten.

Mario hatte es ja auch versucht.

Er hatte die Maschine da draußen lange Zeit für eine reine Belohnungsmaschine gehalten, die ihn streichelte, ihn mit Süßigkeiten bedachte und reich beschenkte, wenn er sich nur an sie auslieferte.

Er hatte selbst nicht verstanden, warum er jedes Mal tief bis ins Innerste erschauderte, wenn einer der Greifarme ihn vorwärts schob. Die anderen kicherten in dieser Situation doch nur, als würden sie gekitzelt.

Mario liebte die Maschine nicht.

Im Gegenteil, seine Fantasien hatten ihm gezeigt, wie man die riesige Maschine zum Stillstand bringen könnte. Auf dem Förderband liegend träumte er von Kurzschlüssen, blockierten Zahnrädern, Stromausfällen, Achsenbrüchen, während die anderen um ihn herum sich mühten, die Bänder noch weiter zu beschleunigen, die Zahnräder schneller anzutreiben, sie bildeten Ketten und sprangen gemeinsam auf die Hebel, um sie mit vereinter Kraft noch tiefer hinunterzudrücken.

Die anderen hatten ihm seine Fantasien von der Stirn abgelesen. Einige hatten ihm gut zugeredet. Die Maschine hatte ihn noch einmal über den Kopf gestreichelt, ihn dabei aber ihre Kraft spüren lassen, mit der sie ihn ebenso gut hätte zerquetschen können.

Die anderen waren böse geworden. Sie hatten ihn auf die Füße gezerrt und ihn geschlagen. Einige hatten ihn nachdenklich angesehen, aber die Maschine legte sofort auch ihnen ihre Streichelhand so schwer auf den Scheitel, dass sie sich nicht zu regen wagten.

Die Maschine befahl den anderen, Mario vom Förderband zu stoßen.

Er landete in der Ausschusskiste und rollte mit ihr ins Materiallager, wo man nun schon seit einiger Zeit planlos an ihm herumschraubte, ihn zwischendurch aber auch in Ruhe ließ.

Es war erträglich.

Mehr konnte man in so einer Welt nicht verlangen.

Und nun diese Mme Helena!

Sie hatte ihn besucht, ein Mensch aus Fleisch und Blut, der geduldig auf seiner Station wartete und den Pflegern zwei Tassen lauwarmen Pfefferminztee abgerungen hatte. Sie suchte ihn, obwohl sie ihn nicht kannte – wahrscheinlich sogar genau deswegen.

Sie war ein ganzes Stück älter als er, ihre Kleidung bunt und geschmacklos, die Pfleger grinsten hinter ihrem Wasserkocher.

Und dieser Name! Die französische Anrede und dieser so ganz und gar unfranzösische Name mit dem Anfangsbuchstaben H! Die Wahl eines solchen Namens war dumm, und Dummheit konnte Mario überhaupt nicht leiden. Er hatte sogar lange die Ansicht vertreten, wenn die Menschen nicht alle so gerne dumm wären, würde es ihnen vielleicht gelingen, die Maschine umzubauen, vielleicht so umzubauen, dass sie sich am Ende selbst auffräße. Aber die anderen beschimpften ihn für seinen Vorschlag. Sie pochten auf ihr Recht auf Dummheit und nannten ihn einen Verräter.

Mit dummen Menschen wollte Mario nicht sprechen.

Aber er hörte, was Mme Helena sagte. Das ließ sich nicht vermeiden. Es war gar nicht so dumm wie erwartet. Und als er alles gehört hatte, regte sich etwas in ihm. Es war nur ein kleines, kaum merkliches Kribbeln an der Kopfhaut.

Diese Frau war vollkommen verrückt, und er, Mario, kam in ihren wahnsinnigen Visionen vor. Sie sprach nicht von der Maschine und irgendwie sprach sie doch von ihr. Sie sprach nicht von Kurzschlüssen und Achsenbrüchen. Sie sprach von einem Zauber. Von einem alten Zauber und von einem neuen. Sie sprach davon, dass Mario im alten wie im neuen Zauber vorkäme, neben sechs anderen Gestalten, die sie erst teilweise ausfindig gemacht hatte. Sie sprach von einem Geist, von einem Außerirdischen, einem Serienhelden, von einer Sängerin.

Und das war alles so verrückt, dass Mario es nicht vergessen konnte.

Es war das Verrückteste, was er seit seiner Einlieferung gehört hatte.

Aber Mme Helena durfte dennoch nicht in der Institution bleiben, denn außer Mario hatte ihr keiner zugehört. Als sie alles gesagt hatte, drückte sie die weiße Milchglastür auf und ging wieder nach draußen, als habe sie nicht die geringste Angst vor der Maschine.

Wir haben hier im Arbeitskreis lange darüber diskutiert, was mit der "Maschine" gemeint sein könnte. Einige Wissenschaftler vertreten die Ansicht, dass die Erde zu dieser Zeit schon von Computern regiert wurde, die intelligenter waren als die Menschen selbst. Andere vermuten, dass die Maschine das mechanische Machtinstrument einer korrupten Regierung war. In Weltraum-Schrottteilen irdischen Ursprungs hat man Hinweise darauf gefunden, dass Maschinen auf der Erde ein hoher Stellenwert zukam. Ob diese sich zum Zeitpunkt des Untergangs tatsächlich bereits über die Menschen erhoben hatten, ist noch ungeklärt. Im weiteren Verlauf des Textes sind nur wenige, spärliche Hinweise auf diese Thematik zu finden.

Der Geist hatte einen bürgerlichen Namen. Er hieß Carl Theodor Becker.

Für seinen Namen hatte sich im entscheidenden Moment niemand interessiert, wohl aber für seine Körpergröße, denn die betrug sechs Fuß und fünf Zoll. Und damit war er für seine Zeit, die erste Hälfte des achtzehnten Jahrhunderts, ein Riese.

Er lebte in der Nähe von Dresden, und sein Landesherr, August der Starke, sammelte chinesische Vasen. Carl Theodor hatte noch nie eine chinesische Vase gesehen. Er wollte auch keine besitzen, denn wertvolle, zerbrechliche Dinge machten ihn nervös. Seine langen Glieder hatte er nicht immer ganz unter Kontrolle, und so war in seinem engen Zuhause schon so mancher Krug und mancher Becher zerbrochen.

Wertvolle, zerbrechliche Dinge konnte nur jemand sammeln, der genügend Platz um sich herum hatte und sich nicht ständig an ihnen stieß.

Aber es gab noch weitere Sammelleidenschaften, von denen Carl Theodor in seiner Kindheit nichts ahnte.

Der Landesherr von Preußen nämlich sammelte große Männer. Er setzte ihnen hohe Hüte auf, um sie noch größer erscheinen zu lassen, und hielt sie als seine Leibgarde. August der Starke erfreute sich an seinen chinesischen Vasen. Friedrich Wilhelm der erste betrachtete voller Glück seine Männer, die gleich einer prunkvoll geschmückten, lebendigen Allee seine Einfahrt säumten.

Große Männer hatten mehr praktischen Nutzen als chinesische Vasen. Sie schüchterten jeden Untertanen ein und galten im Krieg als besonders nützlich, weil sie mit längeren Schusswaffen hantieren konnten. Und je länger der Lauf einer Schusswaffe, desto besser konnte man mit ihr zielen, so hatten es die militärischen Berater des Landesherrn ausrechnen können. Zu jener Zeit war man bereits fortschrittlich und zivilisiert und vom Erschießen verstand man etwas.

Leider war gerade kein Krieg, sodass sich diese Taktik keinem praktischen Test unterziehen ließ.

Friedrich Wilhelm I. besaß chinesische Vasen, die ihm nichts bedeuteten, weil man zerbrechliche Dinge nicht zu militärischen Zwecken nutzen konnte.

Daher tauschte er bei August dem Starken einhundertzweiundfünfzig Vasen gegen sechshundert großgewachsene Männer ein.

August der Starke machte das Geschäft seines Lebens, denn die Männer kosteten ihn ja nichts. Sie waren in seinem Hoheitsgebiet ganz von allein gewachsen und man brauchte sie nur einzusammeln.

Carl Theodor ließ sich geduldig einsammeln, denn er schämte sich seit Langem für seinen großen Appetit und seine noch größeren Hemden. Er hatte noch acht jüngere Geschwister, eine Mutter, die seinen Körper jeden Morgen mit resignierten Blicken maß, und einen Vater, der anderthalb Köpfe kleiner war als er und nervös wurde, wenn sein Sohn neben ihm stand, weil er ihn nicht mehr mit dem Stock zu schlagen wagte.

Alle Familienmitglieder weinten, als Carl Theodor davonzog. Nur seine Schwester Maria sah ihm versonnen nach und träumte von einem groß gewachsenen Regimentskameraden ihres Bruders, der sie eines Tages aus der Enge der elterlichen Hütte führen würde.

Es kam dann aber kurz darauf der kleinwüchsige Wirt vom Ochsen, dessen junge Frau gerade im Kindbett gestorben war, und der nun eine neue Frau für Küche, Bett und die drei kleinen Kinder suchte. Maria ging mit, denn auch sie hatte zu viel Appetit für die kleine elterliche Hütte. Im Ochsen gab es immer etwas zu essen. Bald war Maria dick und rund und schlug mit dem Kochlöffel nach fünf kleinen Kindern. Nur manchmal träumte sie noch von einem Gardedragoner, und das waren die wenigen Stunden, in denen sie ihren Hass auf den Ochsenwirt kurzfristig vergaß.

Den Vasendragonern wurde indessen in Potsdam Zucht und Preußenliebe eingeprügelt. Danach gab man ihnen gut zu essen und besorgte ihnen Ehefrauen.

Carl Theodor hatte einen empfindlichen Magen und vertrug das preußische Essen nicht. Er magerte ab und sah dadurch zwar noch größer, aber nicht imposanter aus, was dem Landesherrn missfiel. Er durfte sich nur noch in die zweite Reihe stellen.

Die für ihn vorgesehene Ehefrau beschwerte sich, weil sie sich an seinen großen, hervorstehenden Knochen stieß.

Carl Theodor hatte außerdem Heimweh und mochte Brandenburg nicht. Schon die aufdringliche Sprache war ihm zuwider, ganz zu schweigen vom recht gebräuchlichen Französisch, das ihn nervös machte und ihm noch mehr auf den Magen schlug. Er dachte an Desertion. Unter den Vasendragonern ging das Gerücht, eine kleine Gemeinde im Thymischen Winkel gewähre geflüchteten Gardisten Schutz und Sicherheit. Der rothaarige Ferdinand aus Meißen wagte die Flucht, wurde gefangen und von seinen Gardebrüdern beim folgenden Spießrutenlauf ohne Freude in Fetzen gehauen. Er starb drei Tage später und bat Carl Theodor kurz vor seinem Tod, seinen Eltern auszurichten, er sei tapfer im Kampf gefallen. Die Gardisten kämpften jedoch nicht. Sie marschierten und exerzierten und ein Offizier schwang sinnlos die Fuchtel.

Carl Theodor wagte nicht zu desertieren. Er flüchtete stattdessen so tief in sich hinein, dass sein Körper immer schmaler wurde und sein magerer Arm den Degen kaum noch halten konnte. Obwohl die ihm vorbestimmte Ehefrau ihm unablässig Brühen und Kräutertees einflößte und der Regimentsarzt ihm literweise Blut abnahm, starb er mit dreiundzwanzig Jahren an seinem Magenleiden.

Friedrich Wilhelm gedachte erbost seiner schönen chinesischen Vasen und bemühte sich, den Verlust zu begrenzen, indem er dem verstorbenen Gardisten schälen und sein Skelett in der Charité zu Berlin in der Abteilung "Monstra und Merkwürdigkeiten" ausstellen ließ. Die vorgesehene Ehefrau fuhr einmal mit einem   Lilienstrauß zu den Gebeinen ihres Verlobten, wusste aber nicht, wo sie die Blumen ablegen sollte, schämte sich und brachte sie in etwas angewelktem Zustand wieder zurück nach Potsdam. Sie ahnte nicht, dass Carl Theodors Geist sie begleitete und beharrlich bei ihr blieb, auch als sie einen anderen langen Gardisten heiratete, den man im Dienste Friedrich Wilhelms in einem kleinen märkischen Dorf beim Angeln überfallen und nach Potsdam verschleppt hatte. Carl Theodor begleitete sie bis sie bei der Geburt des siebten Kindes starb. Aber ihr Geist gesellte sich nicht zu ihm. Da wurde er ruhelos. Er wartete und wusste nicht, worauf. Eine Zeitlang glaubte er, wenn die Welt untergehe, werde sicher auch er erlöst.

Zu einem Zeitpunkt, als sich deutlich abzeichnete, dass das endgültige Weltenende nicht mehr lange auf sich warten lassen würde, nahm Mme Helena mit ihm Kontakt auf.

Mme Helena hatte wenig Erfahrung mit der Geisterbeschwörung und war auch gar nicht begeistert von der Vorstellung, einen Verstorbenen zu kontaktieren. Außerdem hatte ihr kinobegeisterter Junkie sie seinerzeit auch in sämtliche Stephen King-Verfilmungen geführt und sie daher mit dem Schrecken der Wiedergänger bekannt gemacht. Sie hatte jedes Mal für beide bezahlt und jedes Mal angewidert die Augen geschlossen, bis der Film vorbei war.

Als sie den riesigen Geist in seiner albernen preußischen Uniform zum ersten Mal sah, wusste sie nicht, ob sie lachen oder weinen sollte, denn nichts verabscheute sie mehr als das Militär. Als junges Mädchen hatte sie gegen Atomwaffen demonstriert und sie hegte noch immer ein tiefes Misstrauen gegen junge Männer mit Kurzhaarschnitt und Camouflage-Hosen. Letztere wenigstens trug der riesige Geist nicht. Er hielt den Kopf gesenkt; es war nicht klar, ob er fürchtete, sich in Mme Helenas Appartement den Kopf zu stoßen, oder ob er sich selbst für seinen karnevalistischen Aufzug schämte. Er nahm seinen grotesken langen Hut ab und räusperte sich verlegen, und als er sprach, hatte er einen sächsischen Akzent, was Mme Helenas rührte und ihren Widerstand sofort brach. Sie redete kurz mit ihm, aber als sie ihn verabschieden wollte, gelang es ihr nicht, ihn verschwinden zu lassen. So musste er bei ihr bleiben. Beide arrangierten sich ohne weiteres Hadern mit diesem Umstand. Der Geist stellte erleichtert fest, dass Mme Helena im täglichen Leben nicht viel redete, dass sie ihn nicht ausfragte und dass sie auf dem Balkon eine kleine Eberesche im Topf zog, die ihn an den Baum vor dem Haus seiner Eltern erinnerte. Mme Helena ihrerseits konstatierte erfreut, dass Carl Theodor das Militär selbst genauso verabscheute wie sie, seine Uniform aber aus gespenstischen Gründen nicht ablegen konnte; dass er nachts niemals mit Ketten oder Säbeln rasselte und insgesamt ein eher ruhiger, nachdenklicher Geist war. Als er schließlich Vertrauen gefasst und ihr seine Lebensgeschichte erzählt hatte, schloss sie ihn endgültig in ihr Herz. Sie wusste, dass sie sich bei ihrer Mission, über deren Ziel sie sich noch immer nicht ganz im Klaren war, auf ihn verlassen konnte. Vielleicht mehr auf ihn als auf alle anderen, egal, ob sie lebten oder nicht.

Die Angaben im Text lassen darauf schließen, dass der hier Carl Theodor genannte Geist aus dem 18. Jahrhundert irdischer Zeitrechnung stammt.

Ronan die Faust entdeckte Leonardo, als er im Rahmen der neuen Folge gerade auf dem Dach eines Frankfurter Bankenhochhauses stand und auf den Helikopter feuerte, in dem die Gangster flüchteten.

Nach Mme Helenas Kontaktaufnahme war ihm sofort klar gewesen, dass er den Außerirdischen leichter ausfindig machen konnte als jeder andere der sechs bis sieben Verschworenen.

Immerhin befand er sich als einziger einmal am Tag, nämlich immer zwischen einundzwanzig Uhr und einundzwanzig Uhr fünfundvierzig, unterbrochen von einer fünfminütigen Werbepause, in dreiundvierzig Prozent aller Haushalte dieses Landes und konnte, wenn er es geschickt anstellte, durch den Bildschirm des Fernsehers hindurch Ausschau nach ungewöhnlichen Raumschiffen halten. Die Zuschauer vor dem Fernseher glaubten, nur sie könnten ihn sehen, und ahnten nicht, dass er aus dem Bildschirm direkt in ihre Wohnungen, in ihr Alltagselend blickte.

Gerade jetzt, an den hellen Sommerabenden, konnte er auch aus den Fenstern der Wohnungen hinaus ins Freie sehen.

Allerdings nur dann, wenn die Bewohner nicht schon die Rollläden heruntergelassen hatten.

Glücklicherweise besaßen viele moderne Neubauten gar keine Rollläden.

Aus so einem Neubau heraus erspähte Ronan den Außerirdischen und das Raumschiff. Der Außerirdische ging auf dem kleinen Spielplatz zwischen den Häusern auf und ab und sah aus, als knurre er vor sich hin. Das Raumschiff stand hinter dem Sandkasten, beachtet nur von einer schwarz-weißen Katze, die sich auf dem warmen Sonnensegel ausgestreckt hatte.

Ronan machte sich eine kleine Notiz im Kopf, bevor er sich wieder den Ganoven zuwandte und seine Bazooka ihren Hubschrauber in Stücke riss. Er war nicht ganz bei der Sache.

Als Ronan die Faust hätte er auch jeden Außerirdischen natürlich sofort in Stücke schießen müssen. Aber er war Ronan, die ausgestreckte Hand, wenn sein Regisseur und sein Drehbuchautor gerade nicht hinsahen.

Allerdings war er manchmal auch Ronan die zitternde Hand.

Wenn man einem Wesen, das man nicht einschätzen konnte, die Hand hinstreckte, dann biss dieses sie womöglich einfach ab.

Der Außerirdische da draußen vor dem Fenster sah nicht aus, als habe er ein besonders gefährliches Gebiss. Schlimmstenfalls sah er aus, als habe er ein bisschen Hunger. Ronan hätte ihm normalerweise Essen angeboten, aber der Drehbuchautor ließ ihn nicht kochen. Er musste sich ausnahmslos von Schnellimbissen und Bier ernähren. Einmal den Spieß umdrehen, einmal den Drehbuchautor und den Regisseur so tyrannisieren wie sie es seit hunderten von Folgen mit ihm taten! Seit er Mme Helena kannte, hoffte Ronan, seine Wunschträume könnten in Erfüllung gehen.

Alles schien mit einem Mal möglich.

Vielleicht konnte der Außerirdische ihm sogar helfen.

Die Vorstellung war wunderschön und Ronan überwand, wie gewohnt, seine Angst.

Er versuchte, noch einen Blick auf das Raumschiff zu werfen, aber genau in diesem Moment wurde er weggezappt.

Cindy fuhr den Tourbus gern. Er war zu lang, zu hoch und zu breit, hatte einen riesigen Wendekreis und ließ sich schlecht einparken, aber genau deswegen liebte sie ihn. Schließlich war sie selbst ja auch nicht eine von denen, die in jede Parklücke passten. Auf der Autobahn kroch der Bus meistens in der Lasterschlange mit, nur bergab ließ er sich so weit beschleunigen, dass er den einen oder anderen Transporter überholte. Das einzige, was Cindy missfiel, war der ungeheure Lärm des alten Dieselmotors. Wenn die Band zu einem Auftritt fuhr, mussten sie früh aufbrechen, damit ihre Ohren sich vor Konzertbeginn noch erholen konnten.

Eigentlich fuhr Cindy nur zu Mme Helena, um sich eine goldene Zukunft als gefeierte Rocksängerin voraussagen zu lassen.

Sie hielt nichts vom Hellsehen. Aber sie hielt viel von Psychologie.

Ihr war klar: Eine positive Weissagung, der Ausblick auf eine blendende Zukunft, würde ihr Selbstbewusstsein stärken, und aufgrund dieses neu erworbenen guten Selbstbewusstseins würde sie über sich selbst hinauswachsen und wie ein Komet am Rockhimmel aufgehen, einen langen Schweif verzweifelt bettelnder Musikproduzenten hinter sich herziehend; Fanclubs würden aufblühen wie Wüstenblumen nach dem ersten und einzigen Regen des Jahres. Der Hausmeister würde sie nie wieder anmeckern, weil sie den Müll in den falschen Container entsorgt hatte. Die Menschen würden sowieso vor ihrem Haus lauern und ihr jeden ausgelöffelten Jogurtbecher, jeden leeren Leberwurstschlauch und selbst jede ausgeschlabberte Hundefutterdose aus der Hand reißen, um sie im Fanshop zu versteigern oder sie in einer Vitrine aufzubewahren.

Aber das, was Mme Helena ihr am Telefon konfus erzählt hatte, war nicht von Bedeutung. Cindy wollte die Welt bestimmt nicht retten, denn die Welt war schlecht und des Rettens nicht wert, und so konnte lediglich ihr Niedergang besungen werden. Am besten auf Englisch, denn da achtete sowieso keiner auf den Text. So hatte Cindy die Chance, vor dem unabwendbaren Weltuntergang wenigstens noch kurz berühmt zu werden, was die Sache, wenn auch geringfügig, erträglicher machte.

Sie wusste nur nie so recht, wie sie Charles die Sache mit dem Weltuntergang klar machen sollte. Hunde konnten nun mal von Natur aus nichts dafür.

Cindy hätte sich für die goldene Weissagung aus praktischen Gründen eine Hellseherin aussuchen können, die ihr Geschäft ... wie war die korrekte Bezeichnung? Praxis? Kanzlei? Büro? Tempel? ... etwas mehr in ihrer Nähe führte. Aber nun war diese Mme Helena ganz von sich aus aufgetaucht und Cindy hatte eigentlich auch nichts dagegen, eine längere Strecke zu fahren. Sie träumte vor sich hin, während sie mit einem oft geübten Schlenker einem schwarzen BMW auswich, der ihr auf ihrer Straßenseite entgegenschleuderte.

Wenn die Sache mit dem Weltuntergang nun doch akuter war als sie dachte und sie mit ihren Lieder alles abwenden konnte? Cindy –Orpheus in einer Unterwelt, die leider schon längst die Oberfläche der Erde erobert hatte? Wie es wohl jetzt in der Unterwelt aussah, in der alles verlassen und vergessen da lag? Vielleicht sah die Zukunft so aus, dass sich alle Rechtschaffenen – Rechtschaffene! Cindy liebte altmodische Wörter seit ihrer Kindheit im Schoße einer streng links-orthodoxen Pädagogenfamilie – es sich in der verlassenen Unterwelt gemütlich machten und dort abwarteten, bis die Dämonen und anderen Widerlinge sich an der Oberfläche gegenseitig sämtliche Hälse umgedreht hatten. Dann musste nur noch jemand die ganze Schweinerei da oben aufräumen und schon stand die Erde wieder zur friedlichen Nutzung bereit. Cindy schielte zum Handschuhfach. Sie wollte Notizen für einen Songtext machen. Beim Autofahren hatte sie die besten Ideen und keine Hände frei – und immer noch kein Diktiergerät bereitliegen. Diktiergeräte assoziierte sie mit blonden, Kaffee kochenden Sekretärinnen und Zigarre rauchenden Chefs.

Die Bandkollegen kritisierten Cindys Weltbild mitunter als etwas zu klischeeverhaftet. Sie argumentierte dagegen, dies sei beim Songschreiben nur von Vorteil.

Cindy bog in die Autobahnausfahrt ein.

Eine halbe Stunde später stand sie vor Mme Helenas Haustür. Sie lauschte lange, bevor sie auf den Klingelknopf drückte. Es gab eine bestimmte Art von Musik, mit der man in Wohnungen von Hellseherinnen rechnen musste, eine Art von Musik, die Cindy keine Minute lang aushalten konnte. Musik, die ein Grund war, umzukehren und sofort wieder nach Hause zu fahren.

Die Frau, die ihr öffnete, sah nicht wie eine Hellseherin aus. Sie sah aus wie eine Frau, die sich als Hellseherin verkleidet hatte.

„Hallo!", sagte sie freundlich und sah Cindy direkt in die Augen. „Wie schön, dass Sie uns gefunden haben!"

Cindy mochte sie sofort. Sie konnte es kaum erwarten, mit ihr am Tisch zu sitzen, Kaffee zu trinken, von der Watte in ihrem Kopf, von ihrem abgebrochenen Studium und ihren enttäuschten Eltern und natürlich von Musik zu erzählen.

„Kommen Sie herein", sagte Mme Helena.

Cindy folgte ihr in eine Art Wohnzimmer.

Ein blasser junger Mann in einer coolen altmodischen Uniform sprang bei ihrem Eintreten auf und überragte sie sofort um zwei Haupteslängen.

„Hi", sagte sie und sah ihn forschend an.

Er errötete! Das hatte Cindy nicht mehr erlebt, seit sie in der siebten Klasse einem Mitschüler einen Heiratsantrag gemacht hatte. Sie reichte ihm die Hand und er beugte sich hinunter und küsste sie.

Noch einmal dachte Cindy an Flucht. Aber sie blieb.

Professor Haderzwerg ahnte noch nicht, dass er im Ringen um die Rettung der Welt eine entscheidende, wenn auch nicht besonders schmeichelhafte Rolle spielen sollte. Der Professor ahnte sowieso nicht gern, weil er am liebsten alles sicher wusste. Was er nicht sicher wusste, existierte nicht. Und so existierte in der Welt von Professor Haderzwerg überhaupt nicht viel außerhalb seines Laptops, dem er auch nicht alles glaubte. Professor Haderzwerg glaubte an seine Dusche, seine Mutter, seine Brille, seine Bank und lange Zeit auch an das Wetter. Bei seinem Spiegel, dem Telefon und dem Küchenherd sah die Sache schon etwas schwieriger aus. Seine Welt war von beruhigender Übersichtlichkeit und das sollte so bleiben. Und so hatte er sein ganzes Leben und Werk der Erhaltung dieser Übersichtlichkeit gewidmet. Sein erklärtes Ziel war die Vernichtung alles nicht Erklärbaren. Es war nicht schwierig gewesen, Geldgeber für dieses Forschungsprojekt zu finden. Ganz im Gegenteil: Seine Auftraggeber hatten sich gegenseitig überboten, ihm ein großes Labor mit vielen stummen Assistenten zur Verfügung gestellt und ihm eine zweite Identität als Kunstprofessor geschaffen, an die er natürlich selbst nicht glauben musste.

Da Professor Haderzwerg nicht an die Welt glaubte, fürchtete er auch nicht deren Untergang. So hätte ihm das Projekt von Mme Helena eigentlich kein Kopfzerbrechen bereiten müssen. Doch die Nachforschungen der stummen Assistenten, die seit Langem mit detektivischem Eifer alle Aktivitäten beobachteten, welche Haderzwergs Erkenntnissen entgegenwirken konnten, hatten ergeben, dass diese Dame (er mochte das Wort „Dame", denn es war stabil wie falsche Wimpern, vollkommen frei von jeder sinnlosen Emotionalität dem weiblichen Geschlecht gegenüber) begonnen hatte, sich mit allerlei nichtexistenten Existenzen zu umgeben, eben jenen, die er seit Jahren erfolgreich widerlegt hatte. Er fragte sich, ob das ein persönlicher Affront gegen ihn war. Er hatte diese Dame nie in seinem Leben getroffen, aber es war nicht auszuschließen – nein, es war nachgerade zwingend – dass sie seine Schriften kannte, *Die Widerlegung von fast allem*, das Standardwerk in seinem Fach. Fraglich allerdings, ob so eine einfache Frau (zum Adjektiv „einfach" wollte das Nomen „Dame" nicht passen, leider) seine überaus komplexen Formulierungen überhaupt verstehen konnte.

Professor Haderzwerg stand kurz vor einer bahnbrechenden Erfindung, die zunächst eigentlich zu nichts nutze schien, da sie ohnehin nicht existierende Dinge endgültig vernichtete. Die Raffinesse lag darin, dass es gar nicht nötig war, die Dinge selbst zu vernichten. Es reichte vollkommen aus, die Idee von diesen Dingen zu vernichten. Und dazu musste ihre Existenz lediglich aus sämtlichen auf der Welt vorhandenen visuellen, schriftlichen und akustischen Dokumenten gelöscht werden. Dazu brauchte man ein etwas komplexes Computerprogramm, das Haderzwerg von seinen stummen Assistenten und Doktoranden bis weit in die Nachtstunden hinein entwickeln ließ. Sobald eine Idee nicht mehr in irgendwelchen Medien Erwähnung fand, vergaß die Menschheit ihre Existenz – oder besser gesagt ihr abergläubisches Vertrauen in deren Existenz – schlagartig und endgültig. Der Wirkungsmechanismus war computertechnisch komplex, psychologisch jedoch von erschütternder Einfachheit.

Die größte Sorge des Professors war, dass dieses Programm in die falschen Hände geraten könnte. Nicht auszudenken, was man damit alles vernichten konnte ... Computer und Waffen zum Beispiel. Was darin verschwand, würde über Generationen hinaus auch nicht mehr neu erfunden werden. Einmal hatte er einen Alptraum, in dem einer der stummen Assistenten seinen Namen in das Programm einspeiste, worauf niemand auf der Welt mehr wusste, dass Professor Haderzwerg eine Achtung gebietende und geradezu omnikompetente Persönlichkeit war, doch da Träume nicht nachweisbar existierten, beunruhigte sich Professor Haderzwerg nicht weiter.

Es gab immerhin noch eine Sache, an die er glaubte: daran, dass es seine Aufgabe war, die Welt von allem Unerklärlichen zu säubern.

Eine geputzte, ordentliche, sterilisierte Welt würde zurückbleiben, ähnlich seinem Kühlschrank. Professor Haderzwergs Kühlschrank war in der Regel leer, denn er glaubte nicht an Vorratshaltung.

Und jetzt schien es so, als glaube auch diese Mme Helena ihrerseits an ihre Aufgabe.

Nun, er besaß über die nötigen Instrumente, um sich ihrer und ihres widerlichen Gefolges zu entledigen.

Da keinerlei Aufzeichnungen, wissenschaftliche Erkenntnisse oder Errungenschaften eines Professor Haderzwerg im Universum weitere Verbreitung erfuhren, ist davon auszugehen, dass es sich bei diesem Menschen nur um einen Wissenschaftler des akademischen Mittelbaus mit mittel- bis übermäßiger Selbstüberschätzung handelte.

Der Regisseur spürte, dass etwas nicht stimmte.

Dem Regisseur ließ sich nicht viel Gutes nachsagen. Er brüllte viel und hörte nicht gern zu. Er vernichtete regelmäßig Drehbücher und Drehbuchautoren. Er war geizig und spendete nicht gern für Erdbebenopfer, da er grundsätzlich davon ausging, jeder sei an allem selber schuld. Es war seine amerikanische Erziehung.

Aber für seinen Beruf besaß er das gewisse Feingefühl.

Und so spürte er, dass Ronan die Faust nicht mehr alles gab.

Dass er nicht mehr Ronan die Faust war.

Und weil er feinfühlig, aber gleichzeitig jähzornig und tyrannisch war, wuchs ihm ein schwarzer Zorn.

An Steven O'Reilly konnte es nicht liegen, denn der war ja nur ein Schauspieler und traf keine eigenen Entscheidungen.

Er kam zu dem Schluss, dass der Drehbuchautor an allem schuld sein musste. Der arme Autor wurde herbeigerufen; er wand sich zu Füßen des Regisseurs und bot an, eigenhändig das eine oder andere Kapitel seines Buches zu zerreißen und die Seiten aufzuessen und alles vollkommen neu zu schreiben. Ronan die Faust würde noch stahlhärter werden, noch unerbittlicher, und das hämische Grinsen würde gar nicht mehr aus seinem Gesicht weichen. Der Regisseur befahl ihm, das alles nacheinander zu tun, aber nur, weil er in dieser Laune unbedingt jemandem etwas befehlen wollte. Insgeheim ahnte er bereits, dass die Folgen von Ronan der Faust gezählt waren.

Und sein überraschendes Feingefühl sagte ihm, dass diese Mme Helena, eine Art bunte Vogelscheuche, die vor einiger Zeit in einer Drehpause auf dem Set aufgetaucht war, eine entscheidende Rolle spielte.

Der Schauspieler Steven O´Reilly hatte sie merkwürdigerweise nicht bemerkt, obwohl sie ganz in seiner Nähe gestanden und unablässig vor sich hin geredet hatte. Jetzt, wo er genauer darüber nachdachte, fiel ihm auf, dass diese Frau O'Reilly noch nicht einmal um ein Autogramm gebeten hatte. Es war nicht das erste Mal, dass eine Verrückte auf dem Set aufgetaucht war, aber zum ersten Mal hatte diese dann nicht um ein Autogramm gebettelt. Deswegen hatte O'Reilly sie nicht bemerken können. Es war überaus verdächtig.

Als er Ronan nun auf dem Bildschirm beobachtete, verstärkte sich sein Misstrauen noch. Ronan war vollkommen unkonzentriert. Er sah Vögeln nach. Er schien zu lauschen. Er lächelte vor sich hin, aber es war kein hämisches Lächeln. Er summte! Tatsächlich, er summte! Ronan hatte nicht zu summen, er hatte zu knurren. Dem Regisseur wurde ein bisschen unheimlich. Er hatte einen regelmäßig wiederkehrenden Alptraum, in dem seine Serienfiguren lebendig wurden und den Regiestuhl eroberten. Sie befahlen ihm, dem Regisseur, dann, die widersinnigsten Dinge zu tun, und er konnte sich nicht gegen sie wehren. War Ronan die Faust nicht in einem dieser Träume vorgekommen?

Der Regisseur wischte sich den Schweiß von der Stirn.

Wie gut, dass er die Schriften von Professor Haderzwerg gelesen hatte. Sie ließen keinen Zweifel daran, dass nicht war, was nicht sein durfte, dass auch Träume nicht existierten. Er beschloss, Professor Haderzwerg Freikarten für die Premiere zu schicken, wenn er denn endlich die Welt der Serienhelden hinter sich lassen und einen echten Horrorfilm fürs Kino drehen würde, wie es seine eigentliche Bestimmung war.

七

Cindy saß in einem bequemen Sessel. Auf ihrem Schoß lag eine Zeitschrift über Verschwörungstheorien, aufgeschlagen auf der Seite, auf der Titelseite eines Berichts über die fingierte Mondlandung der Apollo. Die Füße hatte sie auf den Tisch gelegt, aber zuvor wenigstens die Schuhe ausgezogen. Da ihre Gastgeberin und ihr blasser, groß gewachsener Besucher sich über den Helden einer Fernsehserie unterhielten, hatte sie sich aus dem Gespräch ausgeklinkt. Den Fernseher hatten sogar die ansonsten ziemlich spießigen Mitglieder ihrer ehemaligen WG abgeschafft.

„Glauben Sie, dass dieser Ronan größer ist als ich?", fragte der Geist gerade. Er hielt die Fernbedienung immer noch in der Hand.

Mme Helena schüttelte den Kopf.

„Du meinst körperlich? Ich glaube kaum", sagte sie beruhigend. „Eine so gewaltige Größe würde ihn eher behindern. Er muss doch jederzeit springen und klettern können und solche Dinge."

Der Geist senkte den Kopf.

„Ich war nie besonders geschickt", gab er zu. „Wenn die anderen Jungen in den Bäumen Nester ausgehoben haben, musste ich immer unten bleiben."

„Nester ausheben verstößt sowieso gegen das Tierschutzgesetz", erklärte Cindy, die so skandalöse Bemerkungen beim besten Willen nicht überhören konnte. Nester ausheben! Das war doch ein Jungenstreich aus einem anderen Jahrhundert!

Mme Helena lächelte und ging aus dem Zimmer, um sich Tee nachzuschenken.

Der Geist sah Cindy etwas verwirrt an, dann drückte er wieder auf die Fernbedienung. Er sah sich am liebsten Dokumentarfilme über ferne Länder an, die er eines Tages zu besuchen hoffte. Aber um so aufregende Reisen zu unternehmen fühlte er sich in der Gegenwart noch nicht sicher genug.

Cindy beobachtete sein Gesicht. Es wirkte sehr jung und gleichzeitig sehr alt. Manchmal wechselte dieser Ausdruck sogar innerhalb von wenigen Sekunden. Sie hatte ein paar Mal versucht, ihn in ein Gespräch zu verwickeln, aber jedes Mal war er nur errötet und hatte eine wirre Antwort gestammelt.

„Wissen Sie eigentlich, warum wir hier sind?", fragte sie ihn jetzt.

„Natürlich!", antwortete Carl Theodor mit überraschender Klarheit. „Wir sollen die Welt retten."

Cindy setzte sich gerade hin. „Vor wem denn?"

In diesem Moment hörten sie Schritte im Treppenhaus. Es klingelte an der Tür.

„Der Lehrer", stöhnte Carl Theodor, der sich vor dem Fernseher eigentlich im Moment ganz wohl fühlte.

Mme Helena, die gerade wieder aufgetaucht war, sah auf die Uhr.

„Ungewöhnliche Zeit. Vielleicht ist er krank und leiht sich bei mir einen Beutel Lindenblütentee?"

Sie winkte Cindy und dem Geist beruhigend zu.

„Keine Aufregung. Er ist vielleicht gleich wieder weg."

Sie ging zur Wohnungstür und öffnete.

Aber da draußen stand nicht der Lehrer.

Draußen stand ein Student.

Er war jung, braun gebrannt und trug ein trauriges Kinnbärtchen und eine schwarze Hornbrille. Auf den Rücken hatte er einen bordeauxroten Rucksack geschnallt. In der einen Hand hielt er einen gelb-blauen Fahrradhelm, die andere streckte er Mme Helena entgegen.

„Ich bin der Nils", erklärt er fröhlich. „Und ich suche einen Praktikumsplatz."

„Bei mir?" Mme Helena starrte ihn an.

„Darf ich eintreten?" Nils trat ein. Er sah sich um. „Wow. Edles Design."

„Was?"

Nils wandte sich wieder Mme Helena zu. Er stand breitbeinig da, lässig, die Brillengläser funkelten.

„Ja, also, wie gesagt, ich brauche einen Praktikumsplatz, Es kostet Sie nichts. Wird gefördert, wissen Sie."

„Von wem?" Mme Helena musterte ihn skeptisch von oben bis unten.

„Von der Studiengangsleitung ... und dann natürlich die Arbeitsagentur…"

„Welcher Studiengang ist das denn?"

„Kunst", wisperte der junge Mann verschämt und nahm seine Brille ab.

Cindy hob den Kopf und runzelte die Stirn. Da passte etwas nicht zusammen.

Auch Mme Helena zögerte.

War diese unerwartete Erscheinung etwa die rätselhafte Nummer sieben? Die hatte sie sich anders vorgestellt. Das heißt, sie hatte sie sich irgendwie gar nicht vorgestellt, aber so auf jeden Fall noch viel weniger.

Mme Helena beschloss, den jungen Mann auszupendeln. „Moment, bitte", sagte sie und verschwand in ihrer Praxis.

Es dauerte eine Weile, bis sie das Pendel fand, das sie für ungebetene Besucher bereithielt. Sie benutzte es in letzter Zeit kaum noch, weil keiner kam.

Der Student sah sich wieder um. Er war so groß, dass er sich den Kopf an der Räucherschale stoßen konnte, die an drei feinen Messingketten von der Decke hing.

Mme Helena hatte sich einen schweren Halsschmuck aus verschiedenen Halbedelsteinen umgehängt. Sie streckte den Arm aus und ließ das Pendel frei schwingen.

„Und jetzt?", fragte der Student stirnrunzelnd.

„Bitte nicht bewegen", flüsterte Mme Helena. Sie hielt ihren Blick starr auf das Messinggewicht des Pendels gerichtet. Es bewegte sich hin und her, dann vor und zurück, dann kreiste es, dann stand es still und schien nachzudenken.

Mme Helena hätte gern den Geist gefragt, was er davon hielt, aber der hatte sich in den Wäscheschrank zurückgezogen. Er liebte den Duft von frischer Wäsche.

Ihr blieb nichts anderes übrig, als das Pendel unauffällig wieder einzustecken und eine wissende Miene aufzusetzen.

„Was heißt das denn jetzt?", wollte Nils wissen.

„Es heißt dass ... na ja, vielleicht für bestimmte Aufgaben …" Mme Helena überlegte hektisch. „Glauben Sie eigentlich an Geister?"

Cindy verdrehte die Augen.

„Natürlich nicht!", rief der Student.

Mme Helena nickte. „Gut, dann können Sie anfangen. Morgen. Morgen früh um elf."

Nils nickte eifrig. Er setzte sich seinen Fahrradhelm auf und reckte das kantige Kinn vor, während er den Riemen verschloss.

„Bis morgen dann also!"

Er wandte sich zum Gehen, aber Mme Helena legte ihm eine Hand auf den Arm. „Moment noch!"

Nils starrte sie fragend an.

„Was können Sie denn überhaupt?", fragte Mme Helena. „Ich meine, wenn Sie mir hier helfen wollen."

„Ich kann Computer!", sagte Nils stolz. „Ich könnte Ihnen eine Homepage basteln. Oder haben Sie etwa schon eine?"

„Nein", sagte Mme Helena. „Nein, ich habe keine."

„Eben", sagte der Student. „Also bis morgen dann."

„Tschüs", murmelte Cindy, die ihn unentwegt beobachtet hatte.

Carl Theodor nickte nur in seinem Wäscheschrank.

Nils verschwand aus der Tür.

Er schloss sein Fahrrad auf und rückte noch einmal seinen Helm zurecht. Dann fuhr er los. Aber er fuhr nicht nach Hause. Er fuhr direkt in das Institut von Professor Haderzwerg, um dort seinen Bericht schriftlich abzufassen und ihn seinem Doktorvater stumm abzuliefern.

Leonardo fühlte sich in seinem Raumschiff ein bisschen unbehaglich. Das lag einerseits an seinem zunehmenden Hunger, andererseits aber vielleicht auch –zumindest teilweise – an den zahlreichen schlammgesprenkelten, uniformierten Gestalten, die sein Raumschiff inzwischen umzingelt hatten und den waffenstarrenden Panzerfahrzeugen, die von vier Seiten auf sein Raumfahrzeug zusteuerten.

Der Unsichtbare Freund suchte seit Stunden nach dem Unsichtbaren Handbuch.

„Es wäre nicht schlecht, wir würden bald von hier wegkommen", sagte Leonardo. Er schüttelte den Kopf, als einer der Panzer ein Geschoss abfeuerte, das natürlich wirkungslos an der Hülle des Raumschiffs abprallte.

„Es hat keinen Sinn, sich mit solchen Leuten abzugeben", murmelte der Unsichtbare Freund. Seine hohe Stimme klang ein bisschen erstickt. Wahrscheinlich kroch er gerade hinter den Leichtbauschränken herum, in denen Leonardo seine persönlichen Dinge aufbewahrte.

Leonardo steckte ein weiteres Stück Zwirbelkonfekt in den Mund. Er konnte es nicht unbeschwert genießen, denn da der Zwirbelantrieb ja im Flug defekt gewesen war, ließ sich ein Fehler bei der Zubereitung des Konfekts nicht ganz ausschließen.

Leonardo tippte mit dem Finger ein paar Mal auf den Bildschirm, um sich ein genaueres Bild von seiner Umgebung zu machen. Er konnte nichts Einladendes entdecken. Er gähnte und tippte noch einmal. Dann setzte er sich sehr gerade hin.

Auf dem Bildschirm war ein Erdbewohner aufgetaucht. Sein Kinn wirkte blau-stoppelig und er trug eine merkwürdige dunkelblaue Mütze auf dem Kopf. Er hatte sanfte, traurige Augen.

„Sie da, aus dem Weltall?", fragte die Figur. „Hören Sie mich?"

Leonardo starrte ihn an. Während er auf den Antwortknopf drückte, überlegte er fieberhaft, ob dies nun endlich das Gegenüber war, dem er seine Gastgeschenke überreichen sollte. Vom Zwirbelkonfekt war allerdings nicht mehr viel übrig.

„Hier Leonardo vom Planeten Schlamm", sagte er. „Ich entschuldige mich für die unangemeldete Landung auf Ihrem Planeten, aber ich habe - also mein Raumschiff hat eine Panne."

Das Gegenüber auf dem Bildschirm nickte melancholisch, als sei es mit allen Schicksalsschlägen im Universum bestens vertraut.

„Haben Sie sich verletzt?", fragte es.

Leonardo schüttelte den Kopf. „Das nicht. Aber ich bekomme den Antrieb nicht allein wieder flott."

Wieder nickte der Mann auf dem Bildschirm. Dann schüttelte er sich ein bisschen, als sei er aufgewacht, warf einen sorgenvollen Blick hinter sich und flüsterte: „Ich bin Ronan, die ausgestreckte Hand. Es kann sein, dass unser Gespräch gleich unterbrochen wird. Mein Regisseur …"

Einen Sekundenbruchteil lang verschwand er vom Bildschirm, dann tauchte er wieder auf.

„Entschuldigung. Ich werde einen Weg finden, Sie da herauszuholen, bevor das Militär Ihr Raumschiff stürmt oder zerstört. Ich oder wir alle – wir sind sieben, wissen Sie? Wenn man Sie mitzählt, natürlich. Und die Nummer Sieben, von der wir noch gar nichts wissen. Da ist vor allem diese Madame…"

Und dann verschwand er wieder vom Bildschirm.

Leonardo seufzte. Immer noch nichts zu essen.

七

Carl Theodor stand am Fenster. Er stand oft am Fenster, sah hinaus auf die Straße, auf der Gestalten in unerklärlicher Eile aneinander vorüber hasteten, Mütter ihre Kinder in motorisierten oder nicht motorisierten Fahrzeugen vorwärts transportierten, Hunde durch kurze Leinen am Ausleben ihrer angeborenen Geselligkeit gehindert wurden. Es war eine Straße, auf der nur Motoren lärmten und die Menschen von bedrückendem Schweigen umgeben waren.

Dann wieder richtete Carl Theodor seinen Blick in den Himmel und fragte sich, warum dieser in dieser Stadt, in dieser Zeit, niemals so tiefblau leuchtete wie zu seinen eigenen Lebzeiten. Hatte er sich ausgerechnet in eine Stadt verirrt, über der ein ständiger Nebel lag? Und wie kam es, dass dieser Himmel sämtliche Gerüche zu schlucken schien, dass die Luft leer und fade schmeckte wie abgestandenes Wasser? Sahen diese Menschen niemals eine unverschleierte Sonne und ahnten sie daher gar nicht, wie bunt Farben leuchten konnten? Und bemerkten sie nicht, wie schwer das fahle Licht auf ihren Seelen lastete und dass ihnen mit den Gerüchen alle Erinnerungen und Träume abhanden gekommen waren?

Er selbst fühlte, wie seine Glieder von Tag zu Tag schwerer wurden, und nachts träumte er mit offenen Augen von den leuchtenden Wiesen, von den vielfältigen Gerüchen seiner Kindheit.

Carl Theodor hatte großes Heimweh.

Dass Cindy nun hier war, linderte den Schmerz wenigstens geringfügig.

Mme Helena hatte Cindy darüber informiert, dass man unter anderem noch einen Außerirdischen und einen Serienhelden erwartete, bevor es mit der Rettung der Welt losgehen konnte. Seit ihrem Ausbruch aus dem vorgezeichneten Leben hatte Cindy wichtige Dinge über Sinn, Unsinn, Wahnsinn und Widersinn dazugelernt, und so nahm sie diese Aussage hin, ohne mit der Wimper zu zucken, und wartete ab, was sich nun weiter ergeben würde.

„Soll ich den Nachrichtenticker vorlesen?", fragte sie. Mme Helena nickte, und so verlas Cindy die Schlagzeilen aus dem Internet. Mme Helena starrte währenddessen angespannt auf ihre Kristallkugel, in der gegenwärtig nur Nebel zu sehen war.

Nils kochte Tee, weil der Platz am Computer besetzt war. Er hatte noch nie ein Getränk zu sich genommen, an das er nicht durch Aufdrehen eines Schraubdeckels oder Einwurf einer Münze herangekommen war, und so beobachtete er das sprudelnde Teewasser voller Misstrauen und versuchte, den richtigen Moment für den Aufguss zu berechnen.

Carl Theodor stand dicht hinter Cindy und versuchte so auszusehen, als würde er sich mehr für die Meldungen im Internet als für die junge Frau interessieren.

„Nichts", sagte Mme Helena langsam. „Das ist doch sehr merkwürdig. Dieser Besucher aus dem Weltraum ist eindeutig auf der Erde gelandet. Nicht nur das, es muss in besiedeltem Gebiet passiert sein. Es ist einfach nicht vorstellbar, dass ihn keiner bemerkt hat."

„Vielleicht ist es noch nicht geschehen", schlug der Geist vor. „Vielleicht handelte es sich bei Ihrer Vision um einen Blick in die Zukunft."

„Ich kann gar nicht so weit in die Zukunft sehen", knurrte Mme Helena leise.

Cindy drehte sich nach den Anderen um.

„Zensur", sagte sie triumphierend. „Der Bericht ist zensiert. Wird einfach totgeschwiegen."

„Ach so …", murmelte der Geist und zuckte zusammen, denn etwas zwickte ihn im Rücken.

Auch Nils zuckte zusammen, als er das Wort *Zensur* hörte, denn er dachte an seine Abschlussarbeit und die strenge Miene von Professor Haderzwerg.

„Ist doch logisch!" Cindy geriet in Fahrt. "Die wollen gar nicht, dass die Öffentlichkeit davon erfährt. Es könnte ja Panik ausbrechen oder so was. Nein, die wollen das Raumschiff und den Typen da drin ganz unauffällig verschwinden lassen und so tun, als wäre nie was gewesen."

„Ja ja", seufzte Carl Theodor, der jetzt sehr farbige Bilder der Ereignissen zu seiner Lebenszeit vor sich sah.

„Aber die Zeugen!" Frau Helena zweifelte immer noch. „Es muss doch Zeugen gegeben haben."

„Die sind eingeschüchtert oder bestochen." Cindy zuckte mit den Schultern. „Oder sie werden beseitigt. Wie man das halt so macht."

Nils entschied, dass nun der richtige Moment für das Aufgießen des Tees gekommen war. Er hob den Topf über die Kanne, in die er vorher einige Teelöffel Kräuter gegeben hatte, und goss das dampfende heiße Wasser aus. Ein widerlich-süßlicher Geruch erfüllte den Raum. Nils griff nach seinem Bananenbuttermilchbecher und nahm einen großen Schluck. Er atmete tief durch und versuchte sich daran zu erinnern, ob in den Schriften von Professor Haderzwerg etwas über Tee stand, aber er konnte sich momentan nicht erinnern. Immerhin hatte das Werk zweitausendvierhundertsiebenundachtzig Seiten in Neun-Punkt-Schrift.

„Hilft die Weissagung denn nicht weiter?" Cindy lehnte sich im Schreibtischstuhl zurück. Ihr Hinterkopf berührte dabei die Uniform von Carl Theodor, der heftig zusammen-zuckte.

Mme Helena biss sich auf die Unterlippe. „Nein" gab sie zu. „Die Weissagung ist, offen gesagt, ein bisschen …. na ja, wenig präzise."

Cindy hatte schon den Anfang einer Ballade im Kopf. Ihr fiel bloß nicht ein, was Weissagung auf Englisch hieß.

„Was heißt Weissagung auf Englisch?", fragte sie Carl Theodor.

Carl Theodor sackte ein paar Zentimeter in sich zusammen, was sich kaum bemerkbar machte.

„Ich spreche leider kein englisch", gab er zu. „Ein paar Brocken französisch, was man so braucht beim Exerzieren … aber das war's dann auch schon."

„Hm", machte Cindy und betrachtete den Studenten, der seinerseits argwöhnisch das Geschehen in der gläsernen Teekanne beobachtete. Aber Nils reagierte nicht, denn Professor Haderzwerg glaubte nicht an Fremdsprachen.

Cindy erhob sich. „Ich muss nach meinem Hund sehen", sagte sie. „Der schläft im Tourbus."

„Bringen Sie ihn ruhig mit herein", murmelte Mme Helena abwesend. Sie starrte immer noch auf ihre vernebelte Kristallkugel. Nils schluckte ein bisschen, denn er hatte eine Hundephobie, die er als Allergie ausgab. Aber an Phobien glaubte Professor Haderzwerg natürlich erst recht nicht, und der Professor war nun einmal sein großes Vorbild.

Cindy sah sich im Flur noch eine ganze Weile die bunten Kunstdrucke an, die allerlei geheimnisvoll gewandete Wesen, knorrige, wesenhafte Bäume, Drachen und Mondnächte darstellte. Moon, dragon and tree, dachte sie. Ein schöner Titel für eine CD.

Oder für einen Englischsprachkurs.

Charles erwartete sie schon. Er hatte seine unglücklichste Miene aufgesetzt. Cindy setzte sich zu ihm aufs Bett und kraulte ihn hinter die Ohren. Abwesend beobachtete sie die Hundehaare, die im Schein der Abendsonne durch den Bus schwebten.

„Vielleicht sollten wir wieder nach Hause fahren", sagte sie zu Charles. „Das ist alles ziemlich durchgeknallt."

Aber dann fiel ihr Blick auf den schwarzen Gitarrenkoffer.

„Aber es inspiriert mich irgendwie", stellte sie fest. *Moon, dragon and tree and E.T., the extraterrestrian.*

Womöglich war sie in eine Fernsehshow geraten?

Das musste des Rätsels Lösung sein! Man hatte sie in eine Show gelockt, sie auf die Probe gestellt, sie mit einer überraschenden Situation konfrontiert, sie gecastet. Sie hatte sich bewährt oder war durchgefallen, ein Millionenpublikum würde darüber urteilen.

„Publicity", murmelte sie und zog Charles am linken Ohr. Charles kippte gegen ihre Beine. Er stank. Cindy dachte an Griechenland. Wie hoch war so eine Show wohl dotiert? In Griechenland brauchte man nicht viel, da wuchs so gut wie alles und die Sonne senkte zuverlässig die Heizkosten.

Cindy würde weiterhin mitspielen. *Moon, Dragon and Tree*, ihre erste richtige CD, würde sich von allein verkaufen, weil alle sie aus dem Fernsehen kannten.

„Ich muss mir ein paar originelle Bemerkungen überlegen", sagte sie zu Charles. „So was merken sich die Leute."

Sie klappte einen Einbauschrank auf und angelte eine nicht mehr ganz volle Rotweinflasche hervor. Sie zog den Korken mit den Zähnen heraus, nahm einen Schluck und sah im Geiste ihre kopfschüttelnde Mutter vor sich.

Ihre Mutter mochte Castingshows, so lange nicht zu viel Busen gezeigt wurde.

Mario lernte einen Mitpatienten kennen, der ihm ein bisschen sympathisch war, und das erschien ihm so verdächtig, dass er tagelang mit gar niemandem mehr sprach.

Er hatte gelernt, dass man von anderen Menschen Abstand halten musste, wollte man nicht von ihnen enttäuscht werden. Das galt für Eltern, Lehrer, Mitschüler, Nachbarn, Frauen im allgemeinen, Ärzte und auch Arzthelferinnen, Schauspieler, Busfahrer und andere Menschen, denen er im Leben zwangsläufig begegnen musste.

Seit er in der Klinik lebte, war er niemandem mehr wirklich begegnet. Zwar lebten andere um ihn herum, aber sie ließen ihn in Frieden. Die Ärzte sah er kaum, und wenn er sie sah, hörte er ihnen nicht zu. Die Krankenschwestern waren weiß gekleidet und sprachen mit unterschiedlichen Akzenten, die zu entschlüsseln die Mühe nicht lohnte.

Und nun, als er sich gerade sicher gewähnt hatte, tauchte da dieser neue Patient auf: ein junger Mann, jünger als Mario selbst, mit ängstlichen dunklen Augen, die jeden Blick aus dem Fenster vermieden. Er hatte in der Cafeteria am Nebentisch gesessen, sich plötzlich zu ihm herübergelehnt und geflüstert: „Glaubst du das alles etwa?"

Und Mario hatte sehr spontan den Kopf geschüttelt, ohne nachzufragen, was mit „das alles" gemeint sei.

Da hatte der Neue gelächelt, und dieses Lächeln hatte Mario so von innen heraus erwärmt, dass er beschlossen hatte, sein Freund zu werden, auch wenn Freunde zu jener Sorte Menschen gehörten, denen erfahrungsgemäß am wenigsten zu trauen war. Er war aufgestanden und hatte sich zu dem Neuen an den Tisch gesetzt und nichts gesagt.

Der Neue hatte auch lange nichts gesagt, erst nach etwa einer Viertelstunde.

„Ich glaube ja nicht an Namen", hatte er gesagt. „Aber früher haben die Leute Karol zu mir gesagt." Er legte den Kopf in den Nacken und lachte glucksend.

Mario lachte ein bisschen mit.

Der Neue wurde wieder ernst und sah blass in seinen Pfefferminztee.

„Es gibt Leute, die an Pfefferminztee glauben", murmelte er und pustete in den Tee, obwohl dieser wie üblich nur lauwarm war. „Meine Oma zum Beispiel."

Er sah Mario herausfordernd an.

„Das muss man sich mal vorstellen", sagte Mario schnell. Eigentlich war er an den lauwarmen Pfefferminztee gewöhnt und erwartete sowieso nichts Besseres mehr.

Später waren sie gemeinsam durch den Park gegangen. Der Neue hatte nicht viel gesprochen, aber immer wieder aufmerksam einen Baum, einen Mülleimer oder einen Patienten angesehen und dann den Kopf geschüttelt oder manchmal auch traurig gelacht.

„Wer soll das denn glauben", hatte er gesagt, oder: „So dumm kann doch keiner sein."

Mario war überwiegend stumm neben ihm hergetrottet und hatte sich zum ersten Mal seit langer Zeit sehr sicher gefühlt.

Er wusste, er würde Karol irgendwann von der Maschine erzählen, und Karol würde nicht an sie glauben.

Diese Gewissheit bescherte ihm ein merkwürdiges Gefühl, an das er sich vage als „gute Laune" erinnerte und das ihn mit so tiefem Misstrauen erfüllte, dass er erneut tagelang sein Zimmer kaum verließ, um dem Menschen, der da als sein Freund auftrat, nicht begegnen zu müssen.

Außerdem rechnete er jeden Tag mit einem neuen Besuch von Mme Helena. Auch vor ihr musste er sich in Acht nehmen, denn sie erwartete von ihm, seine Sicherheit hier in der Klinik irgendwann aufzugeben, und das nur wegen einer alten Weissagung.

Nun, wo Mario einen Freund hatte, der an nichts glaubte, konnte ihm Mme Helena eigentlich nichts mehr anhaben.

Der Freund verlieh ihm Sicherheit.

Aber es war trotzdem noch sicherer, diesem gefährlichen Menschen, der sich jetzt sein Freund nannte, eine Weile nicht zu begegnen.

Karol war dünner geworden, als Mario ihn schließlich wiedersah. Er warf Mario einen sehr zweifelnden Blick zu, runzelte die Stirn und nickte dann schließlich, als sei er auf steinigem Wege zu einer positiven Entscheidung gekommen.

„Sie haben eine Fächerpalme aufgestellt", flüsterte er Mario verschwörerisch zu. „Sie glauben an Zimmerpflanzen."

Mario nickte. Das war ihm auch schon aufgefallen.

„Aber mir können sie nichts vormachen." Karols Augen blitzten jetzt triumphierend. „Ich weiß nämlich Bescheid. Ich habe bei Kapazitäten studiert!"

Er nickte bekräftigend und Mario wurde sofort klar, dass Karol an die Kapazitäten glaubte.

Karol nickte eine ganze Weile, so lange, dass Mario an den Wackeldackel denken musste, den seine Lieblingstante Anita auf der hinteren Ablage ihres grünen Golf sitzen hatte.

Er hatte als Kind immer gefürchtet, der Dackelkopf werde sich eines Tages lösen und herausfallen und er, Mario, müsste in ein gähnendes schwarzes Halsloch starren und würde da unten dann die Eingeweide des enthaupteten Hundes ausmachen, einschließlich des letzten Mittagessens, das er sich vor seiner Verwandlung zum Wackeldackel einverleibt hatte.

Mario war beim Autofahren grundsätzlich schlecht geworden, nicht nur bei seiner Lieblingstante Anita, aber dort besonders schnell.

Nun fürchtete er nicht ernsthaft, dass Karol der Kopf abfallen würde, denn heute hatte er seine Medikamente eingenommen und auch hinuntergeschluckt. Außerdem war Karol eindeutig einer, der auch hier drin den Kopf auf den Schultern behielt.

„Gehst du nachher wieder durch den Park?", fragte er leise.

Karol lächelte spöttisch. „Frische Luft?"

„Einfach so", sagte Mario unsicher. „Ich gehe hier immer in den Park. Wir haben hier eben einen Park. Einen, in dem nichts passieren kann."

Draußen vor der Mauer, daran erinnerte er sich wohl, waren Parks wahre Brutstätten für Taschendiebe, bissige, nicht angeleinte Hunde, wütende Stadtgärtner und ihre ohrenbetäubenden Maschinen, Ordnungshüter, kackende Tauben, blinde Radfahrer und taubblinde Jogger und Kinder, die einem runde eckige oder längliche Objekte zwischen die Beine oder gar an den Kopf warfen. Von alledem gab es im Klinikpark nichts.

„Gewohnheiten, ja?", hakte Karol nach. „Weißt du, da glaub ich nicht so richtig dran."

Er sagte es in freundschaftlichem Ton, und das machte Mario Mut.

„Aber da kann einem nichts passieren", beteuerte er.

Und da hatte Karol langsam genickt.

„Na gut", hatte er gesagt. „Dann gehen wir eben mal durch den Park. Aber keine Abkürzungen."

„Keine Abkürzungen", versprach Mario.

七

Professor Haderzwerg war sehr zufrieden mit Nils Prowitzki, seinem neuen stummen Assistenten.

Seine Berichte waren knapp, sachlich und leicht zu lesen. Prowitzki war der einzige Assistent von Haderzwerg, der die deutsche Interpunktion und Rechtschreibung wenigstens soweit beherrschte, dass man seine Schriftstücke verstehen konnte. In allem anderen war Prowitzki so durchschnittlich, dass er als Praktikant überall gerne genommen wurde.

Was in den Berichten stand, entfachte in Professor Haderzwergs Seele einen blaukalten Zorn.

Seine Widersacherin war eine primitive, albern verkleidete Dame in den Wechseljahren, die ihre Glaskugel für einen Computer hielt! Auf sehr ärgerliche, da zunächst unerklärliche Weise hatte diese Dame sich Kenntnisse angeeignet, die von der Evolution längst zum Aussterben verurteilt waren.

Haderzwerg hatte an einschlägiger Stelle, an der ein früherer Studienkollege saß, vorgefühlt. Und tatsächlich: Dieses Raumschiff existierte. In einer Provinz dieses Landes, Heimat der Aufklärung, der Vernunft und der elektronisch gesteuerten Raketenabwehr, war es einfach so gelandet. Selbstverständlich war die betroffene Region bereits abgeriegelt, die Erstürmung des Raumschiffs wurde vorbereitet, im Verteidigungsministerium debattierte man und die Medienvertreter hatte man wie üblich mit einem spontanen großen Filmfestival in der Hauptstadt abgelenkt.

Wie also hatte die Dame davon erfahren?

Hatte auch sie Freunde an höchster Stelle?

Haderzwerg atmete tief durch. Er wippte auf seinen Schuhen vor und zurück. Er ballte die Hände zu Fäusten und entspannte sie wieder. Er fühlte mit der Zunge nach einer verdächtigen rauen Stelle an einem Backenzahn und legte sie schnell wieder an ihren Platz. Er ging an seinen Kühlschrank, öffnete ihn und sah so lang hinein, bis er sich wieder beruhigt hatte. Als er den Kühlschrank schloss, hatte er einen Plan.

Professor Haderzwerg hatte einen Freund, obwohl dieser Sachverhalt seinen innersten Überzeugungen in gewisser Weise widersprach. Haderzwerg und Dr. Wimpel waren sich bei einem Kongress begegnet und jeder hatte dem Vortrag des anderen gebannt gelauscht. Ihre Arbeitsbereiche erschienen auf den ersten Blick sehr unterschiedlich, aber bei näherer Betrachtung ließen sich unendlich viele Gemeinsamkeiten erkennen.

Dr. Wimpel machte Haderzwerg mit dem Sachverhalt vertraut, dass Wetter nicht ein Produkt des Zufalls oder, noch schlimmer, des Chaos' sein musste und es auch schon längst nicht mehr war. Er zeigte ihm Wolken, die nicht natürlich entstanden, und Nebel, an dessen raffinierter chemischer Zusammensetzung Kohorten von Wissenschaftlern jahrelang gearbeitet hatten. Er wies ihn auf den metallenen Schimmer des Himmels hin und auf die irisierenden Lichtspiele um die Sonne. Es kam selten vor, dass Haderzwerg der Leichtgläubigkeit überführt wurde, aber in den Gesprächen mit Dr. Wimpel geschah es immer wieder. Haderzwerg hatte bis dahin tatsächlich ans Wetter geglaubt, was immerhin vielleicht damit zu entschuldigen war, dass er sehr selten aus dem Fenster blickte und selbst dann in der Regel nicht nach oben.

Wimpels Begeisterung für *Die Widerlegbarkeit von fast allem* tröstete Haderzwerg so weit, dass er für Dr. Wimpel eine anerkennende und duldende Freundschaft entwickelte.

Die Freundschaft wurde eng, als sie sich in einem schwachen Moment gegenseitig verrieten, dass sie einen gemeinsamen Helden hatten: *Ronan die Faust.*

So wurde es eine Art Ritual, dass die beiden Männer sich am Dienstagabend trafen, gemeinsam Dinge widerlegten, dazu Rotwein mit viel Barrique-Aroma tranken und sich zum Schluss – natürlich witzelnd - die neueste Folge von Ronan die Faust ansahen.

Dr. Wimpel konnte der Handlung nicht ganz folgen, weil sein Blick immer wieder in den Bildschirmhimmel wanderte. Er hörte nur mit und erkannte an der gesteigerten Frequenz der Pistolenschüsse und der Intensität des Reifenquietschens, dass die Folge sich ihrem Höhepunkt näherte. Haderzwerg hielt ihn mit knappen Bemerkungen auf dem Laufenden.

Heute war nicht Dienstag und Haderzwerg zögerte noch eine ganze Weile, ob es wirklich angemessen sei, sich Wimpel mit seiner Bitte um Widerlegung anzuvertrauen. Aber die Unruhe siegte. Der Boden unter seinen Füßen bebte, der Kühlschrank zitterte, selbst im Tee schwangen seltsame Kreise, als Haderzwerg in seiner zweckmäßig eingerichteten Wohnung auf und ab schritt.

In Haderzwerg selbst zitterte alles.

Er griff nach dem Telefon.

Dr. Wimpel befand sich noch in seinem Labor, in dem er an der Simulation kontrollierter Erdbeben arbeitete. Diese gehörten zwar genau genommen nicht zu seinem Forschungsbereich, denn sie waren kein Wetter, aber man hatte festgestellt, dass dieselben Mechanismen, die das Wetter veränderten , auch starke Erdbeben auslösen konnten.

Diese Erkenntnisse waren von höchstem wirtschaftlichem und militärischem Interesse, und deswegen durfte Dr. Wimpel bei seiner Arbeit nicht gestört werden. Nach Feierabend würden selbstverständlich alle seine Äußerungen aufgezeichnet und ausgewertet werden.

Professor Haderzwerg mochte es nicht so gerne, wenn man ihn belauschte. Er hatte gerne Zuhörer, aber nur solche, die am Ende seiner Ausführungen angemessen applaudieren konnten. So verzichtete er an diesem Tag auf das Treffen mit Dr. Wimpel und verabredete sich für den Dienstag, denn Wimpels Bewacher und Spione verpassten ihrerseits keine Folge von *Ronan die Faust* und gaben sich an diesen Abenden nicht die Mühe, ihre Mikrophone einzustöpseln.

Ronan hatte einen Plan, wie er Leonardo retten konnte. Im Grunde wusste er nicht, warum er gerade für einen Außerirdischen so viel riskieren wollte. Vielleicht, weil die Irdischen ihn so oft enttäuscht hatten? Oder wollte er Mme Helena gefallen? Ihr schien viel an diesem Schlammbewohner zu liegen, der sich rein äußerlich verblüffend wenig von Erdbewohnern unterschied. Bis auf die Antennen natürlich, von denen eine um neunzig Grad abgeknickt war.

Schwierig würde es sein, gleichzeitig mit dem Raumfahrer auch das Raumschiff zu retten. Ronan traute sich zu, seinen Drehbuchautor von Leonardo zu überzeugen, aber das ganze Gefährt würde er wohl nicht in seiner Serie unterbringen können. Außerdem waren große Teile des Heeres zu seiner Bewachung abkommandiert. Sehr lange Zeit würde niemand bemerken, dass Leonardo daraus verschwunden war.

Ronan saß schon eine ganze Weile auf der Fensterbank und sah seinem Drehbuchautor zu. Der trank wieder Rotwein, was Ronans Aufgabe sehr erleichtern würde. Auf dem Computerbildschirm schwammen bunte Fische von einer Seite zur anderen, stießen gegen den Rand und drehten wieder um. In periodischen Abständen erklang ein leises digitales Blubbern.

Der Drehbuchautor betrachtete die Fische. Besonders ein schlangenartiges, blau-gelb gestreiftes Exemplar schien seine Aufmerksamkeit zu fesseln. Er zuckte sogar zusammen, als es sich den breiten Schädel am Bildschirmrand stieß, und atmete auf, als es offenbar unbehelligt kehrt machte und wieder in die Gegenrichtung schwamm. Er nahm einen Schluck Rotwein. Seine Lippen waren violett verkrustet.

Ronan musterte die Weinflasche. Sie war fast leer. In Kürze würde der Drehbuchautor zu Cognac übergehen.

Dann war der Moment für Ronans Auftritt gekommen.

Der Drehbuchautor gähnte laut. Er tippte mit einem Finger auf die Tastatur. Die Fische verschwanden schlagartig. Eine grau-bläulich schimmernde halb volle Textseite hatte ihren Platz eingenommen. Der Autor fügte eine Zeile hinzu. Er zögerte und löschte sie wieder. Er schrieb ein Wort. Er leerte sein Glas. Er schenkte nach. Jetzt war die Flasche leer.

Ronan betrachtete die überquellenden Bücherregale. Geschichten ohne Bilder faszinierten ihn. Er fragte sich, wie man sich als Hauptfigur einer nur aus Buchstaben bestehenden Geschichte wohl fühlen mochte. Und wie man als eine solche aussah. Oder ob man in diesem Fall überhaupt kein Aussehen hatte, was natürlich unvorstellbar war. Ronan lauschte, ob er irgendwo die Stimme einer solchen unsichtbaren Romanfigur höre. Aber nun blubberte es im Computer wieder. Der Autor leerte sein Glas sehr schnell. Er griff nach seinem Telefon und starrte darauf, obwohl es nicht geklingelt hatte. Dann schrieb er wieder, diesmal mehrere Zeilen. Er kniff die Augen zusammen und musterte das Geschriebene mit zögerndem Lächeln. Ronan trat näher und versuchte, die Schrift zu entziffern. Sicherlich ging es um ihn. Sein Autor schrieb schon lange nichts anderes mehr. Nur sonntags, wenn er zu früh aufwachte, verfasste er manchmal Gedichte, die Ronan nicht mehr las, weil sie ihn peinlich berührten.

Ronan saß noch eine knappe Stunde geduldig auf dem alten Sessel, dann war es soweit. Der Drehbuchautor hatte die Augen halb geschlossen. Sein rechter Arm hing schlaff herab. Das Bildschirmaquarium blubberte seit mindestens zwanzig Minuten ohne Unterbrechung. Im Glas stand zwei Zentimeter hoch ein Rest Cognac.

Ronan erhob sich vorsichtig. Er trat an seinen Autor heran und betrachtete ihn mit liebevoller Verzweiflung.

Dann holte er tief Luft und betrat den Bildschirm.

Wie jeder Serienheld konnte er nur auf dem Bildschirm sichtbar werden und sprechen. Das funktionierte auf Computerbildschirmen immerhin ebenso gut wie auf Fernsehbildschirmen. (Ronan zog Flachbildschirme vor, das Geflimmer der Bildröhren kitzelte so unangenehm).

„Chef", sagte Ronan, als er auf dem Bildschirm stand und die Fische sich zurückgezogen hatten. „Chef, sieh mich an!"

Er wusste, dass der Drehbuchautor sich für seinen Chef hielt. Der Einfachheit halber sprach er ihn auch so an.

Der Autor riss die Augen auf. Er beugte sich vor und starrte Ronan ins Gesicht.

„Was machst du denn hier?", stammelte er.

„Ich sage dir, wie es weitergeht", verkündete Ronan.

„Wie was weitergeht?"

„Deine Geschichte. Meine Geschichte. Dein Regisseur wird begeistert sein!"

Ein Leuchten trat in die Augen des Autors.

„Er wird begeistert sein!", stammelte er. Dann runzelte er die Stirn. „Wovon denn?"

„Von der Story", sagte Ronan sehr deutlich. „Es ist eine geniale Story. Pass auf: Ronan trifft einen Außerirdischen. Der hat mit seinem Raumschiff eine Notlandung auf der Erde gemacht. Bis hierhin verstanden?"

„Eine Notlandung!". Der Autor nickte. „Ein Raumschiff. Alles klar." Seine Miene hellte sich auf. „Genial! Ein Raumschiff!"

Er tastete nach seiner Brille und stieß dabei das Glas um, das er zuvor in weiser Voraussicht jedoch geleert hatte.

„Wie sieht er aus?", fragte er. „Der Alien, meine ich."

„Er sieht fast wie ein Mensch aus", sagte Ronan beschwörend. „Nur dass er Antennen hat. Eine ist allerdings geknickt."

„Wie ein Mensch?", fragte der Drehbuchautor enttäuscht. „Ist das nicht langweilig?"

„Das muss so sein!" Ronan flüsterte jetzt. Der Autor beugte sich vor, um ihn besser verstehen zu können. „Er muss als Identifikationsfigur funktionieren, weißt du? Die Antennen reichen vollkommen aus, um ihn als Außerirdischen zu kennzeichnen."

„Wenn du meinst …", brummte der Autor und setzte die Brille verkehrt herum auf.

„Ich rette ihn!" Ronan sprach jetzt sehr schnell. „Er wird in seinem Raumschiff vom Militär angegriffen, aber ich hole ihn heraus."

„Wie schaffst du das?" Der Autor starrte ihn verwundert an.

„Ich, ich …" Ronan zögerte. An dieses kleine Detail hatte er noch nicht gedacht. „Ich lenke die Armee ab", sagte er und fügte dann hastig hinzu: „Oder dir fällt noch etwas Besseres ein."

„Okay." Der Autor nickte. „Okay." Dann legte er wieder die Stirn in Falten. „Und du meinst, der Regisseur? … Das sprengt doch das Konzept ein bisschen, oder? Ich meine, bis jetzt war Ronan noch nie…"

„Es wird endlich frischen Wind in die Serie bringen", flüsterte Ronan, der sich nichts mehr wünschte, als frischen Wind in seiner Serie. Genau genommen hätte er es vorgezogen, von Außerirdischen auf den Planeten Schlamm entführt zu werden, anstatt dienstags immer um die gleiche Zeit ähnliche Ganoven mit immer gleichen Kinn- und Leberhaken niederzustrecken und danach die immer gleichen Blondinen leidenschaftlich zu Boden zu reißen.

„Ist gut", murmelte der Autor. Er rückte seine Brille zurecht. „Geh mal weg", verlangte er. „Ich muss was schreiben."

„Okay." Ronan setzte einen Fuß aus dem Bildschirm. Dann drehte er sich noch mal um. „Vergiss es nicht. Schreib es jetzt gleich auf."

„Mach ich doch", murrte der Autor. „Sobald du von meinem Bildschirm verschwunden bist."

„Sauf nicht so viel", sagte Ronan noch, bevor er sich zurückzog.

Der Autor blinzelte noch ein paar Mal, sah sich im Raum um und betrachtete sogar misstrauisch die Zimmerdecke, dann setzte er sich gerade hin und tippte vorsichtig ein paar Buchstaben. Er geriet in Fahrt und das Tippen beschleunigte sich weiter. Ronan trat hinter ihn und las mit. Ab und zu nickte er zustimmend, mitunter zuckte er auch ein bisschen zusammen oder hob resigniert die Schulter. Es musste reichen. Natürlich unterliefen dem Autor die üblichen Fehler. Aus Angst vor dem Regisseur bewaffnete er den Außerirdischen bis an die Zähne.

Hoffentlich fiel ihm noch ein guter Trick ein, wie Ronan den Außerirdischen aus dem Raumschiff retten konnte. Sonst blieb ihm nichts anderes übrig, als tatsächlich ganz allein eine ganze Armee abzulenken.

Cindy, Carl Theodor und Mme Helena gingen die Weissagung einzeln durch.

Carl Theodor wurde dabei ein bisschen schwindlig, denn das Buch der Weissagungen duftete stark nach Lavendel. Lavendelduft aber erinnerte ihn an seine Frau. Er hatte schon ein paar Mal daran gedacht, Mme Helena zu bitten, den Geist seiner Frau für ihn zu beschwören, aber er scheute davor zurück. Zum einen war viel Zeit vergangen und man konnte nie wissen, ob sie beide sich noch verstanden und ob man andernfalls so einen Geist auch wieder loswerden konnte. Zum anderen jedoch war sie nach ihrem Tod nicht zu ihm gekommen. Es war also durchaus möglich, dass sie statt dessen auf das Ableben ihres zweiten Ehemanns gewartet hatte, und in diesem Fall würde sie sicher sehr ungnädig auf eine unfreiwillige Beschwörung reagieren. Vor allem: Was würde der zweite Ehemann dazu sagen? Carl Theodor fürchtete sich vor zornigen Geistern.

Der Pfarrer hatte ihm niemals zufriedenstellend erklären können, wie es irdischen Ehepaaren gelang, sich im Himmel wiederzufinden (sofern beide dort angekommen waren) und was im Falle einer zweiten oder dritten Ehe geschehen sollte. Konnten sich die Menschen nach ihrem Tod womöglich zwei- oder dreiteilen? Konnten mehrere Männer sich eine Frau teilen oder mehrere Frauen einen Mann, weil niedrige Regungen wie Hass und keine Eifersucht dort nicht existierten? Carl Theodor empfand es als sehr ungerecht, dass er nicht einmal jetzt, nach seinem Tod, die Antwort auf diese drängenden Fragen kannte.

Cindy war genau genommen auch nicht so richtig bei der Sache.

Sie versuchte, die Sätze der Weissagung in Liedform zu fassen. Aber egal, wie sie es auch wendete, immer klang der Text ein bisschen abgeschmackt. Cindy übersetzte ihn notdürftig ins Englische. Jetzt ließ sich die Sache besser an. Aber um wirklich ein Lied zu machen, brauchte sie ihre Gitarre.

Charles lag auf ihren Füßen, schnarchte und stank.

„Die Sieben ist nicht zu sehen", murmelte Cindy nachdenklich. „Vielleicht sollten wir uns einfach nicht nicht um den kümmern? Der ist vielleicht dabei, ohne dass er auffällt. Oder *sie*", korrigierte sie schnell noch.

„Aber sieben sind die Bremse." Mme Helena rieb sich die Ohrläppchen, die vom Gewicht der dicken Kreolen schon wieder entzündet waren. „Es handelt sich hier ja um eine Aufgabe, die wir gemeinsam lösen müssen. Ich fürchte, so leicht kommen wir nicht davon."

Charles warf sich grunzend auf den Rücken.

Cindy betrachtete ihn zärtlich.

Ob Charles die Nummer Sieben sein konnte? Auch Hunde ließen sich in Gruppen mitzählen. Da waren beispielsweise die Fünf Freunde – Dick, George und noch zwei weitere und Timmy der Hund. Aber sie wagte es nicht, diesen Gedanken auszusprechen.

Carl Theodor schien keine hohe Meinung von Hunden zu haben und war merklich zusammengezuckt, als Charles hinter Cindy in die Wohnung geschlurft kam.

„Wir sind erst drei", stellte Cindy statt dessen fest. „Vielleicht sollten wir uns um die Sieben erst Gedanken machen, wenn die Sechs zusammen sind."

Eine so vernünftige Überlegung brachte bei den Zuschauervotes bestimmt Punkte. Cindy gab sich immer noch der Vorstellung hin, dass es sich hier nur um eine platt inszenierte Castingshow handelte.

Es gab neuerdings winzige Kameras, die man in Sektkorken verstecken konnte, in Teebeuteln.

„Am einfachsten ist Mario", murmelte Mme Helena. „Bei ihm haben wir es wenigstens mit einem ganz normalen Menschen zu tun. Die Frage ist nur, wie wir ihn aus der Psychiatrie herauskriegen."

„Geht das denn?" Cindy zögerte. „Ist er denn ... ich meine, ist der nicht irgendwie gefährlich?"

Mme Helena schüttelte den Kopf. „Aber nein. Er ist der sanfteste Mensch, den ich kenne. Abgesehen von unserem Carl Theodor hier vielleicht. Und von Ronan der Faust. Aber die beiden sind ja wiederum keine Menschen. Jedenfalls keine richtigen. Jedenfalls…", sie warf einen entschuldigenden Seitenblick auf den Geist, „schon länger nicht mehr."

Cindy beschloss, das zu überhören.

„Meine Ehefrau war ebenfalls ein äußerst sanftes Wesen." Der Geist schloss die Augen. „Dabei hatte sie es nicht leicht mit mir. Nie ein böses Wort. Nicht eines, an das ich mich erinnern könnte."

Cindy und Mme Helena tauschten ratlose Blicke aus.

„Wo ist deine Frau denn jetzt?", fragte Mme Helena

Der Geist schlug die Augen wieder auf. „Ich weiß es nicht", gestand er.

„Tut mir leid für dich." Cindy steckte die Hände in ihre Jeans. „Aber du lernst bestimmt wieder jemanden kennen."

„Könnten wir bei der Sache bleiben?" Mme Helena hatte sich wieder ihrer Kristallkugel zugewandt. Seit Tagen hüllten sich alle Bilder in dichten Nebel. „Von Mario wissen wir, wo er sich befindet. Ronan die Faust kommt regelmäßig dienstags, wir müssen ihn nur irgendwie aus dem Bildschirm kriegen. Der Außerirdische macht mir Sorgen. Ich kann keinen Kontakt zu ihm aufnehmen, aber er muss doch irgendwo sein."

Cindy bückte sich und kraulte Charles hinter den Ohren.

„Und Nils?", fragte sie plötzlich. „Könnte Nils nicht die Sieben sein? Der ist uns zwar nur zugelaufen, aber vielleicht passt er ja ins Bild."

„Daran habe ich auch mal kurz gedacht", gab Mme Helena zu. „Aber ich weiß nicht ... Ich meine, in der Weissagung steht etwas von einer schönen Sieben…"

„Wenn er da ist, tut er meistens so, als wäre er nicht da", stellte Cindy fest. „Das würde doch passen. Im entfernten Sinn. Ich meine, man kann ihn fast nicht sehen."

Aber da reckte sich der Geist zu seiner ganzen stattlichen Größe, sodass der Helm gegen die Decke stieß und seitlich abrutschte. Carl Theodor fing das Ungetüm vor der Brust auf und klemmte es unter den linken Arm.

„Ich finde diesen jungen Mann jedenfalls sehr undurchsichtig", sagte er mit fester Stimme.

Die Frauen starrten ihn an.

„Und warum?", fragte Mme Helena.

„Nun…" Carl Theodor zögerte. „Mein militärischer Instinkt sagt mir, dass etwas mit ihm nicht stimmt", erklärte er lahm. „Er hat etwas in den Augen. Etwas Verschlagenes."

„Ich finde, er hat ganz schöne Augen", stellte Cindy fest.

Carl Theodor blinzelte gekränkt.

„Sie müssen sich meiner Meinung ja nicht anschließen", sagte er. „Aber ich habe Sie hiermit gewarnt."

Er setzte sich wieder.

Cindy stieß Charles sanft mit der Fußspitze an. Seine Wärme beruhigte sie. Er war mit Abstand das vernünftigste Wesen hier im Raum.

Mme Helena sah den Geist forschend an.„Danke,", sagte sie. „Du hast recht, wir sollten auf alle Fälle vorsichtig sein."

Der Lehrer von oben war zu Besuch. Er saß auf der Stuhlkante, rührte in seinem Kaffee und versuchte, sich wie üblich in Fahrt zu reden. Über Jahre hinweg war Mme Helena seine treue Zuhörerin gewesen. Sie hatte ihn nicht unterbrochen, nicht verbessert (nicht dass es etwas zu verbessern gegeben hätte), sie hatte nur dann gehüstelt, wenn sie wirklich erkältet war und sie bereitete hervorragenden Kaffee, wie er ihn im Lehrerzimmer nicht bekam, weil keiner im Kollegium die neue High-End-Kaffeemaschine bedienen konnte.

Der große Vorteil an Mme Helena war auch stets gewesen, dass er sie alleine angetroffen hatte, ohne Besucher, die mit ihm um ihre Aufmerksamkeit konkurrierten.

Aber nun ging es in ihrer Wohnung plötzlich zu wie in einer Bahnhofshalle.

Der Lehrer plante eine Reise und nutzte die Gelegenheit, um von vergangenen Reisen zu erzählen. Die etwas schlampig wirkende junge Frau mit dem alten, stinkenden Hund fragte, ob er Griechenland kenne, aber er kannte Höheres: Saigon, Angkor Wat, Galapagos, die Atacama-Wüste. Vermutlich wusste die junge Frau noch nicht einmal, wo auf der Weltkarte diese Orte zu finden waren. Er hoffte, sie würde sich verabschieden, aber sie wirkte eher so, als wollte sie es sich bei Mme Helena häuslich einrichten. Dann war da noch dieser Student, der immerhin fleißig und gepflegt wirkte und bestimmt regelmäßig seine Hausaufgaben gemacht hatte und der von daher Ähnlichkeit mit einigen seiner Lieblingsschüler aufwies.

Und dann war da noch dieser Helm, dieser merkwürdige hohe preußische Helm, über den er auf dem Weg zum Sofa stolperte und den Mme Helena in einer fast panischen Bewegung an sich riss.

„Wem gehört der denn?", fragte der Lehrer amüsiert. „Ist schon wieder Fasching?"

„Er gehört Carl Theodor", sagte die junge Frau, und da wurde der Lehrer Zeuge, wie die sanfte Mme Helena mit Blicken schleuderte wie Zeus mit seinen Blitzen.

Mme Helena stellte den Helm beiläufig neben den kniehohen Porzellanleoparden, als handle es sich um ein reines Dekorationsobjekt.

Der Lehrer war gekränkt. Seine Oase der Ruhe und der Aufmerksamkeit zwei Stockwerke tiefer war von fremden Mächten gestürmt und erobert worden. Der Kaffee schmeckte wohl noch, aber es bestand kein Zweifel daran, dass er mit weniger Liebe aufgebrüht war als in den ganzen Jahren zuvor. Womöglich hatte ihn sogar dieser HiWi gekocht, der stumm am Computer herumwerkelte.

War er vielleicht dieser Carl Theodor und wenn ja, was tat er mit preußischen Gardehelmen?

Der Lehrer wandte sich an den Studenten, der ihm von allen Anwesenden plötzlich am vertrautesten erschien.

„Wohin fliegst du in den Semesterferien?", fragte er milde.

„Nirgendwohin", murmelte Nils. „Prüfungen."

Der Lehrer wollte ihn bitten, im ganzen Satz zu antworten, er verkniff es sich aber. Er rief sich in Erinnerung, dass seine Frühpensionierung in greifbare Nähe gerückt war. Er würde sich daran gewöhnen müssen, dass man in bruchstückhaften Sätzen (Ellipsen) mit ihm sprach und er dies nicht angemessen bestrafen konnte. Er nickte also nur verständnisvoll.

Es war eindeutig zu viel auf einmal. Seine wohlwollenden Besuche bei einer vereinsamten dahinalternden Frau in skurriler Kleidung, über die er im Kollegium die eine oder andere Anekdote einflechten konnte, erschienen ihm im Nachhinein verfehlt. Ja, er fühlte sich verraten. Hier ging etwas vor, in das man ihn nicht eingeweiht hatte. Aber einen wie ihn schüttelte man so leicht nicht ab. Schon gar nicht, wenn seine Neugier erst einmal geweckt war, und sie war geweckt, hellwach.

„Sind Sie mit Helena verwandt?", wandte er sich an das junge Mädchen. „Ich habe eine Nichte in ihrem Alter. Nein, sie wird wohl etwas älter sein. Sie studiert. Angewandte Geowissenschaften. Studieren Sie auch?"

Das junge Mädchen starrte ihn an. „Nein", sagte sie schließlich, aber ohne einen weiteren Hinweis darauf, welcher Frage diese Antwort galt. Außerdem wandte sie sich gleich wieder ihrem stinkenden Hund zu. Der Lehrer zog junge Hunde vor, denen man noch etwas beibringen konnte. Er goss Kaffee nach und schwieg eine Weile, um die Aktivitäten der anderen besser beobachten zu können.

Nicht dass es viel zu beobachten gegeben hätte. Mme Helena putzte an ihrer Kristallkugel herum, in der milchiger Nebel waberte. Der Student klebte fast mit der Nase am Computerbildschirm. Die junge Frau kritzelte auf einen Zettel. Der Hund kratzte sich mit vulgär genüsslichem Grunzen.

Es war Mobbing. Sie grenzten ihn aus. Sie sprachen absichtlich nicht über das, was sie da taten. Der Lehrer beschloss, die Sache direkt anzusprechen.

„Irgendwas ist doch hier im Gange", sagte er und hätte Mme Helena gern direkt in die Augen gesehen, wenn diese bloß den Blick von ihrer vernebelten Kristallkugel abgewandt hätte.

„Aber nein", sagte die leichthin. „Hier ist nichts los.. Nur ein Praktikant und eine Praktikantin."

Die junge Frau warf ihr einen überraschten Blick zu.

Mme Helena log. Der Lehrer verspürte einen Hauch von detektivischem Ehrgeiz, der sofort wieder in melancholischer Müdigkeit versickerte. Er verabschiedete sich.

Mme Helena bereute bereits, den Praktikanten aufgenommen zu haben. Wie sollte sie in seiner Anwesenheit an der Lösung ihrer Aufgabe arbeiten? Zwar zog sie sich in ihren Arbeitsraum zurück, aber sie wagte es nicht, die Weissagung in seiner Gegenwart anzusprechen. Nils war ganz bestimmt nicht die Nummer Sieben. Die Nummer Sieben trug keine Hornbrille, benutzte keinen Fahrradhelm und trank keine Bananen-Buttermilch, da war sie sich ziemlich sicher. Dass er ihr eine Homepage einrichtete und dafür keine Bezahlung verlangte, war nett von ihm, aber auch nicht von Bedeutung. Er lenkte sie ab, wenn er nach ihrem Lebenslauf, nach ihrer Geschäftsphilosophie und ihren Expansionsplänen fragte.

Er lenkte Cindy ab, indem er sie anhimmelte und sie mehrmals in der Stunde aufforderte, sich amüsante Videos anzusehen, auf die er gerade zufällig gestoßen war. Er lenkte Carl Theodor ab, denn Carl Theodor war eifersüchtig und hatte nichts, was er Cindy zeigen konnte. Einmal hatte er der Sängerin vor lauter Hilflosigkeit seinen Helm aufgesetzt und versucht, ihr einen ordentlichen Stechschritt beizubringen – obwohl er das Marschieren selbst nicht leiden konnte. Cindy nahm den Helm schnell ab und sagte, dass sie gegen den Krieg sei und niemals eine Uniform tragen und noch weniger jemals im Stechschritt marschieren werde. Immerhin warf sie Nils einen vielsagenden Blick zu, denn der trug an jenem Tag Hosen im Camouflage-Look und ein T-Shirt, auf dem ein schnittiges Kampfflugzeug zu sehen war. Aber Nils nickte bekräftigend und sagte, auch er habe den Wehrdienst verweigert, zumal er an schwachen Kniegelenken leide, das habe der Amtsarzt bei der Musterung gleich festgestellt. Alle sahen auf seine Knie, bis diese zu zittern begannen und Nils in die Küche entschwand, um seinen leeren Buttermilchbecher im gelben Sack zu entsorgen.

Mme Helena trat auf der Stelle.

Sie hatte fünf ihrer Helfer gefunden, aber wie sollte sie diese unterschiedlichen Existenzen jemals in einem Raum vereinen? Den Fernsehhelden, der nur zwischen einundzwanzig Uhr und einundzwanzig Uhr fünfundvierzig ausgestrahlt wurde und selbst in dieser Zeit kaum ansprechbar war; Mario, der sich in der Klinik wohl fühlte und der Außenwelt – mit vollem Recht – tief misstraute, und Leonardo, der in diesem Moment, wie sie in der Glaskugel beobachtet hatte, von der Armee umzingelt war und halbherzig beschossen wurde. Sie hatte Cindy diesen Anblick gezeigt, aber die hatte die Arme verschränkt und erklärt, dass dieses Bild ein klarer Beweis für die Unzuverlässigkeit von Kristallkugeln sei; falls so ein Ereignis tatsächlich eingetreten sein sollte, da war sie sich sicher, würde es längst in allen Medien in hochauflösenden Bildern gezeigt; die Kugel habe wohl eher die Funkwellen eines Science-Fiction-Senders aufgefangen. Cindy konnte allerdings nicht erklären, wie so etwas möglich sein sollte, und außerdem trat gerade Nils ein, ohne zu anzuklopfen, und starrte einen Moment lang schweigend auf das bewegte Bild in der Kugel.

„Ich kann damit einen Science-Fiction-Sender empfangen", erklärte Mme Helena hastig.

Nils nickte mit angewiderter Miene, denn von allen Werken eitler Fantasie erschienen ihm Science-Fiction-Filme am abscheulichsten.

Er nahm sich vor, Professor Haderzwerg das Bild in allen Einzelheiten zu beschreiben, da es sonst aus der eher langweiligen Hellseherinnenpraxis nicht viel zu berichten gab.

Nur selten klingelte das Telefon und noch seltener trat durch die Wohnungstür ein Kunde, der einen verunsicherten Blick auf Nils, den langen Carl Theodor, Cindy und den schmatzend auf der Seite liegenden grauen Charles warf und von Mme Helena dann schnell ins Nebenzimmer gebeten wurde, wo er, wie Nils durch angestrengtes Lauschen erfahren hatte, Erfreuliches und weniger Erfreuliches über seine nähere und fernere Zukunft erfuhr und entsprechend beschwingt oder bedrückt wieder zum Vorschein kam. Es war abscheulich, aber Professor Haderzwerg winkte ungeduldig ab, wenn Nils solche Vorkommnisse schilderte.

„Ich möchte wissen, was sie planen", sagte er.

Da konnte Nils nur stumm nicken.

Er ahnte nicht, dass im selben Moment die Drei eine Lagebesprechung abhielten. Cindy hielt ihre Gitarre auf dem Schoß, denn sie glaubte immer noch an eine versteckte Kamera und fühlte sich ohne ihr Instrument nackt. Carl Theodor saß auf Mme Helenas niedrigstem Schemel und hielt den Kopf gesenkt. Mme Helena hatte ihren lila-gold-gemusterten Sessel herangerückt und spielte mit ihrem Pendel, ohne von ihm irgendwelche genaueren Aussagen zu erwarten.

„Wir kommen so nicht weiter. Also brauchen wir einen Helden", sagte sie nach einer ganzen Weile. „Wir brauchen Ronan, die ausgestreckte Hand."

Cindy nickte erleichtert, denn sie hielt es damit für bewiesen, dass sie lediglich eine Rolle in einer Fernsehserie spielte.

„Wir könnten ihn anrufen", schlug sie vor. „Er hat doch bestimmt ein Handy."

Mme Helena hielt es nicht für nötig, darauf zu antworten. Dafür hob Carl Theodor ein bisschen den Kopf und flüsterte: „Ronan ist ein Fernsehgeist. Nur andere Geister können ihn anrufen."

„Alles klar", murmelte Cindy und sank mutlos in sich zusammen. Griechenland erschien ihr ferner denn je.

„Es muss eine Möglichkeit geben", sinnierte Mme Helena. „Auf die Kristallkugel reagiert er seit unserem ersten Kontakt nicht mehr."

„Vielleicht kann man ihm einen Brief schreiben?", schlug Carl Theodor bescheiden vor.

Mme Helena schüttelte den Kopf, aber dann stutzte sie.

„Das wäre vielleicht möglich", gab sie zu. „Aber es dauert zu lange."

Cindy wollte dazu gerne eine bissige, schlagfertige Bemerkung machen, aber ihr fiel keine ein.

„Wir sollten den Drehbuchautor fragen", sagte sie statt dessen.

Mme Helena stutzte, dann schlug sie sich auf die Schenkel.

„Natürlich! Bei dem wird er wohnen!"

Sie sprang auf, dann setzte sie sich wieder.

„Wo finde ich den?"

„Nils und ich kriegen es heraus", erklärte Cindy, die jetzt wieder bereit war, ihre Rolle in der Reality-Show vorbildlich zu spielen. Es galt also, eine Person ausfindig zu machen? Kein Problem!

Carl Theodor sah ihr gequält nach, als sie durch die Tür in Richtung Büro entschwand.

„Sei nicht traurig", sagte Mme Helena, die seine Eifersucht durchschaute. „Wenn wir Ronan erst einmal gefunden haben, bist du wahrscheinlich derjenige der sich am besten mit ihm verständigen kann. Mir gelingt das momentan nur durch die Glaskugel. Es wird Cindy tief beeindrucken."

„Mag schon sein", murmelte Carl Theodor. Er sah auf. „Ist das eigentlich schwierig, Computer meine ich? Kann ich das noch lernen?"

Mme Helena sah ihn überrascht an.

„Du? Na ja, Du bist... noch jung, ich meine, warum nicht?" Sie zögerte. „Es wird dir aber alles sehr fremd sein."

Carl Theodor schob trotzig das Kinn nach vorne. „Ich kann den Fernseher bedienen", sagte er. „Ich habe gestern sogar einen neuen Sendersuchlauf gestartet."

„Kannst du den Videorecorder schon programmieren?", fragte Mme Helena hoffnungsvoll.

Carl Theodor sank wieder in sich zusammen. Er schüttelte stumm den Kopf.

Mme Helena seufzte enttäuscht.

Nach nur zwanzig Minuten besaßen sie die Heimadresse des Drehbuchautors und einen genauen Anfahrtplan. Erst wollten sie in Mme Helenas Wagen fahren, aber Carl Theodor stieß sich darin den Kopf, sodass Cindy ihren Tourbus anbot. Darin roch es nach altem Hund, Zigarettenrauch und ein bisschen nach Pfefferminzöl, aber daran störten sich die Drei nicht. Sie waren ein Team mit einem festen Ziel, und Mme Helena war besten Mutes, dass sie auch die restlichen vier Verschworenen ausfindig machen und demnächst die Welt retten würden.

七

Der Drehbuchautor war noch nicht ganz betrunken, als die Drei eintrafen, und so fand er ihren Auftritt nicht wirklich komisch.

„Es gibt Ronan doch gar nicht", erklärte er zum dritten Mal geduldig. „Ich selbst habe Ronan erfunden. Wenn Sie so wollen, bin ich selbst Ronan."

Das junge Mädchen, an deren Ferse ein stinkender alter Hund klebte, musterte ihn stirnrunzelnd von oben bis unten, sodass er sich seiner schmächtigen Figur, seiner herabhängenden Schultern und seines ausgewaschenen T-Shirts unangenehm bewusst wurde.

„Erlauben Sie uns doch, hereinzukommen und uns selbst umzusehen", bat die ältere Dame, deren Aufmachung an eine Roma-Frau erinnerte. Überhaupt war das Ganze suspekt und genau genommen Grund genug, die Polizei zu verständigen. Doch der Drehbuchautor arbeitete heimlich an einer Comedy-Serie, in der er selbst die Hauptrolle spielen wollte, und ganz aus dem Bauch heraus fasste er eine für ihn selbst überraschende Entscheidung.

„Kommen Sie herein."

Er trat einen Schritt zurück, warf noch einmal einen kritischen Blick auf den Hund, überlegte kurz, ob er nicht wenigstens ihm den Eintritt verwehren sollte, schrieb dem Vierbeiner dann aber schnell eine besonders groteske Rolle in seiner Comedy zu und rümpfte nur leicht die Nase, als Charles an ihm vorbeischlurfte.

„Es stört Sie doch nicht, wenn ich so lange weiter arbeite?", fragte er.

„Aber nein", sagte der lange Lulatsch in der merkwürdigen alten Uniform höflich. Er sprach mit erschütternd sächsischem Akzent. „Wir wollen Sie überhaupt nicht stören."

„Gut." Der Drehbuchautor ließ sich auf seinen Schreibtischstuhl sinken und klickte schnell seine Facebook-Seite weg, auf der sich lange nichts verändert hatte. Er griff nach Stift und Notizblock und spitzte die Ohren.

„Es sieht wirklich nicht so aus, als ob er hier wäre", stellte Cindy fest. Sie sah sich in dem Loft um. „Es sei denn, er versteckt sich hinter irgendwelchen Pappkartons oder Bücherstapeln."

Mme Helena antwortete nicht. Sie versuchte sich zu konzentrieren. Cindys Handy klingelte. Sie zog es hervor, sah kurz auf die Anzeige und klickte den Anruf weg. Mme Helena warf ihr trotzdem einen vorwurfsvollen Blick zu.

„Kannst du ihn sehen?", fragte sie Carl Theodor.

Der Geist wandte ratlos den Kopf.

„Vorhin dachte ich noch ... aber jetzt ist es wieder weg."

„Und jetzt?", fragte Cindy. „Können wir wieder gehen?"

Sie nahm es dem Drehbuchautor übel, dass er ihnen keinen Kaffee anbot. Um diese Uhrzeit und nach so einer langen Autofahrt brauchte sie Kaffee. Aber das, was der Drehbuchautor da in seinem Glas hatte, sah eher nach Rotwein aus.

Ihr Blick fiel auf Charles und sie stutzte.

Charles wirkte für seine Verhältnisse sehr angespannt. Er hatte ein Ohr ganz, das andere zumindest halb gespitzt und die rechte Vorderpfote erhoben wie ein Jagdhund. Sein Schwanz war leicht in die Luft gereckt und zuckte, als überlege er, ob sich das Wedeln lohne oder nicht.

„Da ist irgendwas", sagte Cindy. „Eine Ratte vielleicht." Sie sah sich schaudernd um. Cindy mochte Loftwohnungen, lebte und probte mit Begeisterung in einer alten Industriehalle, aber hier stand entschieden zu viel Gerümpel.

Carl Theodor wurde aufmerksam.

„Ich habe so ein Gefühl …", fing er an, verstummte und errötete, denn als Soldat hatte er seinerzeit natürlich gelernt, keine Gefühle zu haben.

Mme Helena betrachtete ihn forschend.

„Ein Gefühl…?", bohrte sie.

„Ich weiß nicht", stotterte Carl Theodor. „Es liegt vielleicht daran, dass ich selbst schon so lange …"

Mme Helena warf ihm einen warnenden Blick zu. Der Drehbuchautor tat so, als spitze er konzentriert seinen Bleistift.

„Es könnte schon sein, dass er hier ist", sagte Carl Theodor mit fester Stimme.

Der Drehbuchautor blinzelte, der Bleistift in seiner Hand zuckte leicht.

„Kannst du mit ihm Kontakt aufnehmen?", flüsterte Mme Helena.

„Ich könnte es versuchen", flüsterte Carl Theodor zurück. „Ich habe noch nicht so viel Erfahrung als … ich meine, in meiner neuen Form … Man kann es vielleicht nicht vergleichen."

„Wenn es einer schafft, dann du", erklärte Mme Helena entschieden. Sie wandte sich um und ging auf den Drehbuchautor zu, der auf seinem Rollenstuhl entsetzt einen halben Meter zurückwich und ängstlich nach seinem Handy sah, das stumm auf der Schreibtischplatte lag.

„Ihr Name kam mir so bekannt vor", sagte Mme Helena sanft. „Sie haben doch sicher auch schon Romane geschrieben?"

„Nein", stotterte der Drehbuchautor. Er setzte sich gerade hin. „Ich bin allerdings dabei …eigentlich ist das noch gar nicht offiziell … genau genommen weiß niemand davon … ich habe da ein Projekt … ich komme bloß nicht dazu …"

„Ich wusste es!" Mme Helena setzte sich auf eine Pappkiste und starrte den Drehbuchautor an. „Erzählen Sie mir davon."

„Na ja, da gibt es noch nicht so viel zu erzählen", fing der Drehbuchautor an. „Es geht um einen Mann, einen intelligenten Mann, Ende vierzig, er ist Künstler, wissen Sie? Maler. Erfolgloser Maler. Er ist gut, aber er hatte Pech. Viel Pech. Niemand möchte seine Bilder kaufen. Eines Tages lernt er diese Frau kennen, eine schöne, junge Frau." Er verstummte noch einmal verschämt. „Niemand kann es ihr ansehen, aber sie hat Geld, wissen Sie? Sie verlieben sich, aber der Maler ... der Maler ist politisch aktiv. Er hasst jede Ungerechtigkeit auf der Welt ... Er mag keine reichen Leute ..."

„Das kann ich verstehen ...", hauchte Mme Helena.

Sie hätte sich so gerne nach Carl Theodor umgesehen, aber sie durfte es nicht riskieren, dass der Drehbuchautor aufmerksam wurde. Und so bohrte sie immer wieder nach, der Drehbuchautor erzählte und Carl Theodor näherte sich der Stelle im Loft, die Charles nun mit gesträubtem Fell fixierte und die ihn selbst unwiderstehlich anzog.

„Ich bin hier", sagte Ronan, die ausgestreckte Hand.

Der Geist zuckte zusammen.

Ronan war etwa einen halben Kopf kleiner als Carl Theodor, sein Lächeln war warm und freundlich, er trug ein bequemes blau und grün kariertes Hemd und Jeans und war unrasiert. Er streckte Carl Theodor die Hand hin, und als dieser sie packte, schloss er ergriffen die Augen und seufzte tief.

„Von diesem Augenblick habe ich lange geträumt", sagte er leise. „Du kannst dir gar nicht vorstellen, wie einsam mein Leben ist."

Carl Theodor konnte sich in diesem Moment überhaupt nichts vorstellen. Er war verwirrt, weil er Ronans Hand spüren konnte. Ronan öffnete die Augen wieder. Er blinzelte und rieb sich über die Nasenspitze.

„Setz dich. Mach es dir bequem und sag mir, was ich für euch tun kann." Er sah in Richtung Schreibtisch. „Um es gleich zu sagen, ich kenne Mme Helena bereits. Eine ... bemerkenswerte Frau. Es ist ihr gelungen, mich anzusprechen. Aber ich habe danach nichts mehr von ihr gehört."

„Ihre Kristallkugel scheint defekt zu sein", erklärte Carl Theodor.

„Ach so." Ronan seufzte. „Nun hat sie dich geschickt."

„So ist es." Carl Theodor war verlegen. „Sie kann dich hier nicht sehen."

„Es ist nicht Sendezeit." Ronan sah auf seine Uhr. „Später könnte es klappen. Und wenn ich aus der Serie ausgebrochen bin, wird es besser."

„Wir können nicht so lange bleiben." Carl Theodor räusperte sich. „Wir brauchen Ihre Hilfe. Es geht um den Außerirdischen."

Zu seiner Überraschung nickte Ronan verständnisvoll. „Ich habe ihn gesehen", sagte er. „Ist schon alles in Arbeit. Ich habe bereits einen Plan zu seiner Rettung gefasst."

„Was?", fragte der Geist so überrascht, als habe er seinen eigenen Aussagen nicht geglaubt.

„Ich werde ihn herausholen. Es ist alles vorbereitet. Mein Autor ..." Ronan wies mit dem Daumen über die Schulter, „hat eine Folge geschrieben, in dem ich diesen Außerirdischen retten kann. Sobald sie abgedreht ist, geht es los."

„Ist er denn eingeweiht?", fragte Carl Theodor bestürzt. „Weiß er von diesem Menschen aus dem Weltall?"

„Aber nein!" Jetzt wurde Ronan beinahe ärgerlich. „Ich habe nur veranlasst, dass er die entsprechende Szene schreibt. Er hält es für seine eigene geniale Idee."

Carl Theodor verstand nicht viel. Er versuchte, sich alles wortgetreu zu merken, um es Mme Helena weitergeben zu können.

„Der Mann aus dem Raumschiff muss sich in Mme Helenas Wohnung begeben", erklärte er. „Wir müssen uns dort alle zusammentun. Sie auch."

Ronan nickte geschmeichelt.

„Ich werde mein Bestes tun", sagte er. „Obwohl ich immer noch nicht verstanden habe, worum es geht." Er zog ein Smartphone aus der Hosentasche. „Gib mir ihre Adresse. Ich werde tun, was ich kann."

Carl Theodor diktierte ihm Mme Helenas Adresse einschließlich Telefonnummer. Ronan tippte und steckte das Telefon wieder ein.

„Ich würde gerne noch ein Glas Rotwein mit dir trinken", sagte er.

„Tut mir leid", stammelte Carl Theodor, „ich …"

„Ich weiß." Ronan reichte ihm noch einmal die Hand. Carl Theodor griff automatisch danach und Ronan hielt ihn lange fest und sah ihm in die Augen.

„Pass auf sie auf, Junge", sagte er, als er die Hand endlich wieder los ließ.

„Auf Cindy?"

„Auf Mme Helena. Ich verlasse mich auf dich."

„Vielleicht ist ja der Drehbuchautor unser siebter Mann", rätselte Cindy, als sie das Loft verließen.

„Unmöglich", erklärte Mme Helena fest. „Sein Roman ist eine Katastrophe."

„Außerdem ist er gut zu sehen", stellte Carl Theodor fest. „Ich meine, die Sieben ist doch nicht zu sehen?"

„Vielleicht bedeutet *leicht zu durchschauen* ja einfach unbedeutend", sagte Mme Helena. „Der Drehbuchautor ist jedenfalls unbedeutend."

Cindy bückte sich, um Charles zu streicheln. „Wenn ich jetzt keinen Kaffee bekomme, fange ich an zu schreien."

„Warum denn das?", fragte Carl Theodor bestürzt.

„Kaffee trinken ist eine Sucht der Neuzeit", erklärte Mme Helena. „Das verstehst du nicht. Kommt mit, ich lade euch ein."

Sie sah keinen Grund, sich mit der Rückreise zu beeilen.

Dr. Wimpel interessierte sich sehr für Haderzwergs Erfindung, über die er nur nach und nach Genaueres erfahren hatte.

Manche Politiker zögerten noch immer, Dr. Wimpels Pläne zur Beherrschung des Wetters und der Naturkatastrophen aller Art bis in die letzte Konsequenz in die Tat umzusetzen.

Sie fürchteten, die Menschen könnten sich womöglich noch lange an jene Zeiten erinnern, in denen ihr Himmel tiefblau war, die Wolken bauschig und nicht kariert am Himmel standen, ein schillernder Halo um die Sonne ein seltenes Naturschauspiel darstellte, es im Juli nicht schneite und man auf dem Satellitenbild nicht täglich merkwürdige Kreise und Streifen entdecken konnte.

Die Politiker waren der Meinung, man müsse vorsichtig vorgehen, die Manipulation nur langsam steigern und warten, bis die Menschen das alles von alleine vergessen würden, was erfahrungsgemäß nicht länger als ein Jahrzehnt dauern sollte.

Aber Zeit war Geld und Dr. Wimpels Firma hatte ein Vermögen in die Entwicklung dieser Technologien gesteckt, wenngleich ihm dieses Vermögen längst aus den schier unerschöpflichen Töpfen der internationalen Verteidigungshaushalte erstattet worden war. Professor Haderzwergs Erfindung würde es ermöglichen, die Erinnerung an das natürliche, unbeherrschte, wilde Wetter auf einen Schlag auszulöschen.

Er hatte einem kleinen Experiment beigewohnt, bei dem Haderzwerg einen Begriff in sein geniales Computerprogramm eingespeist hatte, aber natürlich wusste hinterher keiner mehr, um welchen Begriff es sich gehandelt hatte da die Erinnerung daran ja sofort gelöscht worden war. Merkwürdigerweise konnte Haderzwerg auch seine peniblen Aufzeichnungen im Computer nicht mehr finden. Er schickte seine sämtlichen stummen Assistenten auf die Suche nach der verschwundenen Datei, aber es gelang auch ihnen nicht mehr, herauszufinden, was genau verschwunden war. Fest stand nur, dass es geklappt hatte. Und das war genug.

An Dienstagabenden, wenn Ronan die Faust den letzten Widersacher niedergeschlagen und die letzte Blondine leidenschaftlich zu Boden gerissen hatte, träumten die beiden Spitzenforscher vom unmittelbar bevorstehenden Fortschritt, von Nobelpreisen und jenen Universitäten von Weltrang, die man nach ihnen benennen würde. Sie skizzierten im Kopf die Sondermarken, die die Post zu ihrem hundertsten Todestag herausgeben würde und dachten sogar darüber nach, das Design testamentarisch festzulegen. Sie planten für die Feierlichkeiten ein fantastisches Wettertheater, eine mindestens einstündige Vorführung, in der ein kleiner Tornado über die Bühne tanzen würde, beleuchtet von einem genau ausgetüftelten Blitzgewitter, von kreisförmigen Regenbögen; Regen-, Schnee- und Graupelschauer würden, von präzisen Windböen getrieben, verschiedenfarbige Vorhänge vor das Geschehen ziehen, es würde Musik erklingen, richtige Musik, Brahms beispielsweise, und zuletzt würde bei einem kontrollierten kleinen Erdbeben alles in sich zusammenfallen und die Zuschauer würde es vor Begeisterung nicht mehr auf ihren Plätzen halten.

Die Namen der beiden Wissenschaftler würden in die Geschichte eingehen.

In solchen Fantasien schwelgten die Freunde an ihren Fernsehabenden. Sie leerten dabei gemeinsam eine Dreiviertelliterflasche korrekt gelagerten Rotwein, und manchmal gönnten sie sich dazu sogar ein bisschen Schweizer Käsegebäck, das Dr. Wimpel immer vorrätig hatte.

So sah Dr. Wimpel auch diesmal dem gemeinsamen Fernsehabend mit freudiger Erwartung entgegen und zuckte enttäuscht zusammen, als er die umwölkte Stirn von Professor Haderzwerg wahrnahm.

„Gibt es irgendwelche Probleme?", fragte er sofort, ohne wirklich von Problemen hören zu wollen.

„Nicht der Rede wert", brummte Haderzwerg. „Komme ich noch rechtzeitig? Hat die Sendung schon angefangen?"

„Sie sind gerade erst bei der Werbung", beruhigte ihn Dr. Wimpel. „Gib mir deinen Mantel und mach es dir bequem. Ich komme gleich."

Dr. Wimpel besaß ein schwarzes Ledersofa und einen passenden Sessel. Haderzwerg pflegte auf dem Sofa Platz zu nehmen. Dr. Wimpel erschien mit zwei langstieligen Weingläsern und einer Karaffe, in der es tiefrot schimmerte.

„Bedrohung aus dem All", las er auf dem Bildschirm. Na, denen fällt aber auch gar nichts mehr ein." Er stellte Haderzwerg ein Weinglas hin. „Weißt Du, dass es auch Weltraumwetter gibt?"

„Ja, natürlich."

„Auch darum kümmern wir uns schon längst."

„Ich weiß."

Haderzwerg starrte auf den Bildschirm.

Dass Ronan sich heute mit Außerirdischen anzulegen schien, gefiel ihm nicht. Es bestätigte seine ganz und gar unlogischen unguten Ahnungen auf eine Weise, die er nicht unmittelbar widerlegen konnte. Und so etwas regte ihn natürlich auf.

"Sie würden niemals durchkommen", sagte Dr. Wimpel, als er sich auf dem Sessel niederließ. „Die von da draußen. Der Abwehrschirm ist perfekt. Dafür haben wir schließlich jahrelang gearbeitet. Jahrelang haben wir die gesamte Atmosphäre umgebaut…"

Haderzwerg schenkte Dr. Wimpel und sich selbst Rotwein ein. So eine enge Freundschaft bestand inzwischen, dass er selbst den Wein des Gastgebers ausschenkte.

„Du meinst, es käme keiner durch, was?"

„Selbstverständlich nicht." Dr. Wimpel schüttelte energisch den Kopf.

Haderzwerg nahm einen kräftigen Schluck. Er setzte das Glas ab und betrachtete den Bildschirm. Der Anblick von Ronan der Faust beruhigte ihn wie jede Woche. Der Charakter des Serienhelden war von bestechender Einfachheit, sein Handeln geleitet von animalischen Interessen und einem durch nichts zu erschütternden Heldentum.

Dass Nils Prowitzki gerade von Mme Helenas Suche nach einem Außerirdischen berichtet hatte, war nichts als ein dummer Zufall, und niemand konnte sich dessen sicherer sein als er, Autor von *Die Widerlegbarkeit von fast allem*.

Haderzwerg und Wimpel konnten ihren Fernsehabend nicht wie sonst genießen.

Wenn Ronan Schurken jagte, Verbrecher niederschoss, Zuhälter mit Kinnhaken niederstreckte, ungeschickten Dieben die Zähne ausschlug oder flüchtige Fahrzeuge in Flammen aufgehen ließ und am Ende die übliche Blondine zu Boden riss, konnte Haderzwerg sich ganz entspannen und mit Wimpel anschließend vollkommen aufgeräumt und inspiriert über dieses und jenes Fachgebiet debattieren.

Aber was ihm da heute Abend zugemutet wurde, war eine Beleidigung. Die Folge war so schlecht, die Handlung so unglaubwürdig und der Ausgang so unwahrscheinlich, dass der Entschluss nahe lag, niemals wieder einen Abend mit Ronan der Faust zu verbringen. Dies jedoch hätte das Ende der Freundschaft zwischen Haderzwerg und Wimpel bedeuten können. Und da keiner von beiden so etwas wünschte, begnügten sich beide mit gequälten Seufzern, vielsagenden Blicken, Kopfschütteln und einer zweiten Flasche Rotwein.

„Ich glaube, der Drehbuchautor war betrunken", sagte Haderzwerg, als der Abspann lief.

Nicht einmal er konnte ahnen, dass es eine der zutreffendsten Hypothesen seiner Laufbahn war.

Die Situation erschien aussichtslos.

Die Spitzentechnologie der Armee einschließlich dreier bis an die Zähne bewaffneter Eliteeinheiten hatte das Raumschiff umzingelt. Leonardos Nerven lagen blank, denn der unablässige Aufprall diverser Geschosse auf der absolut unzerstörbaren Außenhaut seines Raumschiffs verursachte einen Höllenlärm. Das ganze Schiff schwang wie eine Glocke.

„Das ist der dämlichste Planet, auf dem ich je notgelandet bin", sagte Leonardo zu seinem Unsichtbaren Freund.

„Na, ich weiß nicht", brummte der. „Erinnerst du dich, wie wir im Sumpf von Stradivarius Sieben festgesteckt haben? Und wie die Dorfbewohner alle ihre Freunde zu einer Grillparty eingeladen haben, weil sie so gerne zusehen, wie im Sonnenuntergang Raumschiffe im Sumpf versinken? Und wie …?"

„Schon gut", wiegelte Leonardo ab. „Aber du musst zugeben, dass sie dabei wenigstens nicht so viel Lärm gemacht haben."

„Sie haben gesungen", sagte der Unsichtbare Freund und seien ohnehin schon verblüffend hohe Stimme überschlug sich vor Abscheu. „Du hast es vielleicht vergessen, aber ich werde es nie vergessen. Manche Dinge vergisst man einfach nicht."

„Kann ja sein." Leonardo starrte auf seinen Bildschirm. „Aber die Erdbewohner sind auch nicht die perfekten Gastgeber, das musst du zugeben."

Der Bildschirm flimmerte heftig.

„Wenn uns jetzt das ganze System zusammenbricht, können wir einpacken", jammerte der Unsichtbare Freund.

„Wenn ich jetzt nicht bald etwas zu essen bekomme, bin ich derjenige, der zusammenbricht", erklärte Leonardo.

„Es gibt Leute, die Schnecken essen", erwähnte der Unsichtbare Freund beiläufig. Leonardo warf einen vernichtenden Blick in seine Richtung.

„Wir brauchen Hilfe." Er seufzte. „Das sage ich nicht gerne. Ich bin so ein Typ, der sich am liebsten selber hilft."

„Für diesen Abschnitt des Universums ist der interstellare Pannendienst nicht zuständig", erklärte der Unsichtbare Freund.

„Weiß ich selber. Man könnte vielleicht fragen, ob sie eine Ausnahme machen."

„Der Leiter des Pannendiensts kann die Milchstraße nicht leiden. Er hat einmal seinen Urlaub auf einem der wärmeren Planeten verbracht und sich dort eine Lebensmittelvergiftung geholt."

„Rede nicht von Lebensmitteln", bat Leonardo. Er schloss die Augen. „Es gab noch einen Trick", murmelte er. „War es nicht so, dass man im äußersten Notfall das Handbuch essen kann?"

„Ist mir nicht bekannt", sagte der UsiF. „Außerdem finden wir das Handbuch nicht, wenn ich dich daran erinnern darf."

„Stimmt." Leonardo runzelte die Stirn. „Vielleicht hast du es ja schon aufgegessen."

„Du spinnst", stellte der UsiF fest.

„Irgendjemand hat es aufgegessen", knurrte Leonardo. „Es ist schließlich nicht mehr da."

„Du hast bereits Wahnvorstellungen", stellte der UsiF sachlich fest. „Es ist eine normale Auswirkung der Mangelernährung."

„Danke, dass du mir das sagst."

Wieder prasselte ein Hagel von Geschossen gegen die Außenhaut. Leonardo presste sich die Hände auf die Schläfen.

„Vielleicht hätten wir ja das Kind aufessen sollen", brummte er. „Ich glaube nicht, dass jemand es vermisst hätte."

„Du bist Vegetarier."

„Stimmt."

Leonardo starrte wieder auf seinen Bildschirm, als könnte darauf die Rettung erscheinen.

Auf dem Bildschirm erschien die Rettung.

„Hallo Junge", rief Ronan und streckte seine Hand aus. „Ich hol dich jetzt raus."

„Hallo." Leonardo betrachtete Ronan misstrauisch. Zugegeben, er sah ein bisschen wie ein Held aus mit seinem lässigen Grinsen, dem Dreitagebart und der Waffe im Gürtel. „Kannst du das ein bisschen präziser formulieren?"

Erst dann besann er sich auf die Begrüßungsformel. „Sei gegrüßt, bin Leonardo vom Planeten Schlamm, musste leider hier notlanden, und die Begrüßungsgeschenke stehen hier noch irgendwo rum", nuschelte er.

Die oberste Weltraumaufsicht wäre mit dieser sehr großzügigen Umsetzung ihrer Richtlinien vermutlich nicht einverstanden gewesen, aber auf diesem Planeten hier schien man vom Codex ohnehin noch nie etwas gehört zu haben.

„Weiß ich", sagte der Mann auf dem Bildschirm zu Leonardos Überraschung. „Bin voll im Bilde." Er sah sich verstohlen um, als laure hinter ihm ein Spion. „Es ist gerade Werbepause. In zweieinhalb Minuten bin ich wieder auf Sendung. Bis dahin müssen wir alles besprochen haben. Du musst irgendwie ins Bild kommen."

„Welches Bild?", frage Leonardo ungeduldig. „Du, ich will ja nicht unhöflich sein, aber ich warte hier schon einige Stunden, ohne was zu essen, und da …"

Der Held fiel ihm ins Wort. „Später", flüsterte er. „Jetzt achte darauf, dass du gut ausgeleuchtet bist und immer mit dem Gesicht zu deiner Bildschirmkamera stehst. Und zupf dir die Antennen ein bisschen zurecht. Man sieht ja kaum, dass du ein Außerirdischer bist."

„Ein sehr junger Erdbewohner …", fing Leonardo aufgebracht an, aber Ronan ließ ihn wieder nicht ausreden.

„Spiel einfach mit. Tu so, als gäbe es zwischen uns keine Bildschirme. Du wirst sehen, bis zum Ende der Sendung habe ich dich hier raus."

„Verstehe kein Wort", gab Leonardo zu.

„Ich weiß auch nicht, wie es geht", gestand Ronan. „Aber es geht. Ich hab's schon mal ausprobiert. Damals wollte ich unbedingt den Hund haben, der in einer Folge den fletschenden Wachhund gespielt hat. In Wirklichkeit war er ein sanftes Lämmchen. Den hab ich auch durch den Bildschirm geholt. So was können wahrscheinlich nur Fernsehhelden."

Leonardo hielt es nicht mehr für wichtig, sein vollkommenes Unverständnis in Worte zu fassen. Er nickte einfach schicksalsergeben.

„Ich bin Vegetarier", flüsterte er noch.

„Trifft sich gut", flüsterte Ronan zurück. „Ich auch. Meistens jedenfalls. Jetzt pass auf. Ich muss dich ein bisschen beschimpfen und so tun, als würde ich dich besiegen, klar? Nicht vergessen, wir tun nur so, also lass deine Laserwaffen stecken und so was. Gehört alles zum Plan. Und dann türmen wir gemeinsam aus dieser elenden Serie. Zehn-neun-acht-sieben-sechs-fünf-vier-drei-zwei-eins-Sendung!"

Kurz darauf stand Leonardo neben Ronan, oder besser gesagt Ronan neben Leonardo – Ronan musste sich wohl im Raumschiff befinden, denn immer noch donnerten Geschosse gegen die Außenwand, irgendetwas heulte, explodierte, der Innenraum erbebte leicht, und Ronan hatte keinerlei Ähnlichkeit mehr mit der sanften Gestalt im Bildschirm. Er fuchtelte wild mit den Armen, brüllte und drohte und feuerte mit einer Handfeuerwaffe in der Gegend herum, ohne auch nur den geringsten Schaden anzurichten. Leonardo, der bei Ronans Auftauchen Hoffnung geschöpft hatte, ließ dieselbe wieder sinken. Mit so großspurigen Typen wie Ronan war er schon in der Schule nicht klargekommen. Genau genommen hatte er ihretwegen die Schule nach zwei Jahren verlassen, was aber auf Schlamm kein Problem war. Jeder, der es zu etwas bringen wollte, verließ die Schule so schnell es ging. Eine hohe Anzahl von Schuljahren machten sich im Lebenslauf ganz schlecht. Schlammbewohnern, die viele Jahre in der Schule verbrachten, traute man logischerweise gar nichts mehr zu.

Leonardo hatte keine Lust mitzuspielen. Er ließ sich tief in seinen Pilotensessel sinken und beobachtete von dort aus teilnahmslos, wie Ronan eine Viertelstunde lang den Helden gab. Als er es nicht mehr ertragen konnte, schloss er einfach die Augen.

„Kehr zurück in die Tiefen des Universums und wage es nicht, wieder hier aufzutauchen. Ronan erwartet dich! Ronan, die Faust!", brüllte Ronan schließlich und hob noch einmal drohend eben jene berühmte geballte Faust. Einen Moment lang verharrte er so, dann ließ er den Arm sinken und wischte sich über die Stirn.

„Mach die Augen auf", sagte er mit normaler Stimme. „Wir haben es geschafft."

Leonardo machte die Augen auf.

Das Raumschiff um ihn herum war verschwunden.

Seit seiner Notlandung auf der Erde hatte sich Leonardo zunehmend unwohl gefühlt. Aber nun empfand er etwas ganz anderes: nackte Panik.

„Wo ist mein Raumschiff?", schrie er. Ihm war bewusst, dass er mehr kreischte, als schrie. Seine Freundin Füße-wie-kleine-Schwimmflossen hatte ihm wiederholt vorgeworfen, dass er seine Stimme nicht unter Kontrolle hatte, wenn er aufgeregt war.

„Das konnte ich natürlich nicht durch den Bildschirm bugsieren", erklärte Ronan ein bisschen gekränkt. „Hey, ich habe dich gerade vor der kompletten Armee dieses Landes gerettet. Wäre okay, wenn du mir die Hand schütteln würdest oder so."

Leonardo streckte Ronan einen Fuß hin, weil er in der Aufregung die Einzelelemente seiner irdischen Daseinsform durcheinanderbrachte. Ronan blinzelte verwirrt, dann nahm er Leonardos Fuß und drückte ihn fest. Leonardo musste sich an der Wand festhalten, um nicht umzufallen.

„Merkwürdige Sitten habt ihr auf eurem Planeten", sagte Ronan. „Na ja."

Er ließ den Fuß los.

„Wo sind wir jetzt?", fragte Leonardo.

„Bei meinem Autor", erklärte Ronan. „Keine Sorge, er schläft tief. Er hält es nicht aus, seine eigenen Sendungen anzusehen. Deswegen betrinkt er sich vorher und geht dann ins Bett. Jeden Moment wird seine Mutter anrufen, die sieht sich jede Folge von Ronan an und ruft meinen Autor dann an."

„Um ihm zu gratulieren", vermutete Leonardo.

„Na ja, wie man's nimmt", murmelte Ronan. In diesem Moment klingelte ein Telefon. Ronan und Leonardo verhielten sich ganz still. Nach einer Weile schaltete sich der Anrufbeantworter ein.

„Knuffel, bist du da?", erkundigte sich eine Frauenstimme. „Ich wollte dir nur sagen, dass ich deine Sendung wieder gesehen habe. Ich weiß nicht, Junge, warum tust du denn so was? So viel Gewalt. Und jetzt noch diese Monster aus dem All …"

Leonardo runzelte die Stirn. Ronan winkte beschwichtigend ab.

„Ich finde, das geht zu weit. Mir ist es lieber, wenn Ronan richtige Schurken bekämpft, welche von der Erde, weißt du? Hier gibt es genügend Schurken. Nimm unseren Installateur zum Beispiel, der hat bei der letzten Rechnung …"

In diesem Moment schaltete der Anrufbeantworter aus und bedankte sich für die hinterlassene Nachricht.

Ronan und Leonardo atmeten tief aus.

„Sie meint es nicht böse", sagte Ronan.

„Hm." Leonardo sah sich um. Er schnupperte, aber es roch nicht nach Essen. „Und jetzt?"

„Jetzt müssen wir nur noch zu Mme Helena", erklärte Ronan.

Leonardo räusperte sich. „Ich will wirklich nicht unhöflich sein", fing er noch einmal an. „Aber bei uns ist es so Sitte ... ich meine, es ist eigentlich im ganzen Weltraum üblich ... vielleicht habt ihr hier noch nicht so viel davon gehört, ihr lebt ja hier ein bisschen abgeschieden ... ich habe wirklich Hunger ..."

Ronan legte ihm die Hand auf den Arm. „Entschuldige", sagte er mit warmer Stimme. „Das hatte ich ganz vergessen. Wir gehen am Imbiss vorbei. Da gibt's Falafel, vegetarisch."

„Mhm", machte Leonardo.

Sein Vertrauen auf die Kochkünste der Erdbewohner ging gegen Null. Bis jetzt hatten ihn weder ihre Kinder, noch ihre Armee, noch ihre Helden, noch ihre Mütter überzeugt.

„Gehen wir", sagte Ronan und schob mit dem Fuß einen wirren Papierstapel beiseite. „Ich habe jetzt Zeit. Kann sogar sein, dass ich meinen Job endgültig los bin."

„Das tut mir leid!", sagte Leonardo bestürzt. „Etwa nur wegen mir?"

„Ist schon gut", sagte Ronan. „Ich hab schon lange keine Lust mehr."

Er öffnete leise die Tür.

„Wenn du kein Falafel magst, kannst du auch Pommes nehmen", sagte er. „Die Pommes sind auch zu empfehlen."

„Ich werde schon etwas finden", sagte Leonardo.

Ronan sah sich um und sein Blick fiel auf den Spiegel, der über dem schmutzigen Waschbecken hing.

Er sah sich darin klar und deutlich.

„Merkwürdig", murmelte er.

„Was denn?"

„Du siehst mich, oder?"

„Klar?" Leonardo runzelte die Stirn.

„Ich bin nämlich ..." Ronan zögerte, „eigentlich gar kein richtiger Mensch. Nur eine Filmfigur. Ich bin eigentlich auch nicht im Spiegel. Normalerweise."

„Mach dir nichts draus", sagte Leonardo. „Was glaubst du, wie ich in Wirklichkeit aussehe?"

„Wie denn?"

„Na ja … anders."

Ronan sah Leonardo erwartungsvoll an. Leonardo holte tief Luft.

„Egal. Wir haben jedenfalls ein Raummorphingsystem an Bord. Damit wir hier nicht auffallen."

Ronan starrte ihn an.

„War das eingeschaltet? Meinst du, das wirkt auch bei mir? Ich meine … sehe ich jetzt vielleicht einfach wie ein Mensch aus?"

„Ich kenn mich da nicht so aus", sagte Leonardo. „Ich meine, mit Menschen und so was und wie die so ausssehen. Ich bin ja nicht von hier. Aber technisch gesehen – na ja, du wirst wohl umgemorpht sein. Ist nicht so schlimm, das kann wieder weggehen, wenn man auf einen anderen Planeten kommt."

Ronan tastete sich ab: den Bauch, die Arme, die Beine, die Nase. Sein Herz klopfte wild.

Er war dem Drehbuch entronnen!

Dem Schauspieler!

Dem Regisseur!

Er war ein Mensch. So was Ähnliches jedenfalls.

Er war frei!

Er hätte vor Glück am liebsten laut gekreischt, aber das wäre natürlich sehr unheldenhaft angekommen. Vor einem Außerirdischen wollte sich Ronan nicht blamieren.

„Ich rufe noch schnell Mme Helena an und gebe ihr Bescheid, dass wir unterwegs sind." Ronan gab sich gelassen, aber seine Hand zitterte.

Leonardo beschlich das Gefühl, dass er selbst auch irgend jemandem Bescheid geben musste.

Und da fiel es ihm plötzlich ein.

Der UsiF!

Er hatte den Unsichtbaren Freund in seinem Raumschiff zurückgelassen!

Oder?

"Warum regst du dich eigentlich so auf?", fragte Wimpel. Er beobachtete interessiert, welche Muskeln im Gesicht seines Freundes nacheinander zuckten und wie seine Hand zitterte, als er nach dem halb leeren Weinglas griff und es genau ins Zentrum des scheibenförmigen Glasuntersetzers rückte. "Es ist nur eine Fernsehserie. Die letzten Folgen waren auch nicht intelligenter, wenn man es sich genau überlegt."

„Das hier ist unerträglich", fauchte Haderzwerg. „Ein Außerirdischer, das ganze Militäraufgebot, und es wird nicht mal gezeigt, wie die beiden entkommen. Dazu ist offenbar nicht einmal diesem Idioten von Drehbuchautor noch etwas eingefallen."

„Es ist sinnlos, sich über Dummheit aufzuregen", stellte Wimpel fest. Er schenkte Haderzwerg Wein nach und griff nach einer Käsestange. „Man muss sie nutzen, die Dummheit", fügte er kauend hinzu. „Wo kämen wir hin, wenn die Leute nicht so dumm wären? Man muss dankbar sein. Wenn sie auch nur ein bisschen intelligenter wären, hätten sie bestimmt schon gemerkt, dass wir die ganze Zeit am Himmel über ihren Köpfen herumspielen. Es ist doch gut, dass sie sich einreden, der Himmel sei schon immer weiß gewesen, niemals blau, und dass es hierzulande schon immer Tornados gegeben hat, und dass sie an allen Wetterkatastrophen auch noch selber schuld sind, weil sie mit alten Autos herumfahren."

Er kicherte, aber nicht einmal dieses Lieblingsthema konnte Haderzwerg heute aufmuntern. Seine Miene blieb düster.

„Unserem Schulsystem gelingt es immer noch nicht, dem Menschen jeden Irrglauben vollständig auszutreiben. Dass in den Schulen seit Generationen jeder Anflug von Fantasie streng bestraft wird, reicht offenbar nicht ganz aus."

Dr. Wimpel winkte ab. „Ich sage dir, in zwanzig Jahren können wir den Himmel violett und grün färben, es wird sich keiner mehr etwas dabei denken. Die Leute werden nur noch in Bildschirme blicken, und solange ihnen dort der Himmel ebenfalls grün und violett präsentiert wird, sind sie sicher, dass alles in Ordnung ist."

„Man muss die Kontrolle behalten", knurrte Haderzwerg. Seine Hand bewegte sich in Richtung Käsestangen und zuckte dann zurück.

七

Mario hätte sich nie träumen lassen, dass er gerade von dem Ort weglaufen würde, an dem er sich zum ersten Mal in seinem Leben vollkommen sicher gefühlt hatte.

Er war ja auch gar nicht weggelaufen. Man hatte ihn sozusagen entführt. An allem war nur dieser Karol schuld. Karol, der nicht an die Maschine glaubte und dies offen aussprach. Karol, der alles anzweifelte, auch Zäune und abgeschlossene Türen. Natürlich brauchte Mario niemanden, schon gar keinen Freund. Dass er so verwirrt war, musste an den rosaroten Pillen liegen, die er jeden Morgen einnehmen musste, möglicherweise auch an den lindgrünen oder den WC-Putzmittel-blauen oder an der Kombination von allen. Etwas musste schuld daran sein, dass er schon beim Frühstück ungeduldig auf diesen Karol wartete, dessen Teller zurechtrückte und die frischeste Wurstscheibe eifersüchtig verteidigte, obwohl Karol so frühmorgens überhaupt keine Wurst mochte. Irgendetwas hatte Marios Kopf durcheinander gebracht; nur selten konnte er noch so klar und logisch denken wie in den Zeiten, bevor er in die Institution gekommen war. Es war beängstigend.

Er dachte sogar daran, Karol von Mme Helena zu erzählen. Also ob an dieser Geschichte Erzählenswertes gewesen wäre! Eine durchgeknallte ältere Frau, gekleidet wie eine Vogelscheuche, aufdringlich, ja, richtig aufdringlich war sie hier aufgetaucht, hatte seinen Frieden gestört! Er hatte ein Recht darauf, hier in Ruhe seine Tage zu verbringen! Keiner konnte ihn zwingen, sich da hinauszubegeben, in die Nähe der Maschine. Auch Karol nicht, Karol schon gar nicht.

Karol versuchte natürlich gar nicht, Mario zu irgendetwas zu zwingen. Manchmal erschien es Mario, als hätte Karol ihn überhaupt nicht bemerkt, selbst wenn sie schon eine halbe Stunde nebeneinander durch den Park gewandert waren. Karol redete kaum, lachte nur verächtlich, wenn er einem Eichhörnchen oder einem Mitbewohner begegnete, schüttelte den Kopf, wenn Wind an den Bäumen zauste oder hinter dem Zaun ein Auto die Auffahrt hinunterfuhr. Er schien alles im Griff zu haben. Und so hatte er auch Mario im Griff.

„Na, ich geh jetzt mal wieder", sagte Karol an einem verregneten Morgen beiläufig beim Frühstück. „Hier weg, meine ich."

Mario blieb der Bissen im Halse stecken. „Hast du was angestellt?", krächzte er. „Vielleicht ... vielleicht kriegst du noch mal eine Chance ... vielleicht darfst du doch noch mal ... so auf Probe...?"

Aber Karol schüttelte verächtlich den Kopf.

„Ich bleib doch nicht hier. Das bilden die sich wohl ein. Ich glaub doch nicht an Ärzte."

Mario atmete tief ein.

„Ich würde nicht gehen, wenn ich du wäre", sagte er mit fester Stimme. „Man weiß nie, was passiert. Da draußen."

Wie erwartet lachte Karol verächtlich.

„Ist doch alles lächerlich", sagte er. „Genau genommen. Wenn man wirklich darüber nachdenkt. Kann ja alles gar nicht sein."

Mario senkte den Kopf, weil ihm auf Anhieb ganz vieles einfiel, das er für wirklich, nämlich wirklich bedrohlich hielt.

„Kannst ja mitkommen", sagte Karol nebenbei. Er griff nach dem Teller mit der Butter, roch daran und grinste verächtlich. „Margarine", sagte er. „Die tun nur so, als würden wir Butter kriegen."

Mario starrte auf sein Brot, das er bis eben noch für ein Butterbrot gehalten hatte. Plötzlich fühlte er sich sehr schutzlos. Wie sollte es weitergehen, wenn ihm keiner mehr zur Seite stand, der ihn darüber aufklärte, dass er gerade auf falsche Butter hereingefallen war? Sollte er wirklich hilflos hier zurückbleiben?

„Margarine ist ja vielleicht gesünder", flüsterte er, aber es war nur ein kläglicher Versuch. Er wagte es nicht, Karol anzusehen.

„Du kannst machen, was du willst", sagte Karol.

Und auf diese Weise hatte er Mario gegen dessen Willen aus der Institution entführt.

Mario bereute seinen Entschluss, bevor er ihn gefasst hatte.

Cindy hatte noch nicht erlebt, dass Mme Helena so außer sich geraten konnte. Bisher war sie immer so ruhig und freundlich aufgetreten, als hätte sie ihr ganzes Leben im Griff. Aber nun war auf einen Schlag alles aus den Fugen geraten.

Wie war es nur möglich, dass man ihr ausgerechnet die Kristallkugel gestohlen hatte?

Ihr wichtigstes Arbeitsgerät, ihr intimster Kommunikationspartner, Fenster in Welten und Unterwelten, Auge in Zukunft und Vergangenheit, ihr Juwel, ihren Seelenspiegel?

Nur gut, dass sie in weiser Voraussicht noch zwei Ersatz-Kristallkugeln im Schrank gebunkert hatte. Seufzend zog sie eine davon hervor, polierte sie sorgfältig mit einem der spezialbeschichteten Reinigungstücher, die im Hellsehereibedarf für teures Geld erhältlich waren, und sprühte sie mit Himbeergeist ein.

„Funktioniert diese denn genauso gut wie die alte?", fragte Carl Theodor misstrauisch.

„Ich muss sie natürlich erst einarbeiten", gestand Mme Helena. „Aber im Prinzip funktioniert sie genauso. Die Garantie ist allerdings schon abgelaufen, ich habe sie bereits seit einer Weile im Schrank. Für Notfälle wie diesen." Sie schüttelte den Kopf. „Es ist mir trotzdem ein Rätsel, wie meine alte Kugel abhanden kommen konnte."

„Wenn ich bloß einen Moment früher gekommen wäre", murmelte Nils zerknirscht. „Ich hätte den Dieb erwischt. Ich hab nur noch einen Schatten gesehen. Einen Schatten, der durchs Fenster verschwunden ist. Er hatte ein Bündel unter dem Arm."

„Aus dem Fenster?" Cindy, die Nils die ganze Zeit über misstrauisch beobachtet hatte, runzelte die Stirn. „Aber wir befinden uns im zweiten Stock."

„Diese Typen klettern wie die Eichhörnchen", beteuerte Nils. „Manchmal kommen sie übers Dach."

„Ich hätte Charles hier lassen sollen. Dann wäre das nicht passiert." Cindy legte Mme Helena die Hand auf die Schulter. „Tut mir wirklich leid."

„Vielleicht zahlt die Diebstahlversicherung", murmelte Mme Helena. „Ich muss morgen gleich mal anrufen."

Nils steckte die Hände in die Hosentaschen. „Sollen wir denn die Polizei informieren?"

Mme Helena dachte nach, dann schüttelte sie den Kopf. „Ich glaube nicht", sagte sie. „Ich glaube, wir regeln das so. Die Anwesenheit von Polizisten kann die Kommunikation durch die Glaskugel längerfristig stören." Sie sah sich um. „Ich muss euch bitten, mich einen Moment lang mit der Kugel allein zu lassen."

„Ich würde mich ganz ruhig verhalten", sagte Nils.

„Kapierst du das nicht?" Cindy schubste ihn in Richtung Tür. „Sie muss sich konzentrieren."

Nils sah so aus, als würde er gerne noch etwas sagen. Er reckte den Hals so lang, dass sein Adamsapfel noch deutlicher als üblich hervortrat. Aber dann drehte er sich doch um und folgte den anderen aus der Tür. Cindy war die letzte, die das Zimmer verließ.

Sie lächelte Mme Helena noch einmal verschwörerisch zu, bevor sie die Tür hinter sich schloss.

Als sie sich umdrehte und dem tiefen Blick des langen Gardesoldaten begegnete, setzte sie aber sofort eine eisige Miene auf.

Dieser Faschingsnarr sollte sich bloß nicht einbilden, dass ihr Lächeln ihm galt.

Falls es eine Publikumsbefragung gab, dann sollte er derjenige sein, der aus der Sendung abgewählt wurde. Er war unglaubwürdig, untragbar, ihm mangelte es an Bühnenpräsenz, er drückte sich altbacken aus. Sie dagegen spielte ihre Rolle gut! Sie spielte ihre Rolle so gut, dass sie von Zeit zu Zeit vergaß, dass das alles nur eine Show sein konnte. Wenn das noch lange so weiterging, würde sie tatsächlich an die Existenz von Hellseherei, Gespenstern, Außerirdischen und fleischgewordenen Fernsehhelden glauben!

Genau genommen glaubte sie bereits ein bisschen daran, und sie fühlte sich ganz wohl damit. Es war sogar vorstellbar, dass sie diese neuen Fantasien in ihren Songs verwenden konnte. Solche Themen fanden immer ihr Publikum.

Außerdem war da Charles. Als Hund hielt Charles selbstverständlich alles für echt, was ihm begegnete, egal ob es Schauspieler, Quizmaster, Gespenster oder Fernsehhelden waren. Wer ihn gestreichelt hatte, der musste ja wohl existieren, basta. Kristallkugeln brauchte er dazu nicht.

„Was meinst du, was so eine Kristallkugel kostet?", fragte Cindy Nils aufs Geratewohl.

„Ich könnte mal im Internet nachsehen", nuschelte er, ohne den Blick zu heben. Da er sonst keine Gelegenheit ausließ, Cindy in die Augen zu sehen, wurde diese misstrauisch.

„Wie sah er denn aus, der Dieb? Ich meine, war es mehr so ein untersetzter älterer Typ oder ein Jugendlicher oder so was?"

Nils zuckte mit den Schultern. „Ging alles so schnell."

„Oder war es gar kein Typ? War es eine Frau."

„Nee. Eine Frau war es nicht."

„Vielleicht eine Frau, die sich als Mann verkleidet hatte."

Nils rieb sich mit dem Handrücken über die Nasenspitze.

„Die Chefin will ja nicht die Polizei holen."

„Vielleicht überlegt sie sich's noch."

„Ist wohl doch nicht so wertvoll, das Ding."

Cindy zuckte mit den Schultern. Sie bückte sich und fummelte Charles eine Klette aus dem Fell.

„Ich muss los", sagte Nils.

„Du bist doch gerade erst gekommen."

„Jaja. Aber ich muss wieder los."

Nun schaffte er es doch, sie wieder anzusehen und dabei sogar schief zu lächeln.

„Und was ist mit dir? Hast du auch Feierabend oder bist du die ganze Zeit hier eingesperrt."

„Was soll das? Ich bin nicht eingesperrt."

„Wir könnten vielleicht ... na ja, ich dachte, du trinkst vielleicht mal gern was."

Cindy zögerte.

Nein, sie war hier nicht gefangen.

„Okay", sagte sie. „Ich kenne mich hier nicht aus. Schlag was vor."

„Bar Nepp-Thun? Da läuft gute Musik. Ich druck dir aus, wo´s ist. Mit zwei P, aber hat nix mit Nepp und Thunfisch zu tun. Ich hasse Thunfisch. Ist ein Wortspiel, verstehst du? Um Neun?"

Cindy zuckte wieder mit den Schultern. „Okay."

„Cool." Nils grüßte mit leicht erhobener Hand, sah dann noch mal auf die Tür, hinter der Mme Helena ihre neue Kugel einarbeitete. „Tut mir leid mit dem Ding. Mit der Kugel. Wenn die Chefin mich braucht, soll sie durchklingeln, ja?"

„Sie braucht Sie ganz bestimmt nicht", krächzte Carl Theodor aus dem Hintergrund. Nils wandte sich erstaunt zu ihm um, aber es fiel ihm wohl nicht ein, was er dazu sagen sollte, und so zuckte er mit den Achseln und ging.

Die Kugel lag auf Haderzwergs Arbeitstisch und er war zu ihrer Betrachtung drei Schritte zurückgewichen, als befürchte er, es könne sich um eine Bombe handeln. Er studierte das feindliche Objekt, ohne es zu berühren, musterte die perlmuttschimmernde Oberfläche, den geschwungenen metallenen Fuß, Aluminium wahrscheinlich. Es war nichts anderes als eine Lampe, eine hässliche Kugellampe, die alberne Kreation eines fernöstlichen Plunderfabrikanten, und sie besaß noch nicht einmal ein Kabel, einen Stecker, einen Ein- und Ausschaltknopf. Voller Stolz hatte ihm Nils die Beute präsentiert, sie sorgfältig aus einem verschwitzten T-Shirt ausgewickelt und auf Haderzwergs Tisch gestellt. Sie roch immer noch scharf nach Schweiß.

Was sollte er mit dieser Kugel anfangen?

Sollte er sie näher untersuchen? Aber das wäre ja schon fast ein Beweis dafür gewesen, dass er an sie glaubte.

Haderzwerg trat einen Schritt näher und legte seine Hand auf das gewölbte Glas. Es war kalt und fühlte sich staubig an. Haderzwerg zog die Hand schnell wieder zurück und betrachtete sie misstrauisch. Er wischte sich die Handfläche am rechten Hosenbein ab und sah aus dem Fenster in den weißen Himmel, der ihn immer ein wenig beruhigte.

Die Kugel war ein Fall für *das Programm.*

Wenn man ihre Daten in *das Programm* einspeiste, würden Hinweise auf ihre Existenz innerhalb weniger Sekunden aus allen weltweit existierenden Datenbanken gelöscht. Und was in den Datenbanken nicht mehr existierte, würde innerhalb kürzester Zeit auch aus den Köpfen der Menschen verschwinden, das hatten Haderzwergs Assistenten bewiesen.

Die Assistenten! Haderzwerg knirschte mit den Zähnen. Intelligente, eifrige, karriereorientierte Menschen, wie er sie brauchte … und doch so mit den Irrungen ihrer Generation behaftet! Sie hatten in Zusammenarbeit mit Haderzwerg *das Programm* entwickelt; aber ohne Rückfrage, da es ihnen als Selbstverständlichkeit galt, hatten sie dieses umweltfreundlich gestaltet, den Drang zum Recycling hatten sie quasi mit der Muttermilch aufgesogen und es war ihnen unmöglich, einen Gegenstand aus der Welt zu schaffen, ohne ihn zuvor detailliert in seine materiellen Bestandteile und Rohstoffe zu zerlegen. So konnte Haderzwerg nun nicht, wie er es sich ursprünglich gedacht hatte, diese alberne Glaskugel einfach einscannen und verschwinden lassen, sondern musste zunächst genau eingeben, aus welchen Materialien sie bestand und zwar in anteiligen Prozenten mit zwei Stellen hinter dem Komma, sonst nahm die Maschine die Informationen gar nicht an, zeigte einfach das Atomsymbol auf dem Bildschirm, während eine krächzige Stimme vorwurfsvoll darauf hinwies, der Nutzer möge doch an seine Nachkommen denken, von denen er die Welt nur geliehen habe, er wolle doch gewiss kein Umweltschwein sein – „Frevler", dachte Haderzwerg voller Nostalgie, früher nannte man solche Menschen „Frevler", doch leider gab es offenbar irgendwo ein Programm, das treffende Begriffe aus dem Wortschatz der Menschheit tilgte.

Mochten sich doch die Assistenten selbst mit der Glaskugel und deren Einspeisung in das große Reinigungsprogramm beschäftigen.

Oder noch besser: Er würde die Kugel behalten. Er würde sie aufnehmen in seine große Sammlung, die seine Nachfahren irgendwann einmal als „Haderzwergs Museum der widerlegten Dinge" auf eine Reise durch die Ausstellungshallen der Welt geschickt würde.

七

„Ich weiß nicht", seufzte Mme Helena. „Die neue Kugel zeigt das Bild einfach nicht so scharf wie meine alte." Sie zerrte unwillig ihre Nahsichtbrille unter einem Papierstapel hervor, der ins Schwanken geriet und sich wieder stabilisierte. Mme Helena setzte ihre Brille auf und blinzelte.

„Kein bisschen besser", erklärte sie triumphierend und setzte die Brille wieder ab. „Ich erkenne sie nicht mehr. Den Außerirdischen nicht, Ronan nicht, nicht einmal diesen depressiven Jungen."

Sie drehte sich nach Carl Theodor um.

„Was hältst du davon?"

Aber Carl Theodor dachte gerade über andere Sachverhalte nach, von denen er wirklich und entschieden überhaupt nichts hielt. In erster Linie darüber, dass sich Cindy mit diesem schwächlichen Computerstudenten verabredet hatte, der vermutlich nicht mal einen Degen halten konnte und sich bestimmt noch nie die Stiefel selbst poliert hatte. Wie konnte sie nur? Hatte sie denn nicht bemerkt, dass dieser Milchbube niemandem in die Augen sehen konnte?

Na gut, auch Carl Theodor fiel es manchmal schwer, anderen in die Augen zu sehen, aber das lag allein an seiner körperlichen Größe, also daran, dass sich kaum jemand auf seiner Augenhöhe befand.

„Du denkst an etwas anderes", stellte Mme Helena fest, ohne ihre hellseherischen Fähigkeiten zu bemühen. „Macht nichts."

Sie wandte sich wieder der neuen Kugel zu und seufzte.

„Wenn ich den Kontakt nicht halten kann, ist alles hinfällig", seufzte sie. „Sieben müssten wir sein. Bis jetzt sind wir gerade mal zu dritt! Noch nicht einmal die Hälfte! Nicht einmal die halbe Welt lässt sich so retten."

Carl Theodor wurde nun doch aufmerksam. Er trat näher an Mme Helena heran und legte ihr sanft die Hand auf die Schulter.

„Die anderen werden bestimmt wieder auftauchen", sagte er.

Es klingelte an der Tür.

Mme Helena sah Carl Theodor wirr an, dann rief sie nach hinten:

„Cindy, würdest du mal an den Türöffner gehen?"

Einen kurzen Moment später erschien Cindy an der Tür zum Sprechzimmer.

„Sind nur ein paar Typen gewesen, offenbar besoffen."

Mme Helena nickte enttäuscht.

Es klingelte wieder, diesmal Sturm.

„Soll ich gehen?", bot Carl Theodor an. Aber Mme Helena erhob sich bereits.

„Ich mach das schon."

Sie ging aus dem Raum.

Cindy und Carl Theodor sahen einander an. Einen kleinen Moment nur, der aber genügte, um Carl Theodors Herz schneller schlagen zu lassen.

„Charles muss raus", sagte Cindy. „Dir würde es sicher auch nicht schaden, mal an die frische Luft zu gehen."

Carl Theodor schüttelte erschreckt den Kopf.

„Ich gehe erst, wenn die Sonne scheint", sagte er schnell.

„Die scheint doch."

„Tut sie nicht. Das bildet ihr euch nur ein. Weißt du, dass früher der Himmel blau war? Tief dunkelblau? Und dass die Farben…"

„Früher war alles besser." Cindy verdrehte die Augen. „Alle alten Leute sagen dasselbe."

Carl Theodor wankte unter diesem Schlag.

Cindy errötete.„Ich mein's nicht so. Ich dachte ja nur. Aber dann halt nicht." Sie hob die Schultern. „Ich hab ja nur gemeint. Du bist ziemlich blass."

Carl Theodor senkte den Blick.

Cindy rief nach Charles.

Carl Theodor sah erst wieder auf, als Charles Cindy durch die geöffnete Wohnungstür gezerrt hatte.

Seine ganze, imposante Länge durchfuhr schwarze Verzweiflung.

Warum konnte er nicht spontan sein?

Warum konnte er nicht locker und cool sein, wie dieser alberne Computerstudent?

Er hatte jedoch keine Zeit, sich weiter zu zerfleischen, denn vor der Wohnungstür wurde es laut.

„Lasst ihn durch", verlangte eine raue Heldenstimme. „Er hat eine lange Reise hinter sich und musste sich gerade zum ersten Mal in seinem Leben bei einem Imbiss verpflegen."

„Lasst euch nicht stören, ich geh gleich wieder", murmelte eine andere Stimme. „Mein Freund hat mich hier abgesetzt und holt mich später wieder ab."

Mme Helena war bis in die Mitte des Zimmers zurückgewichen und betrachtete die drei Neuankömmlinge, als wären sie der Nikolaus, der Osterhase und der Glücksbote der Mittwochslotterie persönlich.

„Kommt herein", sagte sie mit vor Erregung zitternder Stimme. „Wir haben euch erwartet. Irgendwie. Vielleicht nicht gleich alle drei auf einmal, aber umso besser …"

Der Ankömmling, der bisher noch nicht gesprochen hatte, hielt Mme Helena höflich einen Fuß entgegen.

„Ich bin Leonardo vom Planeten Schlamm …", fing er an, aber Ronan schubste ihn in die Seite, während er Mme Helena ermutigend zuzwinkerte.

„Das ist nicht die Hand", sagte er geduldig. „Das ist der Fuß."

„Oh", machte der Außerirdische. Er zog den Fuß zurück und betrachtete unschlüssig seine rechte Hand.

„Kein Problem", sagte Mme Helena. „Kann ja jeder mal verwechseln, oder?" Sie lachte zu laut.

„Jedenfalls", fügte Leonardo hinzu, „komme ich vom Planeten Schlamm, wie schon gesagt, hatte eine Panne und hier gab's nichts zu essen, und jetzt hat mich mein Freund Ronan hierher gebracht. Ich hab nicht ganz verstanden, warum, ehrlich gesagt. Ich hoffe mal, dass Sie hier dafür sorgen können, dass ich mein Raumschiff zurück bekomme. Da ist so einiges drin, was mir wichtig ist."

Mario war bei jedem seiner Worte ein paar Zentimeter weiter zurückgewichen.

„Herzlich willkommen auf der Erde!", sagte Mme Helena so warmherzig, wie sie nur konnte.

Der Außerirdische sah sich im Raum um. Er machte ein Gesicht, als hätte er einige Fragen, die er aus reiner Höflichkeit nicht stellen wollte

Mme Helena riss sich von seinem Anblick los, denn da war ja auch noch Mario, selbst wenn der gerade versuchte, sich unsichtbar zu machen.

„Wie schön, dass du auch gleich mitgekommen bist", sagte sie. Aber Mario beachtete sie überhaupt nicht. Er starrte immer noch Leonardos Antennen an.

„Ich hab's gewusst", murmelte er. „Irgendwann kommen die. Die sehen sich unseren Mist von da draußen doch nicht ewig tatenlos an. Irgendwann halten die das nicht mehr aus und kommen her und räumen auf. Ist ja nicht wirklich schade um uns. Na ja. Vielleicht um die Tiere. Die können ja nicht so viel dafür." Er sah Leonardo an. „Die Tiere können nichts dafür", wiederholte er eindringlich.

Leonardo starrte ihn an.

„Wofür denn?", fragte er höflich.

„Für das alles."

„Ach so."

„Sind wir vollständig?", fragte Ronan und sah sich um. „Fehlt noch einer?"

„Nummer vier geht gerade mit dem Hund spazieren", erklärte Mme Helena. „Sie kommt gleich, und dann fehlt uns nur noch einer."

„Wer?"

„Die Sieben. Genau die Sieben."

„Mein Mathelehrer hat mich gehasst", murmelte Mario.

Leonardos bislang so ausdrucksloses Gesicht überzog ein Lächeln. Er wandte sich um. „Mann", sagte er. „Mir ging's damals genauso."

Er sah Mario freundlich an.

Und Mario lächelte ein ganz kleines bisschen zurück.

„Darf ich einen Vorschlag machen?", fragte Ronan höflich.

Alle wandten sich ihm zu.

Ronan räusperte sich und schabte mit dem Handrücken über seinen Dreitagebart.

„Wir müssten vielleicht einfach mal den Schauplatz wechseln", sagte er.

„Was?" Mme Helena starrte ihn an.

„Na ja. Hab ich über die Jahre gelernt. Bringt nichts, wenn man sich immer in den gleichen Räumen aufhält. Das ist einfach langweilig. Nicht nur Helden brauchen ein bisschen Weite und Luft um sich herum. Und dazu einen guten Schuss Action."

„Sie sind doch eben erst gekommen", stellte Carl Theodor, der bisher geschwiegen hatte, fest.

Ronan sah ihn an.

„Das stimmt. Aber wir müssen uns jetzt alle besser kennen lernen und gemeinsam einen Plan entwickeln. In Wohnungen sitzt jeder nur verlegen herum und wagt es nicht, sich zu äußern. Wir brauchen eine ganz andere Umgebung, eine, die das Denken beflügelt, die uns befreit."

„Was für ein Ort könnte das sein?", fragte Mme Helena.

„Verlassene Fabrikgelände sind gut", sagte Ronan. "Von mir aus auch ein Steinbruch oder so was."

„Wie wäre es mit dem Flugplatz?"

Ronan winkte ab. „Zu viele Überwachungskameras."

„Ein Friedhof?"

Carl Theodor runzelte die Stirn. Ronan seufzte nur.

„Ich würde eine Schlucht vorschlagen", sagte er. „Eine steile Schlucht."

„Gibt es hier nirgends", wandte Mme Helena ein.

„Wenn ich ein Ausflugsziel vorschlagen dürfte", meldete sich Carl Theodor schüchtern.

„Ja?" Ronan wandte sich um.

„Ich würde zu gerne mal wieder durch einen Wald gehen. Ich war so lange nicht mehr im Wald."

Ronan nickte. „In Ordnung."

Mme Helena hatte gerade die Wanderkarte auseinander geklappt, als Cindy mit Charles zurückkehrte. Sie spielte mit, bot Fahrdienst im Bus an und wandte lediglich ein, dass sie rechtzeitig zu ihrer Verabredung wieder hier sein müsse.

„Es ist nicht weit", sagte Mme Helena. „Es handelt sich nicht um einen besonders tiefen Wald."

„Er sollte uns reichen", sagte Ronan.

Carl Theodor konnte sich sofort eine ganze Reihe von Missgeschicken vorstellen, die Cindy an einer rechtzeitigen Rückkehr aus dem Wald hindern konnten. In seinen Fantasien kamen Raubüberfälle vor und gebrochene Wagenachsen und umgestürzte Bäume, die den Weg versperrten oder auch Entführung durch einen unglücklich verliebten Geist.

„Ich bin einverstanden", sagte er, obwohl ihn keiner danach gefragt hatte.

„Aber Karol holt mich wieder ab", wandte Mario ein, der überhaupt nicht wusste, wie ihm geschah.

„Ruf ihn an", sagte Cindy. „Der hat doch bestimmt ein Handy." Sie zwinkerte Mario zu. Mario starrte sie fassungslos an.

„Er holt mich sowieso nicht mehr ab", sagte er müde. „Er hat das nur so gesagt."

Carl Theodor, der mehr als einen ganzen Kopf größer war als Mario, legte diesem spontan den Arm um die Schulter.

„Du brauchst ihn nicht", sagte er mit fester Stimme.

Mario sah ihn an. Er hatte Tränen in den Augen.

„Er braucht mich nicht", verbesserte er.

„Gibt's im Wald Falafel?", fragte Leonardo, der für einen immer noch recht frisch gelandeten Außerirdischen ziemlich wenig Beachtung erfahren hatte, ziemlich hoffnungslos aus dem Hintergrund.

Es war die merkwürdigste Gesellschaft, die jemals in Cindys Tourbus gefahren war: Carl Theodor saß auf dem Boden und hielt seinen Helm an sich gepresst, während er gebannt nach vorne starrte. Ronan hatte sich neben Cindy gesetzt, hielt die Wanderkarte ausgebreitet vor sich und sprach von Zeit zu Zeit Richtungsanweisungen aus. Er gab sich große Mühe, dabei nicht autoritär zu klingen: „Wenn Du da vorne rechts abbiegen könntest? Es wäre nett, wenn du dann die dritte Abfahrt links nehmen würdest…"

Jetzt, wo er auch außerhalb des Bildschirms sichtbar war, wollte er einen besonders guten Eindruck hinterlassen.

Mme Helena war auf den dritten Vordersitz geklettert. Sie sagte nicht viel, sah sich aber von Zeit zu Zeit beinahe scheu nach Leonardo, Carl Theodor und Mario um, als fürchte sie, einer von ihnen könne die Hecktür aufreißen und abspringen.

Mario überlegte schon die ganze Zeit, ob er die Hecktür aufreißen und abspringen sollte, aber er fürchtete Schürfwunden und noch mehr deren schmerzhafte Desinfektion.

Carl Theodor wäre nie im Leben bei so einer rasenden Geschwindigkeit von einem Fahrzeug gesprungen und würde das auch jetzt, wo er nicht mehr lebte, bestimmt nicht tun.

Leonardo machte sich düstere Gedanken über die technische Rückständigkeit der Erdbewohner, die offenbar nur über vollkommen altertümliche, ungeheuer langsame Fortbewegungsmittel verfügten. Würden Angehörige diese Zivilisation jemals in der Lage sein, das Raumschiff zu reparieren? Wo war sein Raumschiff überhaupt? Ronan hatte ihm noch immer nicht erklären können, was man hier von ihm wollte.

„Was wollt ihr eigentlich von mir?", fragte er. „Ich meine, ich will was von euch, klar, weil mein Raumschiff kaputt ist, aber was habt ihr sonst mit mir zu tun?"

„Das erkläre ich, wenn wir da sind", versprach Mme Helena. Ihren Band *Tausend Weissagungen aus dem Altertum* hatte sie vorsichtshalber eingepackt, um ihren Mitverschworenen schwarz auf weiß beweisen zu können, dass sie sich die ganze Geschichte nicht ausgedacht hatte. Carl Theodor kannte die Weissagung bereits. Er machte sich Gedanken darüber, war dabei aber leicht ablenkbar, denn der Untergang der Welt hatte für ihn in seiner Situation keine besondere Bedeutung mehr. Mme Helena hätte sich einen etwas engagierteren Mitstreiter gewünscht.

Schließlich bog Cindy auf Ronans freundliche Bitte hin von der asphaltierten Straße ab und lenkte den Bus über einen gut ausgebauten Erdweg in den Wald hinein. Charles, der die ganze Zeit teilnahmslos vor Ronans Füßen gelegen hatte, wurde aufmerksam. Er stieg auf Mme Helenas Schoß und hielt witternd die Nase an den Fensterspalt. Mme Helena wagte es nicht, etwas dagegen zu unternehmen. Sie fürchtete sich weniger vor Charles und dessen wenigen verbliebenen stumpfen Zähnen als vor Cindy. Es gelang ihr einfach nicht, zu dieser jungen Frau eine Verbindung herzustellen. Lag es vielleicht daran, dass Mme Helena vollkommen unmusikalisch war? Jedenfalls wurde sie den Eindruck nicht los, dass Cindy die ganze Sache nicht ernst nahm. Sie benahm sich wie eine Figur in einer Fernsehshow. Vielleicht lag es an ihrem Beruf, vielleicht stand eine Sängerin geistig immer auf der Bühne. Jedenfalls lag der jungen Frau mehr an ihrem Hund als an der Rettung der Welt.

Cindy hatte währenddessen das unbestimmte Gefühl, dass sich ihr Leben mehr und mehr in einen Videoclip verwandelte. In ihr wuchs der Ehrgeiz, sich möglichst viele dieser Bilder zu merken und sie irgendwann zu benutzen. Und Charles würde in ihrem Clip eine Hauptrolle spielen.

„Ich glaube, ich steige nicht aus", murmelte Mario, nachdem er aus jedem Fenster des Wagens gespäht und immer nur Bäume entdeckt hatte. "Ich mag eigentlich keinen Wald."

„Es sind nur Bäume", beruhigte ihn Carl Theodor. Obwohl er der Jüngere der beiden war, schien er eine Art väterliche Zuneigung zu Mario zu fassen. „Und Wölfe greifen nur bei Dunkelheit an, wenn sie sehr, sehr hungrig sind. Also im Winter."

Mario zog den Kopf noch weiter ein und starrte auf die Schiebetür wie in den Eingang zur Folterkammer.

Charles war schon draußen, rannte kurz in den Wald hinein und kehrte Sekunden später glücklich mit einem weißen Fetzen Klopapier in der Schnauze wieder zurück.

„Pfui", sagte Cindy abwesend, was Charles natürlich nicht im geringsten beeindruckte. Er legte sich auf den Bauch und widmete sich der Aufgabe, sein Papier in kleine Fetzen zu reißen und diese aufzufressen.

„Was machen wir hier jetzt?" Mme Helena wandte sich vorsichtig an Ronan. Der sah sich um.

„Ich weiß auch nicht. Manchmal bin ich leider doch ein bisschen abhängig von meinem Drehbuchautor, auch wenn er ein Versager ist. Es wird eine Weile dauern, bis ich mit meiner Freiheit umgehen kann."

Carl Theodor bückte sich, hob einen angenagten Fichtenzapfen auf, roch mit geschlossenen Augen daran und reichte ihn Cindy mit so verzückter Miene, dass sie ihn entgegennahm und ebenfalls daran roch. Sie zuckte mit den Schultern, gab den Zapfen zurück und trat vor ein ausladendes Schild, das bunte Wanderwege auswies.

„Eigentlich riechen sie viel stärker", sagte Carl Theodor. „Aber ein bisschen kann man es erahnen."

Cindy beachtete ihn nicht.

„Wenn wir bergauf gehen, kommen wir zu einer Grillhütte."

„Wir haben aber nichts zum grillen", seufzte Mario. „Wahrscheinlich noch nicht mal ein Feuerzeug."

Aber weil keiner einen besseren Vorschlag hatte, machten sie sich auf den Weg.

Nach nur einer halben Stunde erreichten sie den Grillplatz. Schlichte Balkenbänke waren rund um eine Feuerstelle aufgebaut. Carl Theodor fing sofort an, Brennmaterial aufzuschichten. Er sah sich um: „Hat jemand Zunder dabei?"

Ronan zog Streichhölzer aus der Tasche, entzündete eins und steckte damit das Reisig an. Eine dünne Rauchfahne schlängelte sich in die Höhe.

Mario hustete. „Wir haben keine Genehmigung", sagte er. Aber die anderen ignorierten ihn.

Ronan wandte sich an Mme Helena. „Und jetzt erzählen Sie uns allen doch mal, was Sie vorhaben. Erklären Sie uns Ihren Plan."

Mme Helena erschrak, denn sie hatte nicht den geringsten Plan.

„Uns fehlt noch einer", sagte sie schnell. „Die Nummer Sieben. Wir können noch gar nicht anfangen."

Und weil sie ihr Buch der Weissagungen natürlich hatte im Auto liegen lassen, musste sie die Prophezeiung auswendig hersagen und dabei jeden, der darin erwähnt wurde, bedeutungsvoll ansehen.

Die graue Welt fährt auf einem

defekten japanischen Fahrrad mit sieben Gängen

in den Abgrund.

Sieben sind die Bremse.

Die Sechs fällt aus dem Siebengestirn (Blick auf Leonardo)

Die Fünf schlägt mit weicher Faust (Blick auf Ronan)

Die Vier schlägt nur die Saiten, (Blick auf Cindy)

Die Drei zaudert und zweifelt, verschlossen, (Blick auf Mario)

Die Zwei steigt riesenhaft aus dem Grab (Blick auf Carl Theodor)

Die Eins eint sie in ihrer Kugel (bescheidenes Senken des Blicks)

Die schöne Sieben ist leicht zu durchschauen.

Alle sieben können das Rad auf Kurs bringen

„Was ist das?" Cindy runzelte die Stirn. „Ein Gedicht?2

„Nein. Ich habe es doch gesagt. Ich rede seit Tagen davon. Es ist eine Weissagung. Eine japanische Weissagung."

„Haben die Japaner denn Fahrräder? Ich kenne nur japanische Autos." Cindy wurde ärgerlich. Sie hatte ja bislang mitgespielt, aber nun sank das Niveau der ganzen Aktion unter den erträglichen Punkt. Sie wandte sich an Leonardo. „Sie sind also aus dem Siebengestirn gefallen, ja?"

„Ähm …", machte Leonardo vorsichtig. Sein Magen knurrte und es fiel ihm schwer, sich auf irdische Probleme zu konzentrieren. „Vielleicht nennt ihr das hier so? Da sind natürlich noch Sterne in der Nähe von Schlamm, meinem Heimatplaneten, allerdings ein paar mehr als nur sieben …"

Cindy wandte sich an Ronan. „Und Sie schlagen mit weicher Faust, ja? Schlagen ist immer Gewalt, egal ob weich oder hart. Wer schlägt, hat Unrecht."

„Ganz deiner Meinung", sagte Ronan versöhnlich. „Genau genommen bin ich ja Ronan, die ausgestreckte Hand, nicht Ronan die weiche Faust, von daher trifft das nicht so ganz den Kern …"

Cindy wandte sich triumphierend an Carl Theodor.

„Und aus welchem Grab bist du gestiegen, wenn du mir das mal bitte genauer erläutern könntest?"

„Also ehrlich gesagt", stotterte Carl Theodor. „Ich bin nie begraben worden."

„Na also." Cindy atmete auf.

„Na ja", fuhr Carl Theodor fort, „wegen der Charité. In der Charité haben sie doch damals mein Skelett ausgestellt, wegen meiner Größe. Körpergröße. Es liegt dort wahrscheinlich noch irgendwo im Keller herum." Er seufzte.

Jetzt sagte Cindy nichts mehr. Sie zog Charles am Halsband näher. Er kaute und schmatzte immer noch.

„Und ich schlage nicht die Saiten", murmelte sie nur. „Als nächstes heißt es noch, ich würde die Saiten streicheln. Blöder Kitsch. Ich spiele Gitarre, basta."

Mme Helena war bei jedem ihrer Argumente tiefer in sich zusammengesunken. Zum ersten Mal befielen sie Zweifel.

Aber Ronan erhob sich. Seine Augen blitzten.

„Es besteht keinerlei Anlass, an unserer Aufgabe zu zweifeln. Wir werden das Rad wieder in Schwung bringen. Uns fehlt bloß die Sieben."

„Was ist noch mal mit der Sieben?", fragte Cindy ergeben.

„Die ist leicht zu durchschauen. Also schwer zu sehen."

„Na, super."

„Sie wird irgendwann auftauchen", mutmaßte Ronan.

„Sie ist vielleicht winzig klein." Carl Theodor kratzte sich.

„Sie wird einfach nicht kommen", murmelte Mario. „Die lässt uns einfach im Regen stehen, und dann geht die Welt doch noch unter, bloß weil die Sieben nicht kommt."

Leonardo beobachtete ein Eichhörnchen, das sich für die Fichtenzapfen interessierte. Er hörte längst nicht mehr zu. Wenn er für Füße-wie-kleine-Schwimmflossen so ein nettes kleines Pelztier mitbringen würde, würde sie ihm dann vielleicht seine langen Reisen verzeihen?

„Leonardo", mahnte Mme Helena. „Hören Sie zu. Es geht auch Sie an."

„Entschuldigung, was?"

Das Eichhörnchen sauste einen Baumstamm empor.

„Die Welt. Die Welt geht unter und wir können sie vielleicht retten."

„Die Welt? Welche Welt?"

„Na ja ... die Erde, nehme ich an."

Leonardo seufzte. „Ach so, die. Ja. Blöd. Ich glaube nicht, dass ich was tun kann. Ich bin ja nicht mal von hier. Meinen Sie übrigens, dass die Armee jetzt abgezogen ist und ich mein Raumschiff holen kann? Ich meine, es ist ein bisschen kaputt, aber ich hätte noch eine Idee…"

Cindy funkelte ihn an. „Es ist Ihnen egal, wenn die Erde untergeht?"

„Aber nein", sagte Leonardo schnell, um die Einheimischen nicht gegen sich aufzubringen. „Es ist ja ganz nett hier. Und Ihr Fafell ... Fafaell? ... schmeckt vorzüglich."

„Mal eine andere Frage", mischte sich jetzt Ronan ein. „Steht irgendwo geschrieben, wie unsere Aufgabe lautet? Sollen wir den amerikanischen Präsidenten entführen? Oder die Atomkraftwerke abschalten? Oder die letzten Seekühe vor dem Aussterben bewahren?"

„Genaueres ist in der Weissagung leider nicht enthalten", musste Mme Helena gestehen. „Es handelt sich vielleicht um eine Art Schnitzeljagd. Wenn wir die Sieben finden, finden wir vielleicht auch einen Hinweis auf unsere Aufgabe."

„Und wie lange soll das dauern?", fragte Cindy. „Ich frage ja nur mal so. Wir, also ich und meine Band, arbeiten immerhin an unserem neuen Album, und die anderen haben bestimmt auch jeder einen Job." Sie sah sich um.

„Ich nicht mehr", erklärte Carl Theodor. Er stellte sich ausnahmsweise gerade hin. „Aber ich möchte gerne noch einmal neu anfangen. Noch mal etwas anderes machen als den Degen präsentieren und die Hacken zusammenschlagen. Ich könnte vielleicht etwas mit Computern machen."

Er schielte nach Cindy. Die hob einen halb verkohlten Zweig auf und warf ihn ins Feuer, ohne einen der anderen anzusehen.

„Ich glaube, wir stecken in einer Sackgasse", sagte sie.

Ronan starrte in den weißen Himmel.

„Es könnte einen Tornado geben", sagte er.

Professor Haderzwerg war vom unvermittelten Auftauchen seines einstigen Lieblingsassistenten nicht sonderlich begeistert.

Die Zusammenarbeit der beiden war kurz und intensiv gewesen; Karol hatte Haderzwergs Lehren aufgesogen wie ein Schwamm – ja, Haderzwerg hatte insgeheim beinahe befürchtet, Karol könne seine Gedanken lesen. Glücklicherweise hatte er die Existenz von Gedankenlesern schon in einer sehr frühen Phase seiner Arbeit widerlegt. Karol hatte den größten Teil von Haderzwergs Lehrwerk in den Computer eingegeben und formatiert und mit Fußnoten und Quellenangaben versehen. Karol war Haderzwergs rechte Hand gewesen, sein rechtes Auge, sein rechter Schläfenlappen, sein Schatten – eine Weile zumindest. Er hatte sein Wohnheimzimmer aufgegeben und sich in Haderzwergs Büro eingerichtet. Davon hatte Haderzwerg zwar profitiert – er hatte seinen Assistenten nun wirklich rund um die Uhr zur Verfügung – aber zu seiner eigenen Überraschung empfand er ein täglich wachsendes Unbehagen beim Öffnen der Bürotür, als lauere dahinter ein nicht ganz berechenbares Tier. Karol hatte sich nicht mehr gewaschen, da er Haderzwergs Lehre noch weiter trieb und, anders als ihr Schöpfer, nicht an Dinge wie Hygiene und Körpergeruch glaubte. Haderzwerg machte es sich zur Gewohnheit, bei seiner Ankunft mit angehaltenem Atem von der Eingangstür zum Fenster zu schreiten und sofort beide Fensterflügel aufzureißen. Karol beklagte sich nicht, aber es lag auf der Hand, dass die frische Luft ihm schadete, denn er glaubte nun auch nicht mehr an Kleidung und ging nackt und bloß durchs Büro. An diesem Punkt bat Haderzwerg ihn erstmals, einen Arzt aufzusuchen.

„Einen Arzt?", hatte Karol vollkommen verblüfft gefragt, um dann in schallendes Gelächter auszubrechen. „Ach so! Sie wollen mich auf die Probe stellen! Nein, natürlich glaube ich nicht an Ärzte, aufgrund Ihrer Ausführungen in Ihrem Werk, Seite sechshundertdreiundsiebzig folgende."

Angesichts dieser Gesinnungstreue blieb Haderzwerg nichts anderes übrig, als anonym den ärztlichen Notdienst zu verständigen und Karol zwangseinweisen zu lassen. Im Gespräch mit Dr. Wimpel am darauffolgenden Dienstag gestand er ein, dass er fürchtete, Karol könne eines Tages plötzlich nicht einmal mehr an ihn, Haderzwerg selbst, glauben.

„Und was dann passiert, das wissen die Götter", sagte Haderzwerg, der solche absurden Redewendungen in purer Selbstironie gerne verwendete.

Und nun stand Karol unvermittelt wieder vor seiner Bürotür, immerhin vollständig bekleidet, trat grußlos ein, als sei er vor wenigen Minuten weggegangen, um sich eine Fruchtbuttermilch zu besorgen. Er setzte sich ohne weitere Umschweife vor den Rechner, der ihm zur Eingabe des Haderzwergschen Standardwerkes gedient hatte, und fingerte an den gestapelten Unterlagen herum. Das missfiel Haderzwerg, der sich bislang noch nicht gerührt hatte, dann doch.

„Das sind persönliche Notizen", sagte er eindringlich. „Sozusagen privat."

Karol warf den Kopf in den Nacken und lachte schallend. „Privat!", japste er. „Der war wirklich gut!"

Haderzwerg sank in seinen Stuhl und wünschte sich einen winzig kleinen Tornado, der Karol jetzt von seinem Stuhl saugen und auf Nimmerwiedersehen davontragen würde. Er hätte Dr. Wimpel längst nach so einem praktischen Anwendungsbereich seiner Entwicklungen gefragt, aber er schämte sich ein bisschen dafür, dass er mit seinen Gegnern nicht selbst fertig wurde.

„Geht es dir ... gut?", fragte Haderzwerg lahm.

„Persönliches Empfinden." Karol verzog das Gesicht. „Kapitel dreizehn. Siebzehn Seiten."

„Du hast völlig recht", sagte Haderzwerg beruhigt.

Die Existenz seines eigenen Unbehagens war nach wissenschaftlichen Maßstäben nicht zu beweisen. Es gab also keinen Anlass zur Sorge.

Der Tornado zog nur wenige hundert Meter südwestlich an den sechs Verschworenen vorbei, riss eine komplette Wildschweinfamilie mit, zerlegte in gerechtem Ausgleich mehrere Hochsitze, drehte den Stamm einer ewigen Eiche ab und erschlug zuletzt sogar einen verfrühten, alleinstehenden Pilzsammler, dessen sterbliche Überreste erst viele Jahre später von anderen Pilzsammlern hätten gefunden werden können, wenn die Erde nicht vorher untergegangen wäre. In Dr. Wimpels Statistik tauchte dieser Tornado nicht auf, denn kein Fernsehteam filmte den Schaden.

Beinahe gleichzeitig streifte ein zweiter kleiner Tornado die Militäreinheit, die mit dem Abtransport von Leonardos Raumschiff beschäftigt war. Man hatte mehrere Schwertransporter angefordert. Erst bei der Befestigung des Raumschiffs am Transporter fiel auf, dass dieses federleicht war. Diese Erkenntnis hatte den Abtransport erheblich verzögert, denn den Einsatz eines Schwertransporters für den Transport von Federleichtem konnte man in den Unterlagen unmöglich rechtfertigen; einen angemessenen Leichttransporter gab es in den Fuhrparks nicht. Erst nach einer ganzen Weile kam man auf die Idee, zwei Soldaten mit dem Tragen des Raumschiffes zu beauftragen. Beide wurden unmittelbar nach diesem Einsatz in den Hindukusch versetzt. Einer würde in der dortigen politischen Wirrsal das Raumschiff vergessen, der andere die Erinnerung daran für einen Bestandteil seiner posttraumatischen Belastungsstörung halten. Der Tornadoausläufer zerrte so sehr am Raumschiff, dass kurzfristig noch zehn weitere Mann zum Festhalten benötigt wurden und selbst der Offizier mit einer Hand mit anpacken musste. Außerdem riss der Sturm einige Kopfbedeckungen mit und die Einheit kam sehr unvorschriftsmäßig im eilends errichteten Geheimstützpunkt *Grüne Gefahr* an.

Als man das Raumschiff dort abgestellt und zur Tarnung mit graugrün gefleckten Planen überzogen hatte, sandte der Offizier seine Leute sofort wieder aus.

„Sperrt den Wald großräumig ab", forderte er. „Kein Zivilist darf in die Nähe des Stützpunkts gelangen. Achtet besonders auf Journalisten und andere Menschen mit Kameras. Aber zuerst besorgt ihr euch neue Käppis", fügte er zähneknirschend hinzu.

Er trug die vom Tornado entführten Kopfbedeckungen als *Verluste im Einsatz* auf die entsprechende Liste ein. Der Vorgesetzte seines Vorgesetzten versuchte, diesen Schaden direkt dem Institut von Dr. Wimpel in Rechnung zu stellen, mit dem das Militär eng zusammenarbeitete. Der Antrag wurde aber abgewiesen, denn laut aller Unterlagen hatte es am entsprechenden Tag überhaupt keinen Tornado gegeben.

Mario war der einzige, den das Auftauchen des Militärtrupps kein bisschen überraschte. Er seufzte nur ein bisschen und rappelte sich auf die Füße. Charles bellte dreimal, sah dabei aber vorsichtshalber in eine andere Richtung, um die Ankömmlinge nicht unnötig zu erzürnen.

Die Mannschaft umstellte die sechs, die immer noch um das schwach lohende Feuer herumsaßen.

„Man darf kein Feuer machen", seufzte Mario. „Ich hab's gleich gewusst."

Mme Helena erhob sich. Sie fühlte sich verantwortlich, obwohl das Feuer nicht ihre Idee gewesen war.

„Bitte entschuldigen Sie, meine Herren", sagte sie. „Wir sind davon ausgegangen, dass das ein öffentlicher Grillplatz ist und man selbstverständlich…" Erst dann wurde ihr bewusst, dass ihr Gegenüber ebenso wie seine Männer bis zu den Zähnen bewaffnet war.

„Herrscht denn immer noch Waldbrandgefahr?", fragte sie hilflos. Im selben Moment erkannte sie, wie unangemessen ihre Frage war, denn die Männer sahen nicht wie Feuerwehrleute aus und hätten gegen die Flammen bestenfalls Schusswaffen einsetzen können.

„Sie befinden sich im Sperrgebiet!", verkündete der Anführer der Einheit förmlich. „Ist Ihnen das nicht klar?"

„Nein", sagte Mme Helena.

„Dann wissen Sie es ja jetzt."

Mario stellte sich neben Mme Helena und streckte die Hände nach vorne.

„Sie können mich ruhig festnehmen."

Der Offizier starrte ihn an. „Warum denn das?"

Mario zuckte mit den Schultern.

„Er sagt das nur so", sagte Mme Helena schnell. Aber der Offizier runzelte die Stirn.

„Du möchtest dich wohl über uns Kameraden lustig machen? Keine Achtung vor Menschen, die deine Freiheit und deinen Wohlstand verteidigen, was? Wenn wir nicht wären, würdet ihr alle bald verschleiert herumlaufen und müsstet lange Bärte tragen…"

Er fing sich und wandte sich zu seinen Männern um.

„Nehmt den hier mit."

„Aber er macht nur Spaß!", beteuerte Mme Helena. Ronan trat einen Schritt vor. Charles kratzte sich am Ohr. Carl Theodor nagte an seiner Unterlippe und tastete nach seinem Degen, den er doch längst nicht mehr trug. Leonardo beobachtete das Ganze mit distanzierter Neugier.

„Es gibt beim Militär keinen Spaß!", brüllte der Offizier. „Spaß beim Militär ist eindeutig widerlegt! Sie haben wohl Ihren Haderzwerg nicht gelesen?"

„Wen?"

„Karol hat ihn gelesen", flüsterte Mario. „Karol kennt ihn auswendig."

Ronan notierte den Namen in sein kleines schwarzes Notizbuch, das merkwürdigerweise an jedem neuen Tag wieder leer war. Der Offizier gab inzwischen zweien seiner Soldaten einen Wink und sie nahmen Mario in ihre Mitte, ohne ihn anzusehen.

„Lassen Sie das!" Cindys Augen blitzten. „Er hat doch nichts getan."

„Er sieht aus wie einer, der etwas tun würde", antwortete der Offizier. „Sie übrigens auch."

„Und Sie…", fing Cindy an, aber Ronan warf ihr einen warnenden Blick zu und sie verstummte.

„Wir befragen ihn nur", sagte der Offizier zu Mme Helena, die er offenbar für Marios Mutter hielt. „Er könnte ein Terrorist sein. Jeder könnte ein Terrorist sein. In frühestens einer Woche ist er wieder zu Hause."

„Ich habe kein Zuhause", murmelte Mario, aber der Offizier achtete nicht auf ihn.

„Vielleicht könnten sie diesen Mann fragen, ob er die Nummer Sieben ist", schlug Leonardo aus der hinteren Reihe vor. „Er trägt so merkwürdige Farben, dass er im Wald fast nicht zu sehen ist."

Mme Helena wandte sich zu ihm um, starrte ihn einen Moment lang, schüttelte dann den Kopf. „Sie sind neu hier", sagte sie. „Sie können nicht wissen, dass ein Mensch in Uniform noch nie die Welt gerettet hat. Ganz im Gegenteil."

„Bitte geben sie ihm wenigstens genügend Fafalell", bat Leonardo die beiden Soldaten. Diese starrten ihn nur ängstlich an. Das mochte an den Antennen liegen, die noch immer an seiner Stirn klebten. Eine war seit dem Angriff des Menschenkinds zwar ein bisschen geknickt, aber sie sahen immer noch recht überzeugend aus.

„Sie verschwinden jetzt alle von hier", befahl der Offizier. „Hier ist Sperrgebiet. Wenn ich sie noch einmal hier aufgreife, hat das Folgen für Sie."

„Wir gehen", sagte Ronan. „Aber nur mit dem Jungen."

„Vergessen Sie's." Der Offizier sah ihn mit starrer Miene an. „Ich tue das ja auch nicht gern, aber es ist meine Pflicht."Seine Gesichtszüge entspannten sich ein bisschen. „Sie ahnen ja nicht, wie schwierig es ist, als Soldat seine Pflicht zu tun."

„Mir kommen die Tränen", flüsterte Cindy so laut, dass jeder es hören konnte. Der Offizier sah sie scharf an. Carl Theodors Herz klopfte wild, er setzte einen Fuß nach vorn. Wenn dieser Offizier Cindy angriff, musst er sie verteidigen bis auf den letzten Blutstropfen. Aber der Offizier wandte sich glücklicherweise um und gab seinen Soldaten den Befehl zum Abmarsch.

Alle sahen dem Trupp nach, der mit Mario in der Mitte zwischen den Sträuchern verschwand.

„Was machen wir denn jetzt?", fragte Cindy wütend. „Wir können ihn doch nicht im Stich lassen. Er gehört doch zu uns sieben. Sechs."

Sie sah Mme Helena auffordernd an.

Aber die wirkte plötzlich ziemlich alt und müde.

„Ich habe hunderte von Drehbüchern durchgespielt", sagte Ronan entschieden. „Und ich erkenne einen Hinweis, wenn ich ihn höre."

„Aber das hier ist kein Film", wandte Cindy ein. „Davon abgesehen waren es durchgehend Drehbücher eines schlechten Drehbuchautors. Ohne Ihnen zu nahe treten zu wollen", fügte sie schnell hinzu.

„Wie hieß er noch mal?" Mme Helena lehnte sich zu Ronan hinüber. Er konnte ihr Parfum riechen, etwas süßlich-orientalisches mit einem Touch verbotene Drogen. „Der Zwerg?"

„Haderzwerg", murmelte Ronan leicht verwirrt.

„Ich kann schlecht mit Zwergen", gestand Carl Theodor. Er fühlte sich unwohl in seiner Haut, weil er seinem Kameraden Mario nicht geholfen hatte. Nun gut, er führte keinen Degen und auch keine andere Waffe mehr, aber hätte er es nicht wenigstens im Nahkampf versuchen sollen? Nicht, dass er darin jemals besondere Leistungen erbracht hätte – seine langen Gliedmaßen waren ihm in der Regel selbst ihm Weg. Aber er hatte gar nichts getan – und damit die Chance verpasst, Cindy zu beeindrucken.

„Können wir über diesen Mann nichts im Computer herausfinden?", fragte er in einem spontanen Versuch, sein Versagen wettzumachen.

„Nils ist nicht da", wandte Mme Helena ein. Seit sie einen ihrer fünf Mitverschworenen nach so kurzer Zeit schon wieder verloren hatte, war ihre Zuversicht sehr geschrumpft.

„Das kriegen wir doch selber hin", sagte Cindy.

„Du hast doch dein Stelldichein mit Nils", wandte Carl Theodor schwach ein.

„Ich ruf ihn an", sagte Cindy. „Wir können Mario ja nicht im Stich lassen."

Während sie den Computer hochfuhr, dachte sie kurz darüber nach, dass sie diese Geschichte allmählich wirklich ernst nahm. Sicher waren auch die Soldaten nur Statisten gewesen, und dennoch drängte es sie, etwas zu unternehmen um Mario zu helfen. Wenn Ronan meinte, *Haderzwerg* sei ein wichtiges Stichwort, dann würde sie dieser Spur folgen.

Carl Theodor sah fasziniert zu, wie selbstverständlich Cindy den Computer bediente. Sie hatte den Namen *Haderzwerg* kaum eingetippt, als eine lange Liste von Einträgen erschien.

„Mann", sagte Cindy erschüttert. „Der ist ja berühmt! Wieso kennen wir ihn nicht?"

„Wie sollte ich ihn kennen?" Carl Theodor schüttelte den Kopf. „Ich bin neu hier."

„Er ist Wissenschaftler", erklärte Cindy.

„Ich kenne keine Wissenschaftler." Mme Helena schüttelte den Kopf.

„'Ich kenne Wissenschaftler", erklärte Leonardo. „Aber richtige, von meinem Planeten, natürlich."

„In meinen Drehbüchern sind manchmal welche vorgekommen", überlegte Ronan. „Aber die hießen anders. In der Regel habe ich nicht lange gebraucht, um sie zu beseitigen."

„Mario kannte den Namen." Cindy legte die Stirn in Falten. „Von seinem Freund." Sie scrollte die Seite durch. „*Die Widerlegung von fast allem. Das ist sein Hauptwerk. In alle großen Sprachen übersetzt."

„Was widerlegt er denn?", fragte Carl Theodor.

„Die korrekte Frage wäre diese: Was widerlegt er *nicht*?", mischte sich Leonardo geduldig ein. „Wenn er doch fast alles widerlegt." Mit der logischen Intelligenz der Erdbewohner war es wirklich nicht weit her, stellte er verdrossen fest. Es war fraglich, ob diese Wesen jemals ein High-Tech-Gerät wie sein Raumschiff würden reparieren können.

„Ich kapier das nicht", sagte Cindy. „Da stehen nur Fremd-wörter." Sie klickte entnervt die Liste weg und rief statt dessen ihren e-Mail-Server auf, denn sie erwartete noch einen Platten-vertrag. Sie löschte alle Spam-Mails und stieß sich dann mit dem Bürostuhl ungeduldig vom Tisch ab.

„Ich habe eine Verabredung", sagte sie. „Ihr könnt ja selber noch mal nachlesen, was dieser Haderzwerg so treibt."

Carl Theodor wurde mindestens vier Zentimeter kleiner.

„Und Mario?", fragte er schwach.

„Vielleicht hat Nils eine Idee."

„Ich glaube nicht, dass es angemessen ist, diesem Nils von der Sache zu erzählen."

Cindy sah Mme Helena fragend an. Mme Helena schüttelte langsam den Kopf.

„Ich gebe Carl Theodor recht, Cindy. Wir sollten nieman-den in unser Geheimnis einweihen."

„Na gut. Ich geh dann mal."

Die Wohnungstür wurde von einem plötzlichen dumpfen Ruck erschüttert, als habe sich jemand außen am Türknopf den Kopf gestoßen. Alle hielten den Atem an. Leise Schritte ent-fernten sich durchs Treppenhaus nach oben.

„Der Lehrer", sagte Mme Helena düster. „Er hat ge-lauscht."

„Kein Problem", erklärte Ronan. „Er versteht sowieso kein Wort."

„Hat Mario wenigstens ein Handy?", fragte Cindy noch, während sie vor dem Garderobenspiegel ihre Haare in Form strich.

„Glaube ich kaum", antwortete Mme Helena.

In Carl Theodors Gesicht erschien ein zaghaftes Lächeln, als er sah, dass Cindy nach der Leine griff und Charles einen auffordernden Blick zuwarf.

Charles erhob sich mühsam und hoppelte mit gesenktem Kopf zu ihr.

Sie nahm Charles mit.

Und Carl Theodor wusste mit Sicherheit, dass Nils den stinkenden alten Hund zutiefst verabscheute.

Mario entdeckte das gut getarnte Raumschiff sofort.

„Es ist kaputt", sagte er müde. „Ihr könnt damit nicht abhauen. Und reparieren könnt ihr es auch nicht. Viel zu kompliziert."

Die Soldaten hatten gerade ihre Ohren abgeschaltet. Vielleicht wollten sie aber auch gar nicht wissen, dass ihr Gefangener das Raumschiff als solches erkannt hatte, denn die Verantwortung für so eine Panne würde womöglich ihnen in die Schuhe geschoben.

Aber Mario blieb stehen und starrte auf die gefleckten Planen, die das Raumschiff überzogen. Und da passierte etwas Unerwartetes. Ihm war, als könne er durch die Plastikplane hindurchsehen, als erkenne er dahinter eine Tür, von deren Existenz er niemals zu träumen gewagt hatte: die Tür in eine andere Welt, die man erreichen konnte, ohne sich die Pulsadern aufzuschneiden. Ein Gefährt, das ihn aus diesem Jammertal herauslösen und in eine ferne Existenz entführen konnte, dahin, wo alles anders war. Sein Herz begann schneller zu schlagen.

Als er weitergestoßen wurde und das getarnte Flugobjekt außer Sicht geriet, hatte sich sein Leben verändert. Er ging wie auf Wolken, selbst als er stolperte.

Es war also nicht alles aussichtslos. Es gab einen Weg und dieser war ihm vorbestimmt. Er sah Leonardo mit den geknickten Antennen in der Stirn vor sich und ihm wurde warm ums Herz. Auch die Erkenntnis, dass in diesem Moment seine Freundschaft zu Karol endete, erfüllte ihn nicht mit Wehmut. Karol würde die Existenz des Raumschiffs, der Tür in die andere Welt, so lange abstreiten, bis Mario selbst nicht mehr daran glaubte. Er hatte in Marios Leben also künftig keinen Platz mehr. Mario gehörte zu den sechs oder sieben Verschworenen. Er würde ihnen aus Dankbarkeit und um keinen schlechten

Eindruck zu hinterlassen noch kurz helfen, diese Welt zu retten, obwohl er nicht viel von ihr hielt und sie bei der nächsten Gelegenheit verlassen würde.

Wie aus entrückter Ferne nahm er wahr, dass man ihn in eine sehr bescheiden eingerichtete weiße Zelle schob und die Tür verriegelte.

Schlösser und Gitter spielten für ihn keine Rolle mehr.

Er legte sich auf die harte Pritsche und schlief friedlich ein – zum ersten Mal seit vielen Jahren ohne seine bunten Pillen.

七

Nils hatte im *Nepp-Thun* schon eine halbe Stunde gewarte-
te, alle Nachrichten geschrieben, die ihm einfielen, die Börsenkurse abgerufen (eine Leidenschaft, von der sein Arbeitgeber
Professor Haderzwerg natürlich nichts wissen durfte) und eine
Weile auf dem Smartphone Außerirdische abgeschossen, als
Cindy, gefolgt von Charles, eintraf. Bis zu diesem Augenblick
hatte er erfolgreich die Erkenntnis verdrängt, dass der stinken-
de alte Hund tatsächlich etwas mit ihr zu tun hatte. Er holte tief
Luft, quasi ein letztes Mal, so lange diese noch zu atmen war,
dann stand er auf, um Cindy mit einem Kuss auf die Wange,
ziemlich in der Nähe ihres rechten Mundwinkels, zu begrüßen.

„Hat sie dich laufen lassen?" Er grinste.

„Wer?"

„Na, die Chefin." Er betonte das Wort ironisch.

„Sie ist nicht meine Chefin."

„Ist sie mit dir verwandt?"

„Und mit dir?", fragte Cindy prompt zurück. Nils zuckte
ein bisschen zusammen. Mit schlagfertigen Frauen konnte er
nicht so gut. Er entschied sich dafür, ihr sofort ein Getränk
auszugeben. Sobald sie in seiner Schuld stand, würde es leichter
sein, die Dominanz auszuspielen, die einem akademisch gebil-
deten jungen Mann gegenüber einer erfolglosen und ungebilde-
ten Rocksängerin zweifellos zustand. Wenn er Glück hatte,
würde sie viel trinken und dann einige Geheiminformationen
über Mme Helena preisgeben.

„Ist es dem Hund nicht zu laut hier drin?", fragte er in der
lauen Hoffnung, sie würde ihn als Tierfreund einordnen, der er
beileibe nicht war.

„Er ist sowieso taub. Trinkst du noch so was?" Sie zeigte mit dem Kinn auf sein Bier. Er nickte überrascht und konnte sich nicht mehr wehren, als sie zwei Bier bestellte und Charles ein Leckerli aus ihrer Jackentasche hinwarf. Nils musste das Glas zur Hälfte leeren, bis er sich wieder gefangen hatte.

„Jetzt mal im Ernst", fing er an, nachdem er sich den Schaum von der Oberlippe gewischt hatte. „Glaubst du an den Kram? Den mit der Glaskugel?"

„Quatsch." Cindy lachte. "Mir ist klar, dass das alles nur eine Fernsehshow ist. Ich hab keine Ahnung, warum sie gerade mich eingeladen haben. Wahrscheinlich steht mein Profil auf irgendwelchen Webseiten, man bewirbt sich als Musikerin ja mal hier, mal da." Sie nahm einen Schluck. „Jedenfalls habe ich mich bisher offenbar gut geschlagen. Der einzige, der gleich wieder abgewählt worden ist, ist Mario."

Nils starrte sie an, als sei sie von einem anderen Planeten gelandet, und dabei trug sie noch nicht einmal Antennen auf der Stirn.

„Du meinst – du meinst, das ist alles gar nicht echt?"

„Nein, nichts davon ... sieh sie dir doch an ... diesen Typ, der sich für einen Fernsehhelden hält. Der Lange, der behauptet, er sei der Geist eines alten Gardesoldaten. Und dann dieser angebliche Außerirdische! Dagegen war Mario der echte Langweiler. Kein Wunder, dass er gleich abgewählt worden ist, hätte ich auch so entschieden. Ich hab ganz gute Karten. Wir sind ja nur zwei Frauen, die Frauen lassen sie immer drin."

Nils zog seine Finger in die Länge, das Knacksen der Gelenke war im Trubel der Kneipe glücklicherweise nicht zu hören. Nur der angeblich taube Schäferhund zuckte mit den Ohren und starrte Nils vorwurfsvoll an.

Ob Haderzwerg das ahnte? Hatte er ihn nur auf die Probe stellen wollen? Oder ließ Nils sich von Cindy gerade ins Bockshorn jagen? Sie sah vollkommen ernst aus und plötzlich konnte er sie sich gut als Kandidatin einer Reality-Show vorstellen.

„Aber dann wäre ja ... wo läuft die Sendung denn?"

„Keine Ahnung." Cindy zuckte mit den Schultern. „Ich sehe mir so einen Plunder schließlich nicht an."

Nils spürte das Smartphone in seiner Hosentasche. Haderzwerg anrufen! Er musste das aufklären.

„Ich muss mal telefonieren", sagte er. Cindy nickte. Nils hastete aus dem Lokal.

Draußen beleidigten sich zwei Typen in mangelhaftem Deutsch. Nils hielt Abstand und tippte auf Haderzwergs Nummer.

„Ja?", hörte er eine Stimme von weither, während die Typen gerade lautstark abschätzten, ob sie einander wohl lieber endgültig abstechen oder dem jeweils anderen vorerst nur die Eier abschneiden sollten.

„Professor?"

„So gut wie", scherzte die Stimme. „Aber wir glauben hier nicht an akademische Titel, nicht wahr, Herr Haderzwerg?"

„Wer ist denn da….?"

„Wer weiß, ob ich wirklich da bin", flüsterte die Stimme düster.

„Hallo?"

Ein Wortwechsel im Hintergrund blieb unverständlich, weil die beiden streitenden Typen vor dem *Nepp-Thun* einander jetzt heftig schubsten und Nils sich in Gefilde mit schlechterem Empfang zurückziehen musste.

„Kann ich Professor Haderzwerg sprechen, bitte?",

Es rauschte und knackste. Am anderen Ende der Leitung heulte jemand auf, als habe man ihn gegen das Schienbein getreten. Endlich hörte Nils die Stimme seines Professors, der allerdings sehr außer Atem war.

„Nils? Ich kann jetzt nicht reden. Komm am besten vorbei. Gleich? Hörst du?"

„Ich komme", sagte Nils. "Gleich. Sofort."

„Es ist dringend!"

Mit gemischten Gefühlen legte Nils auf. Sein Date für diesen Abend war versaut, aber vielleicht war das gerade gut so. Er konnte Hunde nicht leiden, vielleicht hatte er sogar wirklich eine Allergie, bei Mme Helena musst er so häufig niesen. Sein Professor brauchte ihn offenbar – war das eben nicht ein richtiger Hilferuf gewesen?"

Nils ging in weitem Bogen um die beiden Typen, die jetzt nicht mehr sprachen, sondern stumm zuschlugen, wieder ins Lokal zurück.

„Meine Mutter ist krank", sagte er zu Cindy. „Ich muss leider nach Hause."

„Okay", sagte Cindy. „Soll ich dich bringen?"

Nils schüttelte entsetzt den Kopf. „Ich hab mein Fahrrad", sagte er und deutete auf den Helm, den er am Fuß der Theke abgelegt hatte.

Cindy bestellte noch ein Bier und sah sich nach Typen um, die möglicherweise im Musikbusiness arbeiteten. Nils stolperte davon, sein Abschied blieb genuschelt. Cindy nippte noch ein bisschen, aber irgendwann schmeckte ihr das Bier doch nicht mehr. Sie sehnte sich nach ihrer Gitarre. Sie mochte die Bar nicht, der Boden war zu sauber und die Gäste zu modisch angezogen. Also bezahlte sie und machte sich sehr unzufrieden auf den Rückweg zu Mme Helenas Wohnung.

Ein langer Schatten folgte ihr.

七

Carl Theodor lernte Fahrrad fahren, obwohl er sich mehr für Computer interessierte. Er tat es, weil Cindy es ihm erklärte und weil er in der modernen Stadt noch kein einziges Pferd entdeckt hatte, lediglich den einen oder anderen Hund vergleichbarer Größe. Er übte auf Mme Helenas Fahrrad, das eigentlich zu niedrig für seine langen Beine war. Zuerst fiel er ein paar Mal um, aber nach einer Weile hielt er das Gleichgewicht und radelte glücklich und ohne Helm die Straße hinauf und hinunter. Dabei träumte er von seinen kleinen Geschwistern im engen sächsischen Heim. Sie hätten sich so prächtig amüsiert! Carl Theodor stiegen Tränen in die Augen. Warum war man selbst als Geist noch in der Zeit gefangen, konnte nicht einfach zurückkehren, August den Starken besuchen und ihm einige seiner chinesischen Vasen vor den Füßen zerschmettern, Friedrich Wilhelm bis zum Umfallen exerzieren lassen, die Ehefrau mit Blumen überhäufen, den Geschwistern Fahrräder schenken ... Er war ein Fremder in dieser modernen Zeit, so wie Leonardo ein Fremder auf diesem Planeten war. Womöglich war er, Carl Theodor, noch viel fremder als der Außerirdische, der immerhin noch in seine Heimat zurückkehren konnte. Carl Theodor selbst hing in der Zeit fest wie an einem Widerhaken; sie schleifte ihn durch die Geschichte und all sein Gezappel konnte es nicht ändern. Seine Existenz bestand aus einer Aneinanderreihung von Abschieden. Wenn es doch statt dessen einen richtige Neuanfang geben könnte, in einer ganz anderen Welt!

Carl Theodor bremste und sprang vorsichtshalber vom Sattel.

Er musste umkehren, bevor er sich in den fremden Straßen verfuhr. Was nutzten seine ganzen Gedanken? Er war nun einmal in dieser Welt gefangen und nun auch noch dazu bestimmt, sie zu retten ... vor wem und wozu auch immer.

Cindy!

Natürlich würde er die Welt retten, und wenn es nur für sie war.

Und falls es nicht gelang, konnte er sich immerhin damit trösten, dass dieser widerliche Nils einschließlich seines albernen Fahrradhelms mit der Welt untergehen würde.

„Guten Abend, junger Mann. Sehr gemütlich hast du es nicht gerade", sagte der UsiF. Er spähte durch das Gitter auf Mario, der es sich auf seiner Pritsche eingerichtet hatte.

Mario konnte niemanden sehen, vermutete versteckte Lautsprecher und ebenso versteckte Mikrofone und gab sich nicht die Mühe, zu antworten.

„Höflich seid ihr nicht gerade", seufzte der UsiF. „Ich muss aber mal mit jemandem reden. Ist mir sonst alles zuviel, jetzt wo ich alleine bin."

Mario blinzelte. „Wer bist du denn?", fragte er vorsichtig.

„Ich bin ein UsiF. Ein Unsichtbarer Freund. Du weißt schon. Einer, den man nicht sieht. Leider. Hat viele Nachteile, kann ich dir sagen."

Mario schloss aus dieser Botschaft, dass er jetzt doch noch verrückt geworden war. Er sah sich panisch um, fingerte nach seinen längst geleerten Tablettendöschen, schickte ein Stoßgebet an die Götter in Weiß, die so unerreichbar weit weg waren, und legte sich dann mit geschlossenen Augen auf seine Pritsche, um das Ende oder wenigstens eine Ohnmacht herbeizuführen.

„Mann, du hast doch das Raumschiff gesehen", seufzte der UsiF. „Warum stellst du dich so an? Wieso klammerst du dich daran fest, dass Wesen von anderen Sternen unbedingt sichtbar sein müssen? Du kannst vielleicht ganz froh sein, dass du mich nicht siehst."

Mario richtete sich wieder auf. In seinem Kopf wirbelte alles durcheinander. Natürlich! Das Raumschiff!

„Bist du ein Außerirdischer?", fragte er vorsichtig.

„Ihr habt vielleicht Ausdrucksweisen, Ihr Außerschlammischen!", kicherte der UsiF. „Genau genommen komme ich vom Planeten Schlamm und bin mit meinem Raumschiff hier in dieses Lager verschleppt worden."

„So etwas Ähnliches hat Leonardo auch behauptet", sagte Mario.

„Leonardo?" Die Stimme klang jetzt so, als würde der Unsichtbare sein Gesicht dicht an die Gitterstäbe pressen. „Hast du ihn getroffen?"

„Ja. Wir waren heute noch zusammen. Wegen der Rettung der Welt. Du weißt schon."

Der Unsichtbare wusste nicht.

„Was kümmert er sich denn um die Welt?", fragte er ärgerlich. „Soll erst mal sein eigenes Raumschiff in Ordnung bringen, der gute Mann."

Mario erhob sich und trat ganz nahe an die Tür heran. Er sah zum Gitter hoch, hoffte, wenigstens einen Schleier, einen Nebel zu entdecken, aber da war nichts.

„Ich würde dir ja helfen", sagte er. „Ich hab allerdings nicht so viel Erfahrung mit Raumschiffen."

„Womit denn sonst?", fragte der UsiF interessiert.

„Na ja ... Maschinen. Maschinenbau. Maschinen, die etwas herstellen, weißt du? Raumschiffe stellen nichts her, oder?"

„Zwirbelkonfekt", erklärte der UsiF düster. „Nur Zwirbelkonfekt. Ekelhaftes Zeug." Er fing sich. „Leonardo ist plötzlich verschwunden. Ich hab nicht kapiert, wo er hin ist. Hat er nichts von mir erzählt?"

Mario schüttelte den Kopf.

„Ich helfe dir", sagte er entschlossen. „Aber nur, wenn du mich mitnimmst."

„Wohin denn?"

„Auf den anderen Planeten."

Der UsiF schwieg.

„Ich weiß nicht, ob es dir dort gefallen würde", sagte er dann. „Bei uns ist alles ganz anders. Der Himmel ist bei uns zum Beispiel blau. Tiefblau."

„Das macht mir nichts aus", sagte Mario. „Ich hatte mal ein Bilderbuch, darin war es genauso. Meine Mutter konnte mir das nie erklären."

„Ich weiß auch nicht, ob dir das Essen schmecken würde", fuhr der UsiF fort.

„Hier auf der Erde schmeckt mir das Essen auch nicht. Hast du schon mal Nudelauflauf Bologneser Art aus der Mikrowelle gegessen?"

„Nein", gab der UsiF zu. „Aber was soll's, von mir aus kannst du mitkommen, wenn du hier nicht mehr gebraucht wirst."

In diesem Moment näherten sich Schritte durch den Korridor. Der UsiF flüsterte noch „Bis später", dann war er - wahrscheinlich - verschwunden.

Der nächste Besucher war sichtbar, aber leider keine Augenweide. Es handelte sich um einen kastenförmigen Uniformierten mit kurz rasierten Haaren und unschön hervortretenden Augen. Überraschenderweise besaß er eine sehr angenehme, sonore Stimme, die er allerdings im Dienst nur für Befehle benutzte. Privat sang er im Kirchenchor die Soli.

„Mitkommen!"

„Wohin?"

„Wir stellen hier die Fragen!"

„Welche denn?"

Der Uniformierte schob die Augenbrauen so weit über seine hervortretenden Augen, wie es nur ging. Er wandte sich um und Mario stolperte tatsächlich hinter ihm her. Im Freien blendet ihn der weiße Himmel, er lächelte und dachte an den Planeten Schlamm, seine neue Heimat in der Ferne.

Cindy hatte sich auf das Sofa im Wohnzimmer zurückgezogen. Von dort aus konnte sie mithören, was Mme Helena und Ronan besprachen, ohne ihnen körperlich im Wege zu stehen. Mit der Empathie der Künstlerin spürte sie, dass die beiden einander näher kamen und sich unbeobachtet in die Augen sehen mussten. Aber dennoch war Cindy neugierig auf die Erkenntnisse, die sich aus der Recherche nach Haderzwerg ergeben würden.

Je länger sich Mme Helena und Ronan mit den Veröffentlichungen des Professors beschäftigten, desto weniger Sympathien empfanden beide für den renommierten Wissenschaftler.

„Ein Verrückter", sagte Mme Helena. „Man kann doch nicht einfach behaupten, dass die wesentlichen Dinge auf der Welt nicht existieren: Appetit und Fernweh und Alpträume und Einzelsocken aus der Waschmaschine."

„Er behauptet das nicht nur, er beweist es!", stellte Ronan fest. Er saß dicht neben Mme Helena, ihr schweres Parfum stieg ihm in die Nase, ihm war ein bisschen schwindlig. Die Hellseherin hatte keinerlei Ähnlichkeit mit den Blondinen, die er in seiner Tätigkeit als Serienheld reihenweise hatte zu Boden reißen müssen. Keine dieser Blondinen hatte ihm das Geringste bedeutet. Gefühle, wie er sie für Mme Helena empfand, hatten in keinem Drehbuch gestanden. Vermutlich hatte der Drehbuchautor selbst keine Ahnung davon. Diese Gefühle verwirrten Ronan und gaben ihm gleichzeitig ein Gefühl der Geborgenheit. Es bestand lediglich die Gefahr, dass er seine eigentliche Aufgabe – die Rettung der Welt – ein bisschen vernachlässigte. Sie schien ihm im Moment gar nicht mehr so wichtig. Es war doch alles perfekt, im Hier, im Jetzt, vor dem Computer, allein in der atmosphärischen Wohnung der Hellseherin, ganz allein – abgesehen von Cindy natürlich.

„Es ist absolut lächerlich", sagte Mme Helena. „Mit so absurden Aussagen kann man doch die Welt nicht ernsthaft in Gefahr bringen."

„Vielleicht sollten Sie sich doch nicht damit belasten", sagte Ronan sanft zu Mme Helena, die sich seufzend durch die Webseiten klickte.

„Womit? Mit diesem verrückten Wissenschaftler?"

„Mit der ganzen Sache. Der Rettung der Welt. Ich meine, es ist ein bisschen viel verlangt…"

Mme Helena blinzelte. Ronan hatte eine sanfte, raue Stimme. Er roch immer noch ein bisschen nach Zigarettenrauch, obwohl seit seiner letzten Folge im Fernsehen schon einige Tage vergangen waren. Sie gab sich einen Ruck.

„Man kann sich so etwas nicht aussuchen", sagte sie. „Und außerdem sind wir doch schon weit gekommen. Wir sind schon sechs, es fehlt nur noch einer."

„Aber wir kennen das Drehbuch noch nicht", wandte Ronan ein. „Ich meine, unsere Aufgabe", verbesserte er sich schnell.

„Ich wette, es hat etwas mit diesem Haderzwerg zu tun", murmelte Mme Helena.

„Wie kommen Sie darauf?"

„Na ja – Hellseherei. Man kann eben nicht aus seiner Haut."

„Passen würde es", sagte Ronan. „Wissenschaftler waren schon immer am drohenden Weltuntergang beteiligt. Allerdings kam meistens noch etwas hinzu."

„Das Militär." Mme Helena sah ihn an. „Wem sagen Sie das? Frieden schaffen ohne Waffen und so … der Overkill … Friedensmärsche … daraus bestand meine halbe Jugend."

Ronan hätte beinahe gefragt, woraus die andere Hälfte ihrer Jugend bestanden hatte, aber er erkannte gerade noch rechtzeitig, dass er es vielleicht gar nicht hören wollte. Also nickte er nur.

„Meinen Sie, es hat etwas mit Atomwaffen zu tun?" Mme Helena fühlte sich plötzlich sehr klein und machtlos. Vor ihrem inneren Auge erhoben sich Hunderte von Abschussrampen aus dem Boden, eine rote Digitalanzeige zählte unbeirrt rückwärts, Sirenen heulten ...

Aber Ronan winkte ab. „Kinderkram", sagte er. „Völlig überholt. So ein Drehbuch würde heute keiner mehr verfilmen. Heute geht es um ganz andere Methoden."

Mme Helena starrte ihn an. „Welche denn?"

„Weiß ich noch nicht", gab Ronan zu. „Aber ich werde es herausfinden."

„Es ist gut, Sie dabei zu haben", seufzte Mme Helena. „Die anderen sind alle – na ja, wie soll ich sagen? Eigentlich noch Kinder."

„Sie meinen es gut", sagte Ronan. „Und aus irgendeinem Grund kommen sie in der Weissagung vor. Also haben sie ihre Aufgabe. Das ist in jedem Drehbuch so."

Mme Helena sah ihn an. Ihr Gesicht befand sich ganz dicht vor dem seinen. Ronan kannte diese Einstellung im Film. Musik musste einsetzen, sanfte Musik.

Krachend und polternd fiel im Wohnzimmer ein Bild von der Wand.

Mme Helena und Ronan zuckten zusammen.

Cindy war vom Sofa aufgesprungen.

Carl Theodor stand da, recht verlegen und mit aufgeschlagenem Knie. Cindy starrte ihn wortlos an.

„Entschuldigung", sagte er. „Ich hatte den Schlüssel vergessen, da musste ich eben durch die Wand gehen. Ich habe gar nicht daran gedacht, dass an dieser Stelle ein Bild hängt." Er bückte sich, hob das Gemälde auf und betrachtete es reumütig.

Mme Helena rollte auf dem Schreibtischstuhl zur Tür und warf einen Blick ins Wohnzimmer.

„Häng es doch bitte einfach wieder auf, ja?"

„Ja. Natürlich. Gleich. Entschuldigung."

„Schon gut." Mme Helena seufzte. Sie betrachtete Carl Theodors Knie. „Ich wusste nicht, dass Geister sich verletzten können"; sagte sie.

„Ach, ich bin bloß mit dem Fahrrad gestürzt", erklärte Carl Theodor. „Aber so etwas heilt bei mir gespenstisch schnell." Er hängte das Bild wieder an den Haken.

Cindy stand immer noch reglos und stumm da. Sie hatte das Gefühl, dass sie beim Hinsetzen in eine unendliche Tiefe fallen würde. Hinab in eine Anderswelt, in der Geister, die durch Wände gingen, eine Selbstverständlichkeit waren. Es war sicherer, stehen zu bleiben und zu hoffen, dass sich der Boden unter ihr nicht auftun würde.

„Ist mein Fahrrad noch in Ordnung?", fragte Mme Helena vorsichtig.

Carl Theodor drehte sich um und nickte stolz. „Ja. Ich habe es in den Hof gestellt und gleich abgesattelt."

Mme Helena seufzte. Sie sah Ronan an.

Ronan strahlte über sein ganzes Gesicht.

Seit er seinem einfallslosen Autor entronnen war, erschien ihm das Leben prall voller überraschender Wendungen und gelungener Gags.

.

七

Karol verstand seinen Professor nicht mehr. Dieser hatte ihn früher unablässig gelobt, hatte ihm sein Vertrauen geschenkt, ihn zu Kongressen mitgenommen, ihn jede noch so lästige Arbeit erledigen lassen! Und nun sah er in seinen Augen so ein stahlblaues Misstrauen aufblitzen, als sei er, Karol, ein Fremder, ein Eindringling.

Womöglich verstand der Professor seine eigenen Theorien nicht mehr? Musste Karol sie vielleicht wortwörtlich wiederholen? Nun, das fiel ihm nicht schwer. Seit fünfunddreißig Minuten zitierte er ununterbrochen, inklusive aller Seitenangaben, Beispiele und Druckfehler, aus "Die Widerlegung von fast allem."

„Ich weiß das alles!", schrie Haderzwerg und presste die Hände auf die Ohren. Er machte einen Schritt rückwärts, näher ans Fenster heran. Hoffentlich ließ sich Nils nicht allzu lange Zeit. Haderzwerg brauchte dringend Hilfe.

„Aber ich liebe jeden einzelnen Ihrer Sätze", sagte Karol mit verträumter Miene. „Mehr als das – ich liebe jedes Ihrer Worte, jedes Komma!"

Haderzwerg holte tief Luft. Seine Situation war lächerlich. Wovor hatte er denn überhaupt Angst? Er dachte an alle Dinge, die ihm Sicherheit gaben. Seinen Kühlschrank. Seine Mutter. Seine Brille. Er beruhigte sich.

„Ich möchte dir gerne etwas diktieren", sagte er mit ruhiger Stimme zu Karol.

Karol unterbrach seinen Redeschwall und starrte ihn an. Seine Augen weiteten sich.

„Ein neues Werk?"

„Es ist noch vollkommen geheim."

Karol begann vor Aufregung zu zittern. „Ich bin bereit!“, krächzte er. „Ich wusste es!“

„Setz dich schon mal an den Rechner“, bat Haderzwerg. „Ich hole uns ein Glas Wasser!“

In der Küche hing eine große Uhr. Nils war seit einer Viertelstunde überfällig. Haderzwerg füllte zwei Wassergläser und bedauerte es, nicht über ein Schlafmittel in Tropfenform zu verfügen, das er Karol hätte verabreichen können. Langsam ging er zurück ins Büro. Karol hatte den Rechner hochgefahren und wie im Schlaf das richtige Seitenformat eingestellt. Er sah Haderzwerg erwartungsvoll entgegen. Haderzwerg nahm einen Schluck Wasser und dachte nach.

„Ich bin soweit“, erinnerte ihn Karol.

„Ja. Ja. Ich suche nach dem geeigneten Anfang.“

„Ja?“ Karol zitterte.

„Es ist aber noch geheim.“

„Ja! Ja!“

Haderzwerg räusperte sich.

„Noch immer behaupten viele Menschen, man müsse das Wetter so nehmen, wie es kommt“, fing er an. „Diese Annahme werde ich im Folgenden widerlegen.“

Karols Finger huschten über die Tasten. Seine Augen glänzten fiebrig.

„Das Wetter …“, flüsterte er. „Ich hab's schon die ganze Zeit gewusst ... wer glaubt schon an das Wetter …“

Fast unwillentlich geriet Haderzwerg in Fahrt. Im Laufe seiner vielen Gespräche mit Dr. Wimpel hatte er ausreichend Informationen für diese Abhandlung sammeln können. Im Unterbewusstsein hatte er sie schon mit sich herumgetragen.

Wobei er das Unterbewusstsein natürlich längst klar widerlegt hatte.

七

Cindy geriet manchmal ganz unvermittelt und nicht immer nur infolge des Konsums legaler und illegaler Drogen in einen Zustand, in dem sie die Welt entrückt, aber plötzlich voller Verständnis für die Zusammenhänge und mit einer gewissen nachsichtigen Liebe betrachtete. Es war der Zustand, in dem sie ihre Lieder schrieb, eventuelle Liebhaber verwarf und auf alle Plattenverträge pfiff. Es war der ideale Zustand. Und so überraschte es sie nicht wenig, dass er heute zu einer Erkenntnis führte, die sie überhaupt nicht glücklich machte.

Sie befand sich nicht in einer Fernsehsendung.

Es war kein Auftritt.

Davon abgesehen, dass damit auch alle Chancen auf Entdeckung durch einflussreiche Persönlichkeiten aus dem Musikbusiness dahin waren, beunruhigte sie die Schlussfolgerung, dass die Menschen, mit denen sie sich die letzten Tage umgeben hatte, die Sache ernst meinten.

Mme Helena glaubte an die Weissagung.

Mario war tatsächlich vom Militär entführt worden.

Carl Theodor hielt sich nicht nur für den Geist eines Gardesoldaten aus dem 18. Jahrhundert – er WAR offenbar ein Gardesoldat aus dem 18. Jahrhundert.

Ronan? Ein Fernsehheld? Das ging zu weit.

Und Leonardo?

Und sie selbst, Cindy? Wie war sie in diese Geschichte hineingeraten?

Das war nicht der Stoff für eine Ballade oder einen Rocksong. Es war der Stoff für einen Horrortrip oder eine ganz billige Komödie.

Und Nils? Er war der einzig normale in dieser Runde und es schien ungerecht, dass Cindy ihm gegenüber ein gewisses Misstrauen empfand.

Cindy atmete tief durch. Sie klopfte Charles den Rücken. Die beiden befanden sich schon ganz in der Nähe von Mme Helenas Wohnung, aber Cindy war klar, dass sie das Haus jetzt nicht betreten konnte. Sie bog ab und wanderte in Richtung Park. Alte Bäume waren ihr stets eine Hilfe gewesen, wobei sie Springbrunnen, die sich leider ebenso oft in Parks fanden, als vollkommen albern abtat.

Sie musste diesen Irrsinn nicht weiter mitspielen. Sie würde ihre Tasche aus der Wohnung holen, Carl Theodor kurz zuwinken – er war ein Netter, wenn auch zu groß und leider dieser Wahnidee verfallen, ein Geist zu sein –, in ihren Tourbus steigen und nach Hause fahren. Keiner konnte und würde sie daran hindern. Sie würde niemals erfahren, was aus Mario, Ronan, Leonardo, Mme Helena und dem Gardesoldaten geworden war. Und wenn die Welt unterging, na gut, dann ging sie eben unter, würde sie sowieso über kurz oder lang tun und keiner konnte erwarten, dass eine junge, mittellose Künstlerin dafür die Verantwortung übernahm, oder?

Oder?

Cindy wich ein paar Joggern aus, die mit stierem Blick in Richtung Park an ihr vorbeitrampelten.

Eine alte Frau wühlte in einer Mülltonne nach Pfandflaschen. Sie sah Cindy so an, als wüsste sie, dass diese sich gerade davor drückte, die Welt zu retten. Cindy nahm sich vor, am nächsten Kiosk ein Getränk zu kaufen und der alten Frau die leere Flasche zu schenken.

Ihr Loft! Ihr Zuhause, ihr geborgenes Nest mit Blick auf den Parkplatz des Möbelmarkts! Wie großzügig es war, wie leer. Leer, na ja.

Cindy fühlte sich plötzlich sehr einsam. Sie zog das Handy aus der Tasche und tippte auf Kralles Nummer, aber der hatte seine Mailbox eingeschaltet. Sie zögerte, sagte aber dann nichts und steckte das Handy wieder ein. Wen konnte sie noch anrufen? Ihre Mutter? Die würde sich Sorgen machen, ohne überhaupt zu wissen, worum es ging, nur weil sie sich als Mutter immer Sorgen machte. Ihren Bruder? Der hatte sein Smartphone immer griffbereit, weil er die Börsenkurse kontrollieren musste. Eine Freundin? Ihr fiel keine ein.

Sie setzte sich auf eine Parkbank und drückte Charles an sich, obwohl er heute besonders heftig roch.

„Was meinst du?", fragte sie.

Charles antwortete spontan, er finde das ganze Rudel in Mme Helenas Wohnung sympathisch, bis auf diesen komischen Nils, und dass er an Cindys Stelle nicht abreisen, sondern bei dieser Meute bleiben würde, denn gefährlich seien sie nicht, das könne er als Hund Cindy mit Sicherheit sagen. Außerdem gäbe es da immer etwas zu essen.

Cindy seufzte. Manchmal wünschte sie, sie würde ihren Hund nicht so gut verstehen.

„Ich bin wirklich ungefährlich", erklärte Mario dem Offizier. „Und neugierig bin ich auch nicht. Kein bisschen. Wieso sollte ich denn? Man kann ja nie wissen, was man erfährt. In der Regel erfährt man Dinge, die man lieber nicht gewusst hätte, geht es Ihnen nicht auch so?"

Mario wunderte sich über seine eigene Gesprächigkeit.

„Nein", sagte der Offizier. „Mir geht es nicht so."

„Na ja." Mario fand es ziemlich ungerecht, dass er stehen musste, während der Offizier bequem auf einem Ledersessel thronte. Er sah sich nach einem Stuhl um, entdeckte aber keinen. Der Offizier empfing offenbar nur Besucher, die gerne aufrecht standen.

„Stehen Sie gerade!", donnerte der Offizier. „Und dann erklären Sie mir noch einmal, was Sie in der Sperrzone gesucht haben."

Mario runzelte die Stirn und überlegte. Er konnte sich nicht daran erinnern, dass er im Wald etwas gesucht hatte. Die Pilzsaison war noch nicht angebrochen, obwohl – den einen oder anderen Sommersteinpilz konnte man vielleicht finden. Das war aber nicht von Bedeutung, denn Mario suchte sowieso keine Pilze. Die waren ja in der Regel giftig.

„Wir haben nur einen Ausflug gemacht", erklärte er. „Wir haben nichts gesucht."

"Du hast aber etwas angestellt", sagte der Offizier eindringlich. „Sonst hättest du dich nicht freiwillig festnehmen lassen."

„Ach, jeder von uns hat doch Dreck am Stecken", murmelte Mario. „Sie sicher auch."

Der Offizier funkelte ihn an. „Nimm dich zusammen, Freundchen", blaffte er.

195

Mario sah aus dem Fenster. Er konnte das Raumschiff von hier aus nicht sehen, aber er wusste, dass es da war, und so kam es vielleicht, dass er überhaupt keine Angst vor dem brüllenden Offizier empfand.

„Ich würde gerne noch eine Weile bleiben", sagte er. „Geht das?"

Es war ganz wichtig, sich nicht allzu weit vom Raumschiff zu entfernen. Er hatte keine Vorstellung, wie zuverlässig so ein Unsichtbarer war. Womöglich vergaß er sein Versprechen und ließ Mario einfach zurück.

„Nein!", brüllte der Offizier. „Wir sind doch hier kein Hotel!"

Mario ließ den Kopf hängen. „Dann soll ich jetzt gehen?", fragte er leise.

Der Offizier starrte ihn an. „Nein!", bellte er. „Sie glauben wohl, Sie können mich an der Nase herumführen? Sie bleiben, bis Sie mir erklärt haben, was genau Sie im Sperrgebiet gesucht haben."

„Okay", sagte Mario erleichtert.

Er pfiff vor sich hin, während er in die Zelle zurückgeführt wurde. Es war eine Melodie aus „Raumschiff Enterprise" oder „Star Wars", genau erinnerte er sich nicht. Er hätte dem Unsichtbaren gern zugezwinkert, wenn er gewusst hätte, wo dieser stand.

In Wirklichkeit hätte dieser sein Blinzeln auf keinen Fall sehen können, denn er schraubte gerade die Steuergeräte von der Wand, in der Hoffnung, dahinter das unsichtbare Handbuch zu finden, das leicht in alle möglichen Spalten rutschte. Er fluchte leise, weil er sich die Finger einklemmte, und dann nieste er, weil sich hinter den Geräten so viel Staub aus allen Teilen der Galaxie angesammelt hatte.

Selbst wenn er das Handbuch fand, war er auf die Hilfe eines Technikers angewiesen. Leonardo war zwar nicht technisch begabt, aber einigermaßen technisch gebildet. Vielleicht konnte der Maschinenbauer aus der Zelle ihm ja wirklich weiterhelfen. Der UsiF nahm sich vor, ihm bei nächster Gelegenheit das Raumschiff zu zeigen.

Gerade schepperte die Rampe. Der UsiF richtete sich auf und drückte sich mit dem Rücken an die Wand. Er war zwar unsichtbar, aber das bedeutete nicht, dass man nicht mit ihm zusammenstoßen konnte.

Ein Trupp weißgekleideter Menschen mit Schutzmasken betrat den Steuerraum. Sie führten allerlei kurios blinkende und piepsende Geräte mit sich und verteilten sich wortlos im Raum. Jeder begann irgendetwas zu messen oder zu fotografieren. Der UsiF ließ sie gewähren. Er beugte sich noch einmal nach vorn, streckte den Arm, und plötzlich fühlte er etwas: Das unsichtbare Handbuch. Er verkniff sich ein Triumphgeheul und zog das schwere Buch vorsichtig hervor.

„Wie geht es eigentlich weiter?", fragte eine der weißen Gestalten plötzlich in die Runde hinein.

Nur einer seiner Kollegen wandte sich um.

„Wie üblich", sagte er. 2Wenn wir mit den Messungen fertig sind, wird das Raumschiff gesprengt, damit es keine Gefahr mehr darstellt."

„Ach so ja", sagte der erste.

Und dann arbeiteten alle schweigend weiter, während der UsiF mit beiden Händen das Handbuch umklammerte und dabei darüber nachdachte, was aus ihm werden sollte, falls es den Erdbewohnern tatsächlich gelänge, das Raumschiff zu zerstören.

Es konnte passieren, dass er ewig auf der Erde gefangen sein würde.

Auf der Erde!

Auf diesem rückständigen Planeten also, auf dem man Neuankömmlingen noch nicht einmal etwas zu essen brachte.

Ein Planet, auf dem der Himmel nicht blau war, sondern weißlich-grau, und dessen Bewohner demzufolge alle in tiefer Depression versinken mussten.

Das durfte nicht sein, auf keinen Fall!

Er würde alles tun, was in seiner Macht stand, um sich dieses Schicksal zu ersparen.

Entschlossen schlug er das Handbuch auf.

七

Nils kam völlig außer Atem vor Haderzwergs Haus an. Er kam zu Fuß, sein Fahrrad hatte er umgehängt, denn der Vorderreifen war hoffnungslos platt. Er setzte das Rad ab und wickelte umständlich das Kettenschloss um Rahmen und Laternenpfahl. Dann sah er hinauf zum kalt erleuchteten Fenster seines Doktorvaters. Haderzwerg benötigte nur vier Stunden Schlaf, ein Idealzustand, den Nils irgendwann zu erreichen hoffte, falls es seiner Karriere diente.

Nils klingelte zweimal kurz und einmal lang, das Erkennungssignal aller stummen Assistenten. Nach wenigen Augenblicken summte der Türöffner. Nils betrat leise die Wohnung und zog seine Schuhe aus. Er hörte den Professor murmeln, vielleicht telefonierte er. Vorsichtig näherte er sich der Tür zum Büro, und weil er durch den Spalt Haderzwerg ohne sein Telefon da stehen sah, betrat er den Raum schweigend, denn Grüße wie „Guten Abend" hielt der Professor für vollkommen überflüssig. „Mein Abend gehört mir ganz allein", pflegte er zu sagen. „Ob er gut oder schlecht wird, entscheide ich selbst."

Haderzwerg sah auf, als Nils hereinkam. Und erst in diesem Moment bemerkte Nils den jungen Mann am Computer. Er stand wie vom Schlag getroffen und wusste nicht, was er sagen sollte.

Karol! Karol war zurückgekommen! Professors Liebling, sein Schoßhündchen, seine rechte Hand, sein Schläfenlappen!

Er saß an Nils' Platz!

War er denn wieder gesund, hatte man ihn entlassen?

Nils spürte, wie Zorn in ihm wuchs.

So leicht konnte man in Haderzwergs Gunst abgelöst werden?

„Hallo", murmelte er.

Karol bemerkte ihn nicht. Sein glühender Blick ruhte auf Professor Haderzwerg.

„Sollen wir mit der Aufzeichnung des Geheimwerks denn fortfahren oder warten, bis wir wieder alleine sind?", erkundigte er sich.

Der Zorn war bis dicht unter Nils' Nüstern gestiegen.

Haderzwerg winkte ab. „Lies dir noch mal durch, was du geschrieben hast."

„Mir unterlaufen keine Tippfehler", protestierte Karol. „Das müssten Sie doch wissen."

„Ich weiß", beruhigte ihn Haderzwerg. „Aber du bist ja ein bisschen aus der Übung."

Er sah Nils erwartungsvoll an.

„Und?"

„Sie brauchen mich also doch nicht", stieß Nils durch die zusammengebissenen Zähne.

„Und ob!" Haderzwerg schob Nils in die Küche und schloss die Tür hinter sich. „Karol ist einfach hier aufgetaucht", flüsterte er. "Ich musste ihn beschäftigen." Er wischte sich den Schweiß von der Stirn. „Ich verlasse mich darauf, dass du ihn loswirst."

Nils starrte ihn an. „Ich? Wie?"

„Lass dir etwas einfallen." Haderzwerg lächelte väterlich. „Du bist doch meine rechte Hand."

Nils nickte langsam.

Er war leider eine rechte Hand ohne den zugehörigen muskulösen rechten Arm, der Karol hätte am Genick packen und aus der Tür befördern können. Im Gegenteil, Nils verfügte lediglich über etwas stärker ausgeprägte Wadenmuskeln, die vom Radfahren kamen, während Karol so aussah, als habe er die letzten Wochen im Fitnessstudio zugebracht. Verfügten psychiatrische Krankenhäuser vielleicht über solche Räume? Nicht auszuschließen, dass Hantelbänke halfen, Aggressionen der Insassen abzubauen.

Drucksig schlenderte Nils ins Büro zurück.

„Hi Karol", sagte er. „Lange nicht gesehen."

Karol grinste verächtlich. „Der Nutzen von Small Talk ist längst widerlegt", sagte er. „Kapitel vierundsiebzig, Seite dreihundertvierzig folgende. Oder kennst du etwa nur die Taschenbuchausgabe?"

„Es ist schon spät", sagte Nils. „Musst du nicht langsam nach Hause gehen?"

Karol warf den Kopf in den Nacken und gluckste ein paar Mal, dann wandte er sich wieder dem Bildschirm zu.

„Du kannst ja gehen", sagte er, ohne Nils noch einmal anzusehen. „Dich braucht er nicht mehr."

Nils spürte einen Stich in der Schläfe. Er ballte die Faust so, dass Karol es nicht sah. Er trat näher und las, was Karol da schrieb. Er lächelte. Das Wetter! Haderzwerg war einfach genial. Er hatte Karol mit einer Abhandlung über das Wetter abgelenkt, eines der wenigen Dinge, deren Existenz er nicht widerlegen konnte.

„Er hat es geschafft, übrigens", sagte Karol im selben Moment. „Er und ein paar Kumpels. Schon längst. Es merkt nur keiner."

Nils blinzelte nervös.

Er wollte nichts wissen, was Karol schon wusste, er selbst aber nicht. Er empfing seine Informationen grundsätzlich von Haderzwerg selbst und sah keinen Grund, Karol als deren Zwischenwirt zu akzeptieren. Er wagte es jedoch auch nicht, Karol zu widersprechen.

„Der Chef möchte schlafen", sagte er statt dessen. „Du solltest jetzt gehen."

„Ich muss nicht schlafen", erklärte Karol. Er starrte jetzt wieder auf seinen Bildschirm. „Ich bleibe einfach hier sitzen und verbessere meinen Text."

„Aber du machst doch keine Tippfehler", wandte Nils hilflos ein. „Es gibt nichts zu verbessern."

„Vielleicht kann der Professor nicht schlafen und möchte mitten in der Nacht weiterdiktieren", murmelte Karol. „Dann will ich ihn nicht enttäuschen."

„Er schläft durch", erklärte Nils. „Aber er möchte allein sein."

Karol rührte sich nicht. Konnte man ihn nicht von der Polizei abholen lassen oder von irgendwelchen Pflegern aus der Psychiatrie? Der Professor hasste Aufruhr in seinem Büro, fürchtete, dass Papierbögen durcheinander flattern oder eine Festplatte herunterfallen könne.

Nils dachte an sein Bier, das er halb leer zurückgelassen hatte.

Er dachte auch ein bisschen an Cindy, aber das wurde ihm gleich zu kompliziert.

七

Als Cindy ihr neues Lied vorsang, überfiel Leonardo drückendes Heimweh. Die exotischen, primitiven Klänge und Harmonien führten ihm deutlich vor Augen, wie fremd er hier auf diesem Planeten war, wie tiefgreifend er sich von seinen Bewohnern unterschied und wie hoffnungslos überhaupt alles wirkte, alles. Cindys Stimme mochte er, ihr Instrument erschien ihm ein bisschen primitiv und es dauerte einen Moment, bis er verstand, dass sie in einer zweiten irdischen Sprache sang, die er erst einstellen musste, um sie zu verstehen.

„Bravo", sagte er höflich, als das Lied zu Ende war.

Er sah sich um. Carl Theodor starrte Cindy an, er hatte Tränen in den Augen, und das, obwohl auch er kein Englisch verstand.

Ronan wippte noch ein bisschen mit der Fußspitze im Rhythmus, der bereits verklungen war.

Mme Helena lächelte versonnen wie eine gutmütige, etwas schwerhörige Tante.

Zu Leonardos Überraschung wandte sich Cindy direkt an ihn.

„Meinst du, das würde auf deinem Planeten ankommen?", fragte sie.

„Ankommen?"

„Ich meine, würde das den Leuten gefallen? Deinen Kollegen und so."

Leonardo dachte nach. Er dachte daran, dass Füße-wie-kleine-Schwimmflossen sehr gerne Musik hörte und dabei regelmäßig weinte. Er dachte an seine Mutter, die sich immer noch nostalgisch an diese uralte Botschaft von der Erde erinnerte. Er dachte an seine Freunde, die sich über Cindys Aussehen, ihre Stimme, ihren alten Hund und ihr Instrument wohl totlachen würden.

„Manchen würde es bestimmt gefallen."

„Eigentlich möchte ich ja lieber nach Griechenland", erklärte Cindy.

„Warum denn das?", fragte Leonardo ein bisschen beleidigt.

„Na ja, da ist es eben anders als hier. Die Sonne scheint. Obst hängt an den Bäumen. Das Meer ist türkisblau und die Leute sind freundlich."

„Und wer sagt dir, dass es das alles auf meinem Planeten nicht gibt?", fragte Leonardo sarkastisch. „Du weißt doch überhaupt nichts über ihn. Das sind alles reine Vorurteile. Wie stellst du dir Schlamm denn vor, na?"

„Na ja ... schlammig?", stammelte Cindy überrascht. „So ein bisschen braun und grau und grün und ziemlich weich und feucht?"

Leonardo schüttelte entnervt den Kopf.

„Wohnt ihr hier vielleicht in einem braunen Erdhaufen? Na bitte. Wenn ich mich richtig erinnere, besitzt euer merkwürdiger Planet ja sogar mehr Wasser als Erde, obwohl er nicht Wasser sondern Erde heißt, oder?"

„Ja, das schon."

„Also."

„Können wir nicht im Internet nachsehen?", schlug Carl Theodor vor, der sich bis jetzt zurückgehalten hatte, aber Leonardo nun von Cindy ablenken wollte. Er rieb sich mit dem Handrücken über die Augen. Es war seit jeher recht leicht gewesen, ihn zu Tränen zu rühren, und diese Eigenheit hatte ihn in seinem Regiment natürlich üblen Spott eingetragen.

„Ich habe meinen Rechner nicht da", sagte Leonardo. „Und eure Kleinrechner sind ja nicht ans UWW angeschlossen, soweit ich weiß."

Alle sahen Leonardo ratlos an.

„Das Universal Wide Web", erklärte er geduldig.

Mme Helena schien aus einem Traum zu erwachen. "Kannst du nicht noch etwas singen?", bat sie Cindy. Aber Cindy schüttelte den Kopf.

Es war das beste Lied, das sie jemals gemacht hatte. Es war fast überirdisch gut. Seit Langem war sie nicht mehr so inspiriert gewesen. Es schien, als befreie der ganze Wahnsinn um sie herum sie, Cindy selbst, von jedem überflüssigen Gedankenmüll und öffne ihr Türen, die sie bisher noch nicht entdeckt hatte, als habe der Adventskalender plötzlich fünfundzwanzig oder gar dreißig Klappen.

Kralle würde das Lied überhaupt nicht verstehen.

Und merkwürdigerweise war sich Cindy auch nicht mehr sicher, dass die Griechen es verstehen würden.

Keiner hätte damit gerechnet, dass ausgerechnet Carl Theodor im Internet die entscheidende Entdeckung machen würde.

Das Erlebnis mit dem Fahrrad hatte ihn beflügelt. Er war imstande, zu lernen! Er würde sich an diese neue Zeit gewöhnen, würde sich ihrer Annehmlichkeiten bedienen und ihren Tücken aus dem Weg gehen. Er würde sich darin eine neue Heimat schaffen und er würde darin eine neue Liebe finden, die er bereits gefunden hatte.

Wenn der Weg zu Cindys Herz über eine Computertastatur führte, dann würde er lernen, diese zu beherrschen.

Mit den Buchstaben fand er sich schnell zurecht. Er hatte einige Jahre die Schule besucht, aber dennoch eine gewisse Liebe für Bücher entwickelt. Leider hatte der Computer manchmal andere Ansichten darüber, wie bestimmte Wörter geschrieben wurden, und dann musste sich Carl Theodor ihm zähneknirschend fügen. Es wurmte ihn, denn er hatte in Diktaten stets hervorragend abgeschnitten. Aber man konnte von so einer Maschine eben nicht alles erwarten.

Carl Theodor hatte also wieder den Namen Haderzwerg an den Computer verfüttert und klickte nun die verschiedenen Links an, die auf dem Bildschirm aufgetaucht waren. Die meisten klickte er ebenso schnell wieder weg. Die eine oder andere Besprechung des berühmten Werkes überflog er, aber er konnte sich nicht in das Thema vertiefen. Es schauderte ihn ein bisschen bei dem Gedanken, dass die moderne Menschheit in so grundlegenden Dingen irren konnte und einen Mann wie Haderzwerg feierte, einen, der noch nicht einmal an Gott glaubte!

Erst als sich Carl Theodor eine Reihe von Fotos ansah, machte er die entscheidende Entdeckung.

„Das ist Nils", sagte er.

„Was ist Nils?", fragte Mme Helena, die ebenso verbissen die Bilder in ihrer Kristallkugel ansah, ohne einen neuen Hinweis zu finden.

„Hier auf dem Foto. Mit Haderzwerg."

Mme Helena schloss die Augen. Eine Bemerkung über Carl Theodors Eifersucht lag ihr auf der Zunge, aber sie schluckte sie und schwieg. Cindy dagegen war aufgesprungen und hatte sich neben Carl Theodor über die Tastatur gebeugt.

„Schlecht zu sehen", sagte sie. „Mach mal größer."

Der Geist sah sie hilflos an.

Cindy griff an ihm vorbei und zoomte das Bild hoch.

Sie roch nach exotischen Blüten, Kartoffelchips und altem Hund.

„Das ist er", sagte Cindy sachlich. „Ich fass es nicht. Er ist ein Spion."

Mme Helena öffnete die Augen wieder, warf ihrer Kugel einen vorwurfsvollen Blick zu und erhob sich. Auch Ronan war näher getreten. Er schüttelte den Kopf.

Leonardo dagegen schmollte. Er lag auf dem Canapé, starrte die Decke an und ließ keinen Zweifel daran, dass ihn irdische Probleme nichts angingen. Er wollte sein Raumschiff wiederhaben. Er wollte seinen UsiF wiederhaben. Er wollte alle Triebwerke anwerfen und abheben und nie wieder von Wesen umgeben sein, die auf einer so niedrigen Entwicklungsstufe standen und sich selbst dennoch so wichtig nahmen. Sie mochten alle ganz lieb sein, aber mit ihren albernen Problemen konnte er sich einfach nicht identifizieren. Andererseits machten sie keinerlei Anstalten ihm bei der Wiederbeschaffung seines Schiffs behilflich zu sein. Es konnte doch nicht so schwierig sein, auf einem so kleinen Planeten ein ganzes Raumschiff wiederzufinden! Außerdem machte er sich Sorgen um den UsiF. Unsichtbare kamen nicht ganz ohne Nahrung aus. Sie aßen selten und ließen sich dabei nicht gerne von Sichtbaren zusehen. Es war jedenfalls möglich, dass es dem UsiF gerade nicht mehr besonders gut ging.

Der UsiF hatte sich in die Kantine der Militärkaserne geschlichen. Er schnupperte sich an den Töpfen entlang und kämpfte gegen aufsteigende Übelkeit.

Er konnte plötzlich nachvollziehen, dass die Zivilisation hier auf der Erde keine höhere Entwicklungsstufe erreicht hatte.

Der UsiF fühlte sich sehr schwach und auch ein bisschen ratlos, was für ihn eher untypisch war.

Als lebendiges Wesen besaß er einen Stoffwechsel, er musste ab und zu Nahrung aufnehmen, um seine Systeme vor dem Zusammenbruch zu schützen.

Das hier war, soweit er es erkennen konnte, keine Nahrung.

Der Geruch in der Küche erinnerte durchaus an Stoffwechselprodukte, aber an solche, die man nicht so gerne zu sich nehmen wollte.

Die Lebewesen, die sich davon ernährten, sahen logischerweise nicht sonderlich gesund und noch weniger gut gelaunt aus.

Der UsiF dachte sehnsüchtig an seine Kindheit und die Küche seiner Mutter. Unsichtbare Kinder hatten es sogar auf Schlamm, einem Planeten, auf dem Toleranz groß geschrieben wurde, recht schwer. Sie wurden oft gehänselt, weil sie unsportlich waren und die Lehrer beanstandeten, sie würden sich nicht genügend am Unterricht beteiligen. Aber die Eltern hatten streng darauf geachtet, ihre unsichtbaren Kinder ebenso zu behandeln wie die sichtbaren. Und wenn der UsiF ab und zu etwas essen musste, bereiteten sie ihm das beste Essen, das er sich nur vorstellen konnte.

Auf Schlamm gab es sogar spezielle Restaurants für Unsichtbare. Da diese nur so selten essen gingen, kosteten die Gerichte dort logischerweise ein Vielfaches der Gerichte für Sichtbare, aber man achtete immerhin auf Qualität und guten Service.

Der UsiF beschloss, den merkwürdigen Maschinenbauer in seiner Zelle zu besuchen. Vielleicht hatte er einen Imbiss einstecken. Und wenn nicht, dann konnte der UsiF vielleicht von ihm Informationen bekommen, die auf diesem Planeten nützlich waren.

Leider musste er warten, bis ein Wärter einen Kontrollgang zu den Zellen unternahm, denn auch unsichtbar konnte er nicht durch Wände oder geschlossene Türen gehen.

Als er endlich durch das Gitterfenster ins Innere der Zelle spähen konnte, sah ihm Mario direkt in die Augen. Der UsiF zuckte zurück und drückte sich an die Wand des Korridors.

„Woher wusstest du, dass ich komme?", fragte er, als er wieder Luft bekam.

„Ich wusste, du würdest irgendwann kommen", sagte Mario. „Also warte ich hier auf dich."

„Wie lange stehst du denn schon so hier?"

„Ich weiß nicht, wieviel Uhr es ist. Jedenfalls seit dem Frühstück."

Der UsiF spürte einen Stich in seinem leeren Magen. Er hatte seit ungefähr einer Woche nicht mehr gefrühstückt.

„Hast du was übrig?"

„Sie haben die Reste mitgenommen."

„Hm."

Mario legte den Kopf schief. „Ich hätte noch ein Bonbon", sagte er vorsichtig. „Ein Ingwerbonbon. Wenn du das möchtest."

„Ich probier's", sagte der UsiF resigniert.

„Aber es ist nicht unsichtbar."

"Natürlich nicht", sagte der UsiF ungeduldig. „Wirf es durchs Gitter."

Mario ließ das Bonbon folgsam durch das Gitter fallen. Er sah genau hin, aber dennoch verpasste er den Moment, in dem das Bonbon einfach verschwand. Er hörte leises Schmatzen.

„Mann", hörte er den UsiF kurz darauf ächzen. „Ihr seid wirklich das letzte. Ich wette, eure Kultur ist zum Untergang verurteilt."

„Stimmt", sagte Mario. „Aber Leonardo hilft uns dabei, sie zu retten."

„Wieso das denn?"

„Weil …" Mario zögerte, dann zuckte er mit den Achseln. „Keine Ahnung", gab er zu. „Außerdem wissen wir noch gar nicht, wie wir es anstellen sollen."

„Wo liegt eigentlich das Problem? Ich meine, was bedroht die Erde denn? Ein Meteor? Oder eine Revolution?" Er schmatzte wieder verhalten. „Das mit der Revolution würde mich nicht wundern", fügte er düster hinzu.

„Das genaue Problem kennen wir noch nicht", gestand Mario. „Außerdem fehlt uns noch die Sieben?"

„Welche Sieben?"

„Wir müssen erst zu siebt sein."

„Wolltest du nicht mitfliegen?", erkundigte sich der UsiF. „Nach Schlamm, meine ich."

„Natürlich!" Mario lächelte. „Wie weit bist du denn?"

„Noch nicht sehr weit", gestand der UsiF. „Ich lese erst das Handbuch."

„Verstehst du das denn?"

„Geht so."

Mario überlegte. Dann räusperte er sich.

„Wenn du mich rauslässt, helfe ich dir. Ich kann Handbücher lesen. Ich krieg das vielleicht hin."

„Es ist unsichtbar. Ich müsste es dir vorlesen. Außerdem, wie soll ich dich rauslassen? Die Tür ist abgeschlossen."

„Du musst den Schlüssel holen. Dich sieht doch keiner."

Der UsiF nickte langsam. „Na gut. Bin gleich wieder da."

Mario legte sich auf seine Pritsche und lächelte zufrieden.

七

Ronan ging seit mindestens einer halben Stunde in der Wohnung auf und ab. Er streifte durch die Küche, in der es nach Kaffeesatz und Basilikum roch, durch das Büro, in dem sich Zeitschriften und Rechnungen stapelten, durch die Praxis, in der Mme Helena über ihrer Glaskugel saß und das Kunststück fertigbrachte, ihm gleichzeitig unwillige und zärtliche Blicke zuzuwerfen, und manchmal ertappte er sich sogar dabei, dass er im Bad stand und stumm auf die hochgeklappte Klobrille starrte.

Er war unzufrieden mit sich.

Kam er etwa ohne seinen Drehbuchautor nicht zurecht?

Konnte er nur ein Held sein, wenn ihm ein minderbegabter Tintenschmierer unglaubwürdige Handlungen erfand?

War er in Wirklichkeit gar kein Held, nur ein durchsichtiger, alternder Langweiler?

Er trat vor den Garderobenspiegel.

Der Dreitagebart verlieh seinem Gesicht einen ungesunden bläulichen Schimmer. Sein einst so kühner Blick wirkte glasig, seine Nase porös, seine Stirnfalten angespannt.

Ronan bereute es einen Augenblick lang tatsächlich, seiner Serie entflohen zu sein.

Aber dann wehte ihm Mme Helenas Parfum in die Nase und er straffte sich.

Nein, er war nicht mehr Ronan die Faust, das war endgültig vorbei. Und wenn Ronan die ausgestreckte Hand ein bisschen ältlicher und weicher wirkte, dann musste er damit leben.

Auch als ältlicher, weicher Mann konnte man die Welt retten.

Oder?

Ronan ließ kaltes Wasser über seine Handgelenke laufen. Er schloss die Augen und versuchte, wie gewohnt, also wie ein Held, zu denken.

Nils war Assistent von Haderzwerg. Das mochte ein Zufall sein, aber sinnlose Zufälle kamen in Drehbüchern niemals vor. Wenn es kein Zufall war, dann hatte Haderzwerg ihn geschickt. Haderzwerg war der Feind, von dem in der Weissagung die Rede war. Na ja, genau genommen war dort nicht von einem Feind die Rede, aber wo eine Bedrohung war, da musste doch auch ein Feind sein, oder?

„Fühlst du dich nicht wohl?", fragte Mme Helena von der offenen Tür her.

Er drehte schnell den Kaltwasserhahn zu.

„Wir kommen nicht weiter", sagte er mutlos.

„Wir werden Haderzwerg ausspionieren", sagte Mme Helena munter.

Ronan sah sie verwirrt an. Mme Helena trat hinter ihn, betrachtete sein Gesicht im Spiegel und lächelte.

„Du bist kein Held mehr", stellte sie fest. „Aber du bist uns trotzdem eine Hilfe. Cindy wird Nils dazu bringen, sie zu Haderzwerg zu führen. Und wenn es so weit ist, wirst du auf sie aufpassen."

Ronan nickte müde.

„Ich habe viel Erfahrung mit dem Spionieren", wandte er dann doch noch schwach ein.

„Du fällst auf", sagte Mme Helena lächelnd. „Dich kennt jeder. Aber wenn du möchtest, kannst du auf Cindy aufpassen."

„Gut."

„Achte darauf, dass dich niemand sieht", fügte Mme Helena noch hinzu. „Dein Gesicht ist wirklich sehr bekannt."

Ronan betrachtete sich wieder im Spiegel.

„Wenn wir die Welt gerettet haben", fragte er, „was machen wir dann?"

„Wie meinst du das?"

„Was wird aus uns?"

„Ich nehme an, es geht alles so weiter."

„Du nimmst an? Kannst du nicht in deiner Glaskugel nachsehen?"

Mme Helena nicke langsam.

„Das sollte ich vielleicht tun."

Sie küsste Ronan leicht auf die Wange und war froh, dass er nicht nach Puder schmeckte.

Er legte seine Arme um sie.

„Was kümmert uns diese Welt?", fragte er mit tiefer Stimme, und im selben Moment fragte er sich, ob er diesen Satz nicht doch vielleicht irgendeinem alten Drehbuch entlehnt hatte? Egal. Es zählte nur die Wahrhaftigkeit, die Tatsache, dass er jetzt keine Rolle spielte, sondern nur er selbst war.

„Wir haben nur die eine", antwortete Mme Helena schlicht.

„Ich geh mal zum Imbiss", rief Leonardo aus der Küche. „Soll ich jemandem was mitbringen?"

Ronan und Mme Helena fuhren auseinander. Sie mussten über sich selbst lachen.

„Nein, danke!", rief Mme Helena.

Leonardo erschien in der Tür. Er sah ein bisschen verlegen aus.

„Tut mir leid, dass ich ... es ist nur ..."

Ronan griff in sein Jackett und förderte eine Brieftasche zutage. Er klappte sie auf und entnahm ihr einige grüne Scheine. Leonardo wollte danach greifen, aber Mme Helena kam ihm zuvor. Sie hielt die Scheine gegen das Fenster.

„Das sind Dollars", sagte sie. „Und die sind noch nicht mal echt. Damit kann er in Teufels Küche kommen."

„Wo ist das denn, die Teufelsküche? Gibt's da auch Falafel?", erkundigte sich Leonardo neugierig.

Ronan errötete. „Das tut mir leid, ich wusste nicht …“, stammelte er.

„Macht doch nichts. Komm, Leonardo, ich habe mein Geld in der Praxis.“

Mme Helena und Leonardo verschwanden. Ronan sah die Geldscheine an, die Mme Helena auf dem Rand des Waschbeckens abgelegt hatte. Er nahm sie, riss sie mitten durch und warf sie in die Toilette. Als er gespült hatte, fühlte er sich besser.

七

Dr. Wimpel versuchte schon seit Stunden, Haderzwerg anzurufen. Jedesmal erreichte er nur einen von dessen minderbemittelten Mitarbeitern, der ihm mitteilte, der Professor sei beschäftigt.

„Holen Sie ihn trotzdem!", verlangte Dr. Wimpel irgendwann. Aber sein Gesprächspartner lachte nachsichtig.

„Man holt keinen Professor, wenn nur ein Doktor anruft", hatte er gesagt. „Das werden Sie doch sicher verstehen."

Wutschäumend hatte Dr. Wimpel aufgelegt.

Er konnte nicht ahnen, dass sein Freund vollkommen erschöpft auf seinem schwarzen Ledersofa lag und das Klingeln seines eigenen Telefons nur noch wie aus großer Ferne wahrnahm.

Natürlich war es Nils nicht gelungen, Karol loszuwerden. Er hatte es aber auch nicht gewagt, Haderzwerg mit Karol allein zu lassen. Eine innere Stimme warnte ihn – er lief Gefahr, seine Doktorandenstelle zu verlieren, schon eine der untersten Stufe seiner in den Himmel ragenden Karriereleiter drohte durchzubrechen.

Womöglich brachte Karol Haderzwerg um.

Womöglich brachte Haderzwerg Karol um.

Womöglich knickte Haderzwerg ein und ernannte Karol wieder zum Assistenten, jagte Nils davon, in eine ungewisse, schwefelnebelhafte Zukunft.

Womöglich passierte nichts von alledem, aber Haderzwerg würde Nils niemals verzeihen, dass er ihn in so einer Situation im Stich gelassen hatte.

Nils saß auf einem Drehstuhl und hielt die Augen krampfhaft offen, während Karol vollkommen entspannt und vor sich hin summend in den Computer tippte. Zwar diktierte Haderzwerg schon längst nicht mehr, aber Karol war der Auffassung, er kenne seinen Chef so gut, dass er dessen Gedanken selbständig zu Ende denken konnte. Ab und zu murmelte er „ ... hab ich mir's doch gedacht!" oder „... das übertrifft alles …". Nils nahm er nicht zur Kenntnis.

Er schielte zu der runden Bahnhofsuhr, die an der Wand über dem Aktenregal hing. Frühestens in zwei Stunden würde Haderzwerg wieder aufstehen und das Zepter in die Hand nehmen. Bis dahin war er für diesen Wahnsinnigen hier verantwortlich. Er erhob sich mühsam, trat hinter Karol und versuchte mitzulesen, aber sofort schaltete dieser den Bildschirm aus und wandte sich auf seinem Drehstuhl wie eine Natter zu Nils um.

„Das ist geheim, hast du verstanden?"

„Ja ja", murmelte Nils.

Überall Geheimnisse! Cindy und diese merkwürdige Schaustellertruppe, mit der sie sich in der Wohnung von Mme Helena traf, Haderzwerg, Karol, alle hatten sie Geheimnisse! Er sehnte sich nach seiner alten Abiturklasse, in der es niemanden gegeben hatte, der einen doppeldeutigen Gedanken auch nur denken konnte.

Wieder klingelte das Telefon. Wie schon mehrmals zuvor sprang Nils auf, aber Karol kam ihm ein weiteres Mal zuvor, fertigte den Anrufer mit verächtlichen Worten ab und legte wieder auf.

„Es muss wichtig sein", sagte Nils müde. „Wenn einer um diese Zeit anruft."

„Professor Haderzwergs Ruhe ist wichtig!", erklärte ihm Karol geduldig.

Nils erwiderte nichts. Seine eigene Ruhe war nicht wichtig, denn die Karriereleiter ragte noch hoch über seinem Kopf in den weißlichen Himmel.

„Ich darf dir eigentlich nichts verraten", sagte Karol jetzt, ohne sich Nils zuzuwenden. „Aber das mit dem weißen Himmel, das machen die. Eigentlich war der mal richtig blau."

Nils atmete tief durch.

„Blau, ja", sagte er. „Meine Mutter sagt manchmal, es kommt ihr so vor, als habe der Himmel einmal anders ausgesehen. Aber mein Vater sagt, sie hat zu viele Bilderbücher gelesen. Der Himmel war schon immer so wie er ist."

Karol schüttelte den Kopf. „Tja, ist er eben nicht. Das machen die. Das ganze Wetter machen die eigentlich. Manchmal passiert halt was, aber eigentlich machen die das."

„Und wofür soll das gut sein?"

„Das wissen die schon."

„Wer, die?"

„Tja. Sag ich nicht. Aber unser Professor ist ganz vorne mit dabei."

Nils war sehr, sehr müde und wünschte sich einfach nur, zu schlafen und dabei von einem Himmel zu träumen, der seinetwegen jede nur denkbare Farbe des Regenbogens haben konnte, in Streifen oder Punkten oder kariert.

„Haderzwerg ist eben ein Genie", murmelte er, in der Hoffnung, das Gespräch damit zum Abschluss zu bringen.

Karol wandte sich blitzschnell zu ihm um und durchbohrte ihn mit eiskalten Blicken.

"Genies, mein Lieber", sagte er langsam, "Genies sind längst widerlegt.

Die Militärexperten vermaßen im Raumschiff jeden Winkel, jeden Schalter, jedes Kabel, jeden Hebel, jede Stromspannung, jeden Luftdruck, jede Feinstaubbelastung, jedes Krümelchen Zwirbelkonfekt. Sie wedelten mit Quasten jedes Staubkörnchen in ihre Messgeräte, vereisten eine unschuldige und sehr irdische Fliege, deren Herkunft sie sich nicht hundertprozentig gewiss waren, betrachteten angewidert die restlichen Schlammschnecken, die natürlich außerhalb des kochenden Wassers beharrlich schwiegen, und standen sehr lange um einen alten Socken herum, den Leonardo beim Reinigen des Raumanzugs verloren hatte. Ein Handbuch fanden sie glücklicherweise nicht: Das unsichtbare konnten sie nicht finden, das sichtbare blieb verschwunden. Was Leonardo als Wesen höherer Intelligenz nicht finden konnte, das blieb diesen minderentwickelten Wesen selbstverständlich erst recht verborgen. Der Unsichtbare Freund stellte erfreut fest, dass sie sich sehr langsam bewegten und noch viel langsamer dachten. Dennoch erfüllte es ihn mit Sorge, dass sie ihrem Ziel, das Raumschiff zu sprengen, jeden Tag näher kamen. Er seinerseits kam in seinen Bemühungen um die Reparatur des Zwirbelantriebs kaum weiter. Zunächst einmal konnte er das richtige Werkzeug nicht finden. Dann musste er einen Startcode aus dem UWW laden, das aber gerade mal wieder abgestürzt war. Einer der Gründe, warum ein Raumreisender immer einen UsiF mitführen musste, war die, dass er sich allein beim Absturz des UWW und den sich daraus ergebenden Verzögerungen zu Tode langweilen würde. Jeder UsiF beherrschte mindestens dreißig verschiedene Kartenspiele, konnte hunderte von Witzen erzählen und etwa vierzig Stunden zuhören, ohne unhöflich zu werden. Nun war der UsiF allein und hatte niemanden zum Karten spielen. Es wurde allerhöchste Zeit, dass Mario aus seiner Zelle kam.

Mario besaß den Schlüssel zu seiner Zellentür schon seit Tagen, aber aus irgendeinem Grund wagte er nicht, ihn zu benutzen. Den Wachleuten war der Verlust des Schlüssels offenbar gar nicht aufgefallen. Sie hatten ohne mit der Wimper zu zucken den Zweitschlüssel ausgepackt und Mario auf dem Hof antreten lassen.

„Ich komme, wenn der richtige Moment da ist", sagte Mario auf das Drängen des UsiF hin.

„Und was ist der richtige Moment?"

„Das spüre ich dann schon."

„Wir haben aber nicht ewig Zeit. Die wollen das Raumschiff sprengen, erinnerst du dich? Du möchtest doch mit mir nach Schlamm reisen."

Mario nickte.

„Dann wird der richtige Moment sicher bald kommen", tröstete er den UsiF.

Er wollte es ja nicht sagen, aber er wartete auf eine Nachricht von Mme Helena.

七

Der Plan nahm allmählich Gestalt an. Cindy kündigte an, sie werde Nils ausquetschen, und Ronan war bereit, sie aus der Ferne zu bewachen. Carl Theodor und Leonardo würden sich auf die Suche nach Mario begeben und Mme Helena würde versuchen, mit allen Beteiligten über ihre Kugel Kontakt zu halten. Im Moment bemühte sie sich noch, Mario zu erreichen. Durch die Kugel zuckte manchmal ein kurzer Blitz, ein-, zweimal tauchte eine schemenhafte Gestalt auf, aber es ging alles so schnell, dass Mme Helena nicht erkennen konnte, ob es sich um Mario handelte.

„Das Militärgelände ist perfekt abgeschirmt," seufzte sie. „Abhörsicher und so weiter. Da komme ich kaum durch."

„Wenn gar keiner hineinkommt, muss nicht gekämpft werden", stellte Carl Theodor fest. „Ich finde, das ist eine gute Lösung."

Er war zwar selbst niemals in einen blutigen Kampf verwickelt worden, hatte aber genügend Witwen und Verstümmelte kennengelernt, um zu wissen, dass direkte bewaffnete Auseinandersetzungen selten erfreulich ausgingen.

Mme Helena sah ihn nur wirr an. Sie konnte seiner jahrhundertealten Logik nicht immer folgen.

„Ich ruf jetzt Nils an", sagte Cindy.

Alle sahen erwartungsvoll zu, wie sie die Nummer tippte.

Zuerst sah es so aus, als würde Nils nicht drangehen. Aber dann tat sich doch etwas. Cindy setzte sich gerade hin und lächelte, denn sie hatte gelesen, ein Lächeln könne man durchs Telefon hindurch hören. Ob ein falsches Lächeln anders klang als ein echtes? Nun ja, Nils wirkte nicht wie ein Experte für zwischenmenschliche Kommunikation.

„Ich bin's, Cindy", lächelte Cindy also. „Du, tut mir leid wegen gestern Abend. Wir haben ja noch gar nicht ... ich meine ..."

Sie stutzte und starrte ins Telefon.

„Nils?"

Fragende Erwartung knisterte im Raum.

„Wer ist da?", fragte Cindy. Ihr Lächeln verschwand. „Ich wollte eigentlich Nils... mit wem spreche ich überhaupt?"

Sie sah Mme Helena an und zuckte mit den Schultern.

„Ich wollte Nils ... er ist doch der Assistent von Professor Haderzwerg ... nein? Sie sind das?"

Gespannte Stille.

Cindys Lächeln kehrte zurück.

„Dann sollten wir beide uns vielleicht...? Wissen Sie, ich interessiere mich so sehr für das große Werk, aber ich möchte den Professor nicht persönlich ... er ist doch sicher sehr beschäftigt…"

Sie lauschte, ihr Lächeln verwandelte sich in ein Grinsen.

„Das wäre aber nett! Da habe ich ja genau den richtigen Gesprächspartner gefunden... wenn Sie heute noch ein bisschen Zeit für mich finden würden…? Um zwölf Uhr haben Sie Mittagspause? Dann treffen wir uns doch... wo sind Sie?"

Sie notierte sich eine Adresse auf einem Zettel.

„Ich erwarte Sie", sagte sie abschließend. „Und noch einmal vielen Dank.2

Sie legte auf.

„Was war denn jetzt?", fragte Mme Helena.

„Es war nicht Nils", erläuterte Cindy. „Aber ich glaube, ich habe einen noch besseren Ansprechpartner. Er sagt, er ist die rechte Hand von Haderzwerg."

„Und warum geht er an das Telefon von Nils?", fragte Ronan stirnrunzelnd. „Hat er es gestohlen?"

„Keine Ahnung. Jedenfalls möchte er sich mit mir treffen."

„Du hast doch überhaupt keine Ahnung, was das für ein Mensch ist!" Carl Theodor war aufgestanden und drückte sogar den Rücken durch. „Das ist vielleicht eine Falle. Du gehst da nicht hin."

Cindy starrte ihn an. „Seit wann hast du hier das Kommando, Soldat? Natürlich gehe ich hin. Ich nehme auf jeden Fall Charles mit. Und Ronan bleibt in meiner Nähe."

Carl Theodor errötete und setzte sich wieder. Mme Helena legte ihm besänftigend die Hand auf die Schulter. Er schloss die Augen und dachte an seine Mutter. Er sagte nichts mehr, als Cindy ihre Schuhe und den kleinen Rucksack mit dem Blumendruck zusammensuchte. Und er sagte nur ganz leise „Leb wohl", als sie mit Charles im Schlepptau aus der Tür huschte.

Leonardo hatte die ganze Zeit am Tisch gesessen und irgendetwas auf einen alten Briefumschlag gekritzelt. Keiner wusste, ob es reine Langeweile-Schnörkel oder Buchstaben einer eigenen Sprache von galaktischer Fremdheit waren. Er seufzte und kratzte sich immer wieder am linken Ohr, als sei es ein Auswuchs, der ihn durchgehend störte. Carl Theodor setzte sich neben ihn und betrachtete die Schnörkel traurig.

„Du hast doch bestimmt Heimweh, oder?", fragte er.

„Was?", fragte Leonardo? Er betrachtete seinen eigenen Körper, als frage er sich, welcher Teil wohl jenes „Heim" war, das ihn Schmerzen bereiten konnte.

„Ich meine, du möchtest sicher gern nach Hause."

„Natürlich. Leonardo seufzte.

„Meinst du, dein Raumschiff ist überhaupt noch da? Oder haben die es zerstört?"

„Keine Ahnung. Es ist nicht leicht kaputt zu kriegen. Aber auch nicht leicht zu reparieren." Leonardo seufzte noch einmal. „Es kann Jahrhunderte dauern, bis wieder einmal ein Raumschiff von meinem Planeten hier vorbeikommt."

„Jahrhunderte? Wirst du denn so alt?"

„Aber natürlich. Du nicht?"

Carl Theodor überlegte. „Irgendwie schon“, sagte er. „Nehme ich an. Keine Ahnung, wie das mit mir weitergeht.“

Leonardos Gesicht leuchtete auf. „Wir könnten Freunde werden“, schlug er vor.

„Ich habe Kontakt zu Mario“, rief Mme Helena, die wieder zu ihrer Glaskugel zurückgekehrt war, in diesem Moment aufgeregt.

七

Mario hatte seinen Schlüssel endlich benutzt. Wie es zu diesem plötzlichen Entschluss gekommen war, wusste er selbst nicht so genau. Aktivität war ihm eigentlich zunehmend fremd. Normalerweise blieb er immer dort, wo man ihn abstellte, und nahm zu sich, was man ihm servierte. Aber mit dem Raumschiff und dem unsichtbaren Verbündeten war Neues in sein Leben getreten, und merkwürdigerweise erinnerte ihn das Neue unscharf an etwas sehr Altes, ein tief in seinem Inneren verschlossenes, lange verbotenes Gefühl. Er war offenbar irgendwann schon einmal frei gewesen. Und als er sich daran erinnert hatte, gab es kein Halten mehr. Er gab alles Warten auf Mme Helena auf, nahm den Schlüssel und entließ sich selbst. Als er den Hof überquerte und auf das so schlecht getarnte Raumschiff zuging, machte er sich überhaupt keine Sorgen, dass man ihn entdecken könnte. Er hatte im Laufe der vergangenen Tage gelernt, dass man hier in der Kaserne - wie eigentlich überall - Dinge nicht sah, die man nicht sehen wollte. Einen flüchtigen Häftling aber wollte ganz bestimmt keiner sehen, denn ein Diensthabender wäre an seiner Flucht schuld gewesen oder hätte ihn einfangen müssen.

Mario war einen Moment lang unsicher, wie man sich vor dem Eingang eines fremden Raumschiffs verhielt. Klopfte man an oder gab es irgendwo eine kosmisch klingende Klingel? Er sah sich noch ratlos um, als vor ihm eine Metallplatte geräuschlos zur Seite glitt und ein rotes Blinklämpchen aufflackerte.

Mario fand das fantasielos, nicht außerirdisch genug, und beinahe hätte er kehrtgemacht. Aber dann gab er sich einen Ruck und trat durch die Tür, die sich hinter ihm sofort wieder schloss.

„Hallo!", rief er. „Wo geht's lang?"

„Immer den Blinklichtern nach", rief der Unsichtbare ihm aus der Tiefe des Raumschiffs zu. Mario bemerkte erst jetzt die gelben Lauflichter an der Decke. Er nickte, folgte ihnen durch einen langen, gewundenen Gang, in dem seine Schritte laut und metallisch hallten, und erreichte schließlich die Brücke. Er sah sich um und schnupperte. Es roch nach exotischen Desinfektionsmitteln und der Sorte Angstschweiß, die auch durch Schutzanzüge dringt, und in diesen Geruch mischte sich ein süßliches würziges Aroma, das Mario an ferne Länder, vielleicht ferne Planeten?, denken ließ.

„Mach's dir gemütlich", sagte der unsichtbare Freund. „Ich weiß nicht, wie man das als Mensch so macht."

„Hinlegen?", schlug Mario vor.

„Bitte."

Mario sah sich nach einer bequemen Unterlage um, entdeckte keine und legte sich auf den Metallboden, der sich zu seiner Überraschung warm und weich anfühlte. Er streckte sich lang aus und spürte, wie ihn bleierne Müdigkeit überkam.

„Aber schlaf jetzt bloß nicht ein", knurrte der UsiF ihn an. „Ich brauche dich. Die Zeit läuft."

Aber Mario achtete nicht auf ihn, denn in diesem Moment empfing er eine Nachricht von Mme Helena.

„Mario?", fragte sie vorsichtig. „Wo bist du?"

„Ich bin in einem Raumschiff", erklärte Mario.

Mme Helena klopfte gegen ihre Glaskugel. „Könntest du das wiederholen? Der Empfang ist so schlecht."

„Ich bin hier in einem Raumschiff und werde demnächst zum Planeten Schlamm fliegen." Mario sprach sehr deutlich. „Deswegen müssten wir uns mit der Rettung der Welt ein kleines bisschen beeilen. Haben Sie denn die schöne Nummer Sieben schon?"

„Nein." Mme Helena seufzte. „Keine Spur. Ronan denkt, es ist eine schlechte Schauspielerin gemeint. Carl Theodor tippt auf eine intrigante Herrscherin. Cindy vermutet, dass sie eine Musikagentin ist und Leonardo hat gesagt, es ist eindeutig eine Bewohnerin eines Planeten, dessen Namen ich vergessen habe."

„Rote Pfütze!", rief es von hinten.

„Rote Pfütze. Planet Rote Pfütze kenne ich nicht, aber Leonardo behauptet, die Frauen sind dort schön, aufdringlich, untreu und dabei extrem ungeschickt."

Mario wusste nicht, was er zu diesen Informationen sagen sollte, und er entschied sich für einen Themenwechsel.

„Wir müssen jedenfalls das Raumschiff reparieren", sagte er. „Das wird Leonardo bestimmt freuen. Erst das Raumschiff, dann die Welt, okay?" Er sah Mme Helena bittend an.

„Wir kennen unseren Gegner." Mme Helena flüsterte jetzt. „Es ist ein Professor. Er widerlegt alles, was das Leben lebenswert macht, und wenn er das in diesem Tempo weiterbetreibt, wird nichts übrig bleiben und die Welt geht unter."

„Klingt wie mein Vater", murmelte Mario.

„Jedenfalls spioniert er uns aus", berichtete Mme Helena weiter. "Und deswegen spionieren wir ihn jetzt aus."

„Ach so", sagte Mario. „Ich würde jetzt gerne mit der Reparatur des Raumschiffs anfangen. Dann bin ich für euch da. Ich meine, wenn die es nicht eilig haben, zu ihrem Planeten zurückzukehren."

„Wer ist ‚die'?"

„Na ja, Leonardo und der andere, der noch hier ist."

„Ich schicke euch Leonardo und Carl Theodor zu Hilfe. Und dann kommt ihr alle wieder her, ja?" Mme Helena bettelte fast. „Ich brauche jeden von meinen Sechsen, wenn schon die Sieben fehlt."

Mario versuchte ehrlich, sich zu beeilen. Er besah sich den Zwirbelantrieb genau und dachte eine ganze Weile darüber nach, wie er wohl funktionieren könnte. Er probierte den Zwirbelkonfekt und stellte fest, dass von dieser Spezialität der süßwürzige Duft ausging, der ihm beim Betreten des Raumschiffs aufgefallen war. Er fragte den UsiF nach dem Rezept, aber der wurde ein bisschen ärgerlich und bat ihn, nun ernsthaft mit der Reparatur zu beginnen. Er wies Mario den Weg zum Werkzeugkasten, dessen Inhalt dem jungen Mann sehr befremdlich erschien. Er wog verschiedene Werkzeuge in der Hand, betrachtete ihre verschlungenen Enden, ihre spitzen, kugeligen und schleimigen Köpfe und seufzte.

„Ich glaube, du hast überhaupt keine Ahnung", rief der UsiF schließlich verärgert. „Du wolltest dir nur eine Mitfluggelegenheit erschwindeln."

„Nein, nein!", rief Mario empört. „Ich kann das. Ich muss nur ein bisschen nachdenken."

„Das dauert bei euch hier unten ja ewig", raunzte der UsiF. „So viel Zeit haben wir nicht."

Mario schleppte den Werkzeugkasten zum Zwirbelantrieb und versuchte sich zu konzentrieren. Er steckte sich noch ein Stück Zwirbelkonfekt in den Mund und schloss die Augen.

Mario war ein so genialer Nachwuchsphysiker gewesen, dass sich verschiedene große Betriebe damals in seiner Anwerbung überboten hatten. Schon während seines Studiums hatte er herausragende Beiträge zur Entwicklung neuer Technologien geleistet, scheinbar mühelos beste Prüfungsergebnisse erzielt und dabei nebenher seiner Wohngemeinschaft den Haushalt so nachhaltig automatisiert, dass keiner mehr darüber nachzudenken brauchte, was er am folgenden Tag essen wollte. Als er in den meistbietenden Betrieb eingestiegen war, zog er aus und die WG feierte mit Bier, das der Kühlschrank automatisch auf Idealtemperatur gekühlt hatte, und einer Lasershow, für die man die Beleuchtung des gemeinschaftlichen Wohnzimmers nur unwesentlich umprogrammieren musste.

An all diese Dinge hatte Mario lange nicht mehr gedacht. Seit geraumer Zeit vermied er es, sich zu erinnern.

Die Maschine hatte ihn damals großzügig für seinen Einsatz in der neuen Firma belohnt, ihn weiter bergauf geschoben und seinen Blick streng geradeaus gerichtet. Seine Umwelt hatte ihm signalisiert, sein Leben verlaufe beneidenswert erfolgreich. Er war nicht glücklich und strafte sich dafür und der Griff der Maschine wurde grober, bis sie ihn schließlich aussortierte.

Er erinnerte sich an all dies, aber er erinnerte sich nun auch an Funktionen, Verbindungen, Wirkungen, Zusammenhänge zwischen den Teilen eines Antriebs, einer Mechanik, eines Motors. Aber es war alles anders als früher, denn er liebte den Zwirbelantrieb vom ersten Moment an, nicht allein wegen des köstlichen Konfekts, sondern auch wegen seiner schimmernden Materialien, der Wärme des Metalls, und weil er versprach, ihn in ein anderes Leben zu tragen. Er sah die fremde Mechanik so lange an, bis ihm alles vor den Augen verschwamm und nur noch sein Geist sich ein klares Bild machen konnte. In diesem Moment schloss er die Augen und verstand. Als er die Augen wieder öffnete, wusste er, mit welchem Werkzeug er beginnen musste.

„Und du meinst, du kannst das?", meldete sich der UsiF unsicher zu Wort. „Ich meine, so ein Motorschaden an einem Raumschiff ist kein Spaß. Es steht nicht immer ein Planet bereit, auf dem man so mir nichts, dir nichts notlanden kann."

„Ich weiß Bescheid", sagte Mario. „Du kannst dich auf mich verlassen."

Und als er das ausgesprochen hat, schwieg er eine ganze Weile und lauschte seinen eigenen Worten nach – Worten, die er seit vielen, vielen Jahren nicht mehr ausgesprochen hatte.

Zum ersten Mal seit vielen Tagen war Mme Helena ganz allein in ihrer Wohnung. Die Stille verunsicherte sie, und sie ging eine Weile von Zimmer zu Zimmer, ohne sich irgendwo niederzulassen. Dann trat sie ans Fenster ihrer Praxis und sah hinab auf die Straße. Im fahlen Tageslicht gingen ganz normale junge und ältere Menschen auf und ab, keine Geister, keine Außerirdischen und keine Fernsehhelden. Ein Straßenmusiker bearbeitete seine Geige, spielte schlecht, unterschied sich darin erfreulich von Cindy und hatte außerdem keinen Hund. Mme Helena sehnte sich plötzlich nach einem ihrer alten Leben. Einen Moment lang verspürte sie den Drang, die Koffer zu packen, wegzufahren und abzuwarten, bis die merkwürdige Gesellschaft, die sie selbst zusammengeführt hatte, sich von alleine wieder auflöste. Der Untergang der Welt? Wie oft war er schon vorausgesagt worden, ganz andere Autoritäten hatten damit gedroht, und die Welt drehte sich noch! Was hatte sie, Mme Helena, damit zu tun? Vielleicht war es einfach an der Zeit, wieder etwas Neues zu lernen, einen neuen Fernkurs zu belegen. Nachdenklich ließ Mme Helena das Rollo herunter, setzte sich an ihren Tisch, ohne die Glaskugel zu beachten, betrachtete das Foto ihres Vaters, das auf der kleinen Kommode zwischen allerlei Drachen- und Feuerdeko stand und spürte die bleierne Gewissheit, dass die Welt ihrer Eltern mit all ihren Regeln, Selbstverständlichkeiten, Fleckenmitteln und Unkrautvertilgern niemals untergehen würde, egal was passierte. Sie dagegen, Mme Helena, lebte praktisch jetzt schon in einer untergegangenen Welt.

Ihre Laune sank so tief, dass sie kurz erwog, beim Lehrer zu klingeln. Aber der Moment ging glücklicherweise vorbei, ohne dass sie ihre Idee in die Tat umgesetzt hätte.

Sie beschloss statt dessen, spazieren zu gehen, vielleicht sogar eine Zeitung zu kaufen – was sie sonst nie tat, denn es erschien ihr lächerlich, sich mit Neuigkeiten abzugeben, die morgen schon ihre Gültigkeit verloren. Aber dies war vielleicht genau der richtige Moment, um sich in sinnlosen Informationen zu verlieren.

Mme Helena ging durch die Straßen ihrer Heimatstadt, betrachtete Auslagen und Passanten, sah in den üblichen grauweißen Zellulitis-Himmel und fragte sich ernsthaft, ob dies alles wert sei, gerettet zu werden. Als sie am Kiosk ankam, hatte sich ihr Wunsch nach einer Tageszeitung schon wieder in Nichts aufgelöst. Sie ging am Kiosk vorbei und überlegte, wen sie besuchen könnte. Sie hatte das dringende Bedürfnis, mit einem Menschen zu sprechen, der weder Selbstverständliches zu widerlegen versuchte, noch sich damit abfinden würde, dass Unmögliches plötzlich Realität würde. Ihre Japanisch-Lehrerin fiel ihr ein, Kasumi, die im vierten Stock über dem Spezialgeschäft für Angelbedarf wohnte und von ihrem Vermieter immer wieder Beschwerden wegen der zahlreichen angeblich feuergefährlichen Lampions entgegennahm, die sie in der Wohnung aufgehängt hatte. Kasumi schwieg viel, aber wenn sie sprach, sagte sie das Richtige, sie war also genau das Gegenteil des Lehrers. Mme Helena hatte seinerzeit ihre Stunden besucht, um sicherzugehen, dass sie im Fernkurs das Richtige gelernt hätte. Das war nun schon Jahre her, drei Fernkurse und mehr waren seither vergangen, aber Mme Helena ging zuversichtlich davon aus, dass Kasumi sie noch kannte.

Tatsächlich lächelte Kasumi, begrüßte Mme Helena mit ihrem alten Namen, Birgit, bat sie herein und servierte ihr Tee. Sie war älter geworden, bewegte sich aber noch mit der gleichen stillen Geschmeidigkeit, neben der sich Birgit-Helena vor so vielen Jahren schon als polternd-tollpatschig empfunden hatte.

Kasumi war immer noch schön.

Schön und undurchsichtig.

Mme Helena stellte ihre feine Teetasse viel zu heftig ab. Kasumi zuckte nicht mit der Wimper, ihr Lächeln verschob sich um keinen Zentimeter.

„Ich habe eine Frage – glaubst du an Weissagungen?", fragte Mme Helena eindringlich.

Kasumi lächelte und schwieg.

„Hast du deinen Gorilla endlich schlafen geschickt?“, fauchte Dr. Wimpel ins Telefon.

Haderzwerg stammelte eine Entschuldigung. Er war übermüdet, gestresst, erleichtert, dass Karol sich momentan nicht in seiner Wohnung befand und besorgt, dass er jeden Moment zurückkehren würde.

„Ich dachte, du interessierst dich vielleicht nicht mehr für unsere Zusammenarbeit.“ Dr. Wimpels Stimme war immer noch schneidend.

„Aber natürlich tue ich das. Sehr sogar.“

„Du weißt, dass sich andere Forschungsinstitute um unsere Aufträge reißen“, fuhr Wimpel ungerührt fort.

„Ich weiß. Aber ich habe dir doch bisher jedes angeforderte Ergebnis geliefert.“

„Das haben die anderen auch.“ Dr. Wimpels Stimme wurde wieder weicher. „Aber ich sage dir, wie es ist. Ich arbeite gern mit dir zusammen. Bei uns beiden herrscht ein gewisses ... nun, nennen wir es Grundeinverständnis über die wesentlichen Dinge.“

„Absolut!“, keuchte Haderzwerg, der gerade verdächtige Schritte im Treppenhaus gehört hatte.

„Ich möchte persönlich mit dir reden“, sagte Wimpel. „Kannst du zu mir kommen?“

„Gleich?“

Die Schritte im Treppenhaus verloren sich ein Stockwerk höher.

„Bitte. Ich telefoniere schon eine ganze Weile hinter dir her.“

„Ich komme.“

Professor Haderzwerg ließ seine Wohnung nicht gerne allein, solange Karol den Schlüssel besaß. Karol hatte den Schlüssel selbstverständlich vom Haken genommen, bevor er aus der Tür gegangen war.

„Sie müssen meinetwegen doch nicht Ihre Arbeit unterbrechen", hatte er noch gesagt. „Ich komme allein wieder herein."

Nils hatte Karol nur nachgestarrt wie einer Erscheinung und dann fast schüchtern gefragt, ob er nun ebenfalls gehen könne. Haderzwerg hatte es ihm erlaubt, was er jetzt bereute.

Aber der Auftrag ging vor. Wimpels Institut verfügte über die Mittel, die Haderzwergs Forschung noch jahrelang finanzieren würden. Achselzuckend steckte Haderzwerg sein Telefon und ein Päckchen Magentabletten ein, schlüpfte in sein Jackett und verließ das Haus.

Er beschloss, den Weg zu Dr. Wimpel zu Fuß zurückzulegen, um Zeit zum nachdenken zu gewinnen, und wählte den Weg durch die Fußgängerzone.

Auf der Höhe des Gummibärchenladens begegnete er Mme Helena.

Da beide zu diesem Zeitpunkt viel voneinander gehört, aber einander nie gesehen hatten, blieb das Zusammentreffen von beiden unbemerkt.

Haderzwerg dachte in diesem Moment nicht an Mme Helena und Mme Helena dachte in diesem Moment an Birgit, stark im Zweifel, ob sie ihr nicht Unrecht zugefügt hatte, und sie dachte an Kasumi und die Frage, ob sie als Nummer Sieben in Frage käme, als Japanerin, die sicher auch ein Fahrrad besaß. (Sollte sie eventuell gleich noch einmal anrufen und danach fragen?) Haderzwerg warf indessen einen Blick in den Himmel, in dem sich jene tiefschwarzen Wolken gewaltig zusammenballten, die den üblichen Nieselregen ankündigten.

Tatsächlich rieselten seidenfeine, silberne Regenfäden vom Himmel, als Haderzwerg in Wimpels Firma ankam. Über seine Codenummer und den Fingerprint-Reader gelangte er in den Vorraum, in dem ihn ein menschliches Wesen mit einem Metalldetektor untersuchte. Diese Prozedur hasste Haderzwerg aus tiefster Seele – davon abgesehen, dass er die Seele als allererstes widerlegt hatte. Er biss sich auf die Unterlippe, bis er die Schleuse hinter sich lassen konnte. Warum hatte Wimpel ihn nicht zu sich in die Wohnung eingeladen? Bei Rotwein und Käsestangen fühlte sich Haderzwerg erheblich wohler. Auch ein Wissenschaftler war doch nur ein Mensch.

Dr. Wimpel begrüßte ihn kollegial, wies ihm einen Sessel zu, der nur unwesentlich niedriger und weniger aufwändig gepolstert war als sein eigener und schickte seine leicht zerknitterte Assistentin aus dem Raum. Als sie die Tür hinter sich geschlossen hatte, wurde er ein wenig privater und bot Haderzwerg ein Pfefferminzbonbon an. Während Haderzwerg lutschte, erläuterte Dr. Wimpel in vorsichtig gesetzten Worten, man sei in der Planung nun so weit fortgeschritten, dass die neuen Technologien strategisch eingesetzt werden könnten.

„Wieso jetzt erst?", fragte Haderzwerg überrascht. „Ich meine, das läuft doch schon die ganze Zeit. Die Nordwostpassage ist für die Schifffahrt freigegeben, die arktischen Bodenschätze sind zugänglich…"

Dr. Wimpel lächelte nachsichtig. Er winkte ab.

„Natürlich, auf experimenteller Basis und im Zusammenhang mit dem Projekt Nordostpassage setzen wir die Technologien schon die ganze Zeit ein. Aber jetzt geht es nicht mehr um die Auslösung einzelner Erdbeben oder das Herbeiführen von Flutkatastrophen oder Dürren. Das ganze soll nun als System täglich gesteuert werden, verstehst du?"

Haderzwerg gestand es sich nicht gerne ein, aber er verstand noch nicht.

„Die Atmosphäre, mein Lieber", fing Dr. Wimpel an, „war bis vor Kurzem eine unkontrollierbare, ja, chaotische Größe. Gut, an einzelnen Stellen ist längst herummanipuliert worden, wie du weißt, Aber um tatsächlich das weltweite Klima zu beherrschen, muss man die gesamte Atmosphäre kontrollieren wie ein ... ein Computerprogramm."

Jetzt nickte Haderzwerg erleichtert.

„In wenigen Wochen werden meine Auftraggeber die Atmosphäre übernehmen." Er lächelte. „Für einige renitente Staaten wird das unangenehmere Folgen haben, aber wenn wir uns hier gut benehmen, kriegen wir zur Belohnung vielleicht ein bisschen Mittelmeerklima." Er drehte sich in seinem Stuhl zum Fenster und betrachtete die riesigen schwarzen Wolken. „Ich wollte schon immer einen Zitronenbaum in meinem Garten haben", sinnierte er.

„Hast du denn einen Garten?", fragte Haderzwerg überrascht.

„Natürlich nicht. Aber es wäre doch schön."

Dr. Wimpel wurde wieder ernst.

„Die gesamte Atmosphäre ist durch den Ausstoß der Schiffe und Flugzeuge so dicht mit steuerbaren Nanoteilchen angereichert, dass sie über jedem Land der Welt beliebig mit langwelligen und kurzwelligen Strahlen erhitzt und abgekühlt werden kann. Das erzeugt, wie du weißt, die erwünschten Hochs und Tiefs. Die erforderlichen Antennenanlagen stehen längst, alle Experimente sind erfolgreich verlaufen – na ja, mehr oder weniger. Den Jetstream haben wir wegen der Nordostpassage schon längst umgeleitet, aber jetzt kommt noch der Golfstrom dazu. Auf Erdbeben würden die Mächte lieber verzichten, da geht immer gleich so viel kaputt. Eigentlich reicht es, weiterhin dafür zu sorgen, dass Regenwolken dort regnen, wo wir das Wasser haben wollen, und nicht dort, wo irgendwelche Schurken ihre Bevölkerung unterdrücken."

Haderzwerg konnte längst wieder folgen. Er hatte den Fortschritt der Wettermanipulation aufgrund seiner Freundschaft mit Dr. Wimpel mit Interesse verfolgt.

„Und was kann ich für euch tun?", fragte er.

„Du wirst dafür sorgen, dass weiterhin keinem etwas auffällt", sagte Dr. Wimpel. „Du wirst dafür sorgen, dass Fragen, die eventuell gestellt werden, sofort verschwinden."

Haderzwerg nickte.

„Nicht dass es viele Fragen geben wird." Dr. Wimpel lächelte. „Aber Vorsicht ist immer noch geboten. Es wäre auch von großer Wichtigkeit, ein Programm zu entwickeln, das ganz automatisch Statistiken so umformuliert und auswertet, dass alles immer normal ist."

„Kein Problem!", rief Haderzwerg, dem die Sache allmählich Spaß bereitete. „Ich habe es geschafft, dass der größte Teil der Menschheit vergessen hat, was Humor ist. Da werde ich es auch noch hinkriegen, dass sie Tornados, Hagelgewitter, Erdbeben und Tsunamis für normal halten."

Dr. Wimpel erhob sich aus seinem Sessel. Er ging ans Fenster und sah auf die Fensterfront des gegenüberliegenden Gebäudes.

„Du weißt, dass das historische Entwicklungen sind", sagte er. „Wie Crutzen schon sagte: Wir leben heute im Anthropozän – in einem Zeitalter, in dem der Mensch vollkommen die Natur dominiert."

Haderzwerg senkte demütig das Kinn.

„Die Natur ist noch nicht ganz widerlegt", murmelte er. „Aber ich hoffe, es wird noch zu meiner Lebenszeit soweit sein."

Dr. Wimpel wandte sich wieder zu ihm um. Ein Lächeln umspielte seine Mundwinkel. Er hielt die Hände hinter dem Rücken.

„Hast du schon gegessen?"

Haderzwerg schüttelte den Kopf. Er erwog einen Moment lang, Dr. Wimpel von seinem außer Rand und Band geratenen Assistenten zu berichten und um Rat zu fragen, aber er bremste sich glücklicherweise noch rechtzeitig. Bei Wimpel sollte auf keinen Fall der Eindruck entstehen, dass es in Haderzwergs Institut drunter und drüber ging und Psychopathen die Macht ergreifen konnten!

„Dann begleite mich doch in die Cafeteria", schlug Wimpel vor. „Es gibt heute Schupfnudelpfanne mit Fingermöhrchen."

„Das klingt verführerisch", sagte Haderzwerg und schob seinen Stuhl zurück.

Nach aufwändigen Recherchen und Rücksprachen mit einer ganzen Reihe von Katastrophenwissenschaftlern haben wir die Identität von Paul Crutzen geklärt. Es handelte sich um einen mit den höchsten irdischen Preisen ausgezeichneten Chemiker, der die Idee eines künstlichen Vulkanausbruchs zur Milderung einer von der Politik postulierten globalen Erwärmung entwickelte. Er prägte den Begriff des "Anthropozän", da er der Ansicht war, dass zu seiner Wirkenszeit erstmalig in der Erdgeschichte nicht mehr die Natur die Abläufe auf der Erde bestimme, sondern der Mensch – Anthropos – alleine. Er war vollkommen im Recht, denn der Mensch hat, nach heutigem Stand der Wissenschaft, offenbar ganz selbständig das Ende seines Planeten herbeigeführt.

七

Karol hatte versucht, Cindy schwören zu lassen, dass sie nichts weitererzählen würde.

Cindy log nicht gerne, und das Ablegen eines Meineides hatte sie in ihrem Leben bislang erfolgreich vermieden. So leitete sie ein erprobtes Ablenkungsmanöver ein, wandte sich mit einem spontanen „Pfui!" an den völlig verdutzten Charles, ließ ihren Kugelschreiber fallen, suchte ihn umständlich unter dem Tisch, wobei sie mehrmals an Karols Knie stieß, entschuldigte sich, bestellte noch einen Kaffee und stellte dann erleichtert fest, dass ihr Gegenüber die Sache mit dem Schwur vergessen hatte und nun frei erzählte, was er ja sowieso unbedingt erzählen wollte.

Charles hatte ihr die Schnauze aufs Knie gelegt, sie streichelte seine Ohren, um ihn für den ungerechten, aber strategisch wichtigen Tadel zu entschädigen, lauschte gebannt und malte Kringel und Gitarren auf ihren Zettel, den sie für Notizen bereitgelegt hatte. Zwischendurch nippte sie an ihrem Kaffee und wischte sich nachdenklich den Milchschaum von der Oberlippe. Es galt, die Situation schnell richtig einzuschätzen. Dieser Karol war sicherlich hochintelligent, aber mit fast genauso großer Sicherheit nicht ganz dicht. Die Geschichte, die er ihr erzählte, war hochgradig unglaubwürdig und sie hätte das Ganze als vollkommene Spinnerei abgetan, wäre da nicht diese Weissagung gewesen, dieser Auftrag, die Welt zu retten, dieses Gespinst von Unwahrscheinlichkeiten, in das sie bereits eingewickelt war wie die Beute einer Spinne kurz vor dem Verzehr. Karol enthüllte ihr eine ganz und gar unglaubwürdige Geschichte. Nur: Sollte diese doch stimmen, dann würde sie haargenau in die ganze verrückte, unglaubwürdige Story passen, die sich seit dem Anruf von Mme Helena in Cindys Leben abspielte. Seit diesem Moment herrschte dort eine neue, absurde, aber zugegebenermaßen attraktive Logik. Zusammenhänge eröffneten sich, über die man lachen konnte, die sich aber auch besingen ließen. Ohne diese Erfahrungen hätte sie auf die Uhr gesehen, sich höflich bei Karol entschuldigt und wäre gegangen, ohne sich noch einmal umzudrehen. Nun aber lauschte sie aufmerksam, hakte nach, wiederholte wie eine aufmerksame Schülerin und machte sich endlich sogar Notizen an den noch weißen Stellen ihres vollgekritzelten Blattes. Einige Male wanderte ihr Blick zum Fenster, das den Blick auf eine graue, nieselnasse Gartenszenerie freigab. Den Himmel konnte sie von hier unten aus nicht sehen und sie war sich auch gar nicht sicher, ob sie ihn sehen wollte.

Das Wetter.

Ach nein.

Doch nicht das Wetter. Es war jene Größe im Alltag, über die man sich immer beschweren konnte, in der absoluten Sicherheit, dass es keinen Verantwortlichen gab. Es war der Zufallsgenerator, der über heitere und weniger erfreuliche Tage bestimmte. Cindy musste ein bisschen nachdenken, bis ihr einfiel, wann es zuletzt einen heiteren Tag gegeben hatte. Zumindest einen halben Tag. Zumindest ein paar Stunden, in denen die Sonne durch den Wolkenschleier hindurch zum Vorschein gekommen war.

„Nanoteilchen?", fragte sie nach. „In der Luft?"

„Jede Menge!" Karol strahlte. „Aluminium, Barium, Bakterien, was du willst!"

„Bakterien?"

„Pseudomonias Syringae. Die sorgen dafür, dass Wasser bei höheren Temperaturen gefriert. Sind im Hagel drin, weißt du?"

„Und wozu das alles?"

Der Geruch des Cafés – Brokkoli-Käse-Schnitten, Cappuccino, nasse Wolljacken, alte Hunde – schlug Cindy von Minute zu Minute mehr auf den Magen.

„Stell dir das doch vor! Der Mensch bestimmt über das Wetter!"

„Hybris", murmelte Cindy.

„Ich denke, er heißt Charles?" Karol warf dem alten Hund einen kritischen Blick zu.

„Ja. Tut er. Ich meine, der Mensch ist nicht Gott."

„Gott gibt es nicht!", erklärte Karol nachsichtig.

Cindy beschloss, dieses Thema nicht auszudiskutieren.

„Menschen sind niemals unfehlbar", sagte sie statt dessen. „Und das alles hat sich Professor Haderzwerg ausgedacht?"

Karol schüttelte ein Zuckerpäckchen und betrachtete es kritisch.

„Nein, das nicht. Er arbeitet aber mit. An oberster Stelle." Er sah Cindy an. „Aber das ist geheim, wie gesagt"

„Klar." Cindy nickte. „Ich glaube, ich bestelle mir noch einen Espresso."

Karol blinzelte. Zum ersten Mal, seit sie sich einander vorgestellt hatten, schwieg er.

„Haderzwerg ist unverheiratet", sagte er dann leise.

„Das kann ich mir vorstellen."

Karol reichte Cindy das Zuckerpäckchen, aber sie winkte ab.

„Und was machst du so?"

„Ich assistiere ihm. Ich habe bei der Entwicklung des Programms mitgewirkt."

„Welches Programms?"

Cindy musste noch einen Sauerkirschsaft und schließlich einen Caipirinha bestellen, bis sie die weiteren Erklärungen verdaut hatte. Dass Karol Stück für Stück um den Tisch herumrückte und ihr auf diese Weise immer näher kam, strapazierte ihre Konzentrationsfähigkeit zusätzlich. Seine Augen wurden größer, je dichter er aufrückte, und er schien niemals zu blinzeln. Cindy versuchte, Charles telepathisch zu alarmieren, aber der schlief inzwischen friedlich unter dem Tisch und grunzte nur, als sie ihn mit dem Fuß anstieß.

Ronan saß hinter seiner Zeitung am Nebentisch und wusste nicht, ob er eingreifen sollte. Er ging davon aus, dass Cindy ihn im Ernstfall rufen würde, und so konzentrierte er sich weiterhin auf die Lösung eines Kreuzworträtsels. Es gab Tätigkeiten, die sein Drehbuchautor ihm nie zugestanden hatte, und denen er sich nun mit umso mehr Genuss widmete. Kreuzworträtsel lösen zum Beispiel.

„Vielleicht kannst du mir ja alles mal zeigen", sagte Cindy plötzlich mutig.

Karol zuckte zurück. Seine Augen wurden wieder ein bisschen kleiner.

„Ich glaube kaum, dass das geht", murmelte er und wandte den Blick jetzt sogar ab. „Professor Haderzwerg lebt zurückgezogen und wünscht keinen Kontakt mit nichtakademischen Gästen."

„Was bitte?"

„Ich meine, mit Menschen, die ihm geistig nicht folgen können."

Cindy kämpfte einen Moment lang mit der Versuchung, ihren Rest Caipirinha über Karol auszukippen, entschied sich dagegen und trank ihn lieber genüsslich aus.

„Mein Hund muss mal", erklärte sie und stand auf.

Charles hob den Kopf und sah sie verwundert an, als sie an der Leine zerrte. Er rappelte sich auf und folgte ihr mühsam watschelnd aus dem Café.

„Weißt du", sagte Carl Theodor zu Leonardo, der neben ihm auf der Rückbank des Taxis saß, „mir ist die Erde ja auch ziemlich fremd. So wie sie jetzt ist, meine ich."

Er konnte sich selbst nicht erklären, wieso er zu dem Außerirdischen so tiefes Vertrauen gefasst hatte. Es mochte daran liegen, dass dieser ungefähr in allem das Gegenteil seines einstigen Dienstherrn, Friedrich Wilhelm I., war.

Der Taxifahrer drehte die Musik ein bisschen leiser und warf einen misstrauischen Blick in den Rückspiegel.

„Kennst du hier bei euch einen, der Leonardo heißt?", fragte Leonardo. „Meine Mutter wollte mir nämlich unbedingt einen irdischen Namen geben. War mal in Mode."

„Klingt italienisch", sagte Carl Theodor. „Gibt es auf deinem Planeten jemanden, der Carl Theodor heißt?" Er rieb sich die Schulter, denn durch die gebückte Haltung, mit der er im Wagen saß, hatten sich schon einige Muskeln verkrampft.

Da musste Leonardo herzlich lachen. Er schlug Carl Theodor auf die Schulter, wozu er den Arm lang ausstrecken musste.

„Ich könnte meinen Sohn nach dir nennen", bot er an.

„Bekommst du einen Sohn?"

„Irgendwann vielleicht. Wenn meine Freundin auf mich wartet."

Carl Theodor nickte verständnisvoll. „Du hast es sicher eilig, zu ihr zurückzukommen."

„Allerdings."

Beide schwiegen wieder eine Weile und sahen neugierig aus dem Fenster. Während Leonardo immer wieder über die grünen Wälder, die lächerlich langsamen Fahrzeuge auf den Straßen, den weißen Himmel und die ungeschlachten, kastenförmigen Gebäude den Kopf schütteln musste, wunderte sich Carl Theodor über die fortschrittlich rasenden Fahrzeuge, den weißen Himmel, die Felder, auf denen nicht gearbeitet wurde, und die schmuck-, lieb- und dachlosen Gebäude mit ihren kalten Fensteraugen, spiegelnden Glasfassaden und ungepflegten Gärten.

Ab und zu warfen die beiden einander ratlose Blicke zu und mussten darüber lachen. Ihr Ausflug bereitete ihnen so viel Vergnügen, dass sie ihren eigentlichen Auftrag ganz vergaßen. Erst als der Taxifahrer in respektvollem Abstand vor der Kaserne anhielt, den Motor ausmachte und sich nach ihnen umdrehte, fiel ihnen alles wieder ein. Immer noch kichernd zählten sie das fremde Geld ab, drückten dem Taxifahrer den geforderten Betrag in die Hand und stiegen aus.

„Und jetzt?", fragte Leonardo und sah sich ratlos um.

Carl Theodor wurde ernst, als er den hohen Sicherheitszaun um die Kaserne musterte. Ihn fröstelte.

„Warst du auch beim Militär?", fragte er.

Leonardo runzelte die Stirn. „Was?"

„Habt ihr keine Armee?"

„Nein, wozu?"

„Nun ja … wie schützt sich dein Volk vor Feinden?"

„Welche Feinde?"

Carl Theodor schüttelte den Kopf. „Erzähl mir bloß nicht, dass es bei euch immer friedlich zugeht und die Leute sich nicht streiten."

„Natürlich streiten sie sich. Und wie! Aber deswegen braucht man doch nicht gleich eine Armee. Das kann man doch alleine regeln. Wenn sich bei uns zwei streiten, dann gehen sie auf den Berg Nerwolong. Der Berg ist unendlich hoch und schwer zu ersteigen. Wie du sicher weißt, ist man stark, wenn man wütend ist, und derjenige, der recht hat, ist wütender als derjenige, der unrecht hat. Deswegen gelangt derjenige, der recht hat, höher hinauf als derjenige, der unrecht hat. Somit ist die Sache geklärt."

„Aber das ist ungerecht. Es gibt Menschen ... Schlammmenschen ... die haben einen kranken Fuß oder sind schwach und alt…"

„Na ja, Fuß... wenn man das so nennen will ... außerdem, da gibt es Sonderregelungen. So genau kenne ich mich nicht aus, hab ja nicht Jura studiert."

Carl Theodor blieb stehen und sah nach beiden Seiten am Zaun entlang.

„Wie geht es jetzt eigentlich weiter?"

„Wir müssen uns verkleiden", beschloss Leonardo. „Wenn wir erst mal eine Uniform anhaben, fallen wir nicht mehr auf."

Leonardo fummelte an seinen Antennen herum und warf einen Blick nach oben.

„Du bist zu groß, um nicht aufzufallen."

„Du wirst sehen, es klappt."

„Und wo kriegen wir die Uniformen her?"

„Aus der Kleiderkammer. Wir müssen nur einen der Wachmänner bestechen."

„Womit denn?"

„Hast du etwas Passendes dabei?"

Leonardo tastete seine Taschen ab. Zum Glück stieß er dabei auf die Flasche blaugrünen Grumpf, eigentlich das Gastgeschenk für jene Erdbewohner, die ihn hätten willkommen heißen sollen. Er reichte Carl Theodor die Flasche. Der zog den Stöpsel ab, schnüffelte und hustete.

„Perfekt!"

Er sah sich um.

„Versteck dich hier irgendwo. Ich mach das allein. Ich habe Erfahrung mit der Armee."

Leonardo zog sich hinter einen rostigen Lieferwagen zurück, der offenbar vergessen auf der Wiese stand. Er sah Carl Theodor nach, der nun mit langen, entschlossenen Schritten auf den Zaun zuging. In seiner Ausbildung hatte er gelernt, dass es nicht ratsam sei, zu Lebensformen auf anderen Planeten ein persönliches Verhältnis aufzubauen, und so kämpfte er noch gegen das aufkeimende Gefühl der Zuneigung zu dem schlaksigen Jungen an, ein Gefühl, in das sich nun auch eine gewisse Sorge mischte. Wenn diese Militärgestalten Carl Theodor nun ebenfalls festhielten? Was konnte Leonardo allein schon ausrichten? Er empfand es als demütigend, niedrigen Lebensformen dergestalt ausgeliefert zu sein.

Glücklicherweise dauerte es nicht lang, bis Carl Theodor zurückkehrte. Er trug ein olivgrünes Bündel unter dem Arm und grinste wie ein kleiner Junge. Ohne viele Worte reichte er Leonardo einige Kleidungsstücke.

„Zieh an."

Leonardo schlüpfte mit einem heimlichen Schaudern in die fremde Kleidung. Wie er sich nach seiner Ionendusche sehnte! Manchmal fürchtete er, der Gestank dieser primitiven Welt würde sich nie mehr abwaschen lassen. Das würde dann sicherlich das Ende seiner Beziehung zu Füße-wie-kleine-Schwimmflossen bedeuten.

Er sah an sich herab und kämpfte gegen seine Übelkeit.

„Wieso", er konnte nur mühsam sprechen, „wieso diese Farbe?"

„Ich verstehe es auch nicht. Zu meiner Zeit waren Uniformen schön, bunt, mit glänzenden Knöpfen. Aber jetzt wollen die gar nicht mehr auffallen. Sie möchten wohl aussehen wie der Schlamm, in dem sie herumkriechen", sagte Carl Theodor. Er schlug sich die Hand vor den Mund. „Entschuldigung."

„Schon gut. Es gibt da einige sprachliche Missverständnisse, aber das ist jetzt egal. Können wir jetzt hinein?"

„Ich bin mir ganz sicher", sagte Carl Theodor. Er faltete seine Gardistenkleidung sorgfältig zusammen und versteckte sie unter dem Lieferwagen. Dann setzte er das Schiffchen auf und ging mit strammen Schritten in Richtung Einfahrt. Leonardo beschloss, ihm alles nachzumachen. Carl Theodor war zwar noch jung und fremd in diesem Jahrhundert, aber mit irdischen Gepflogenheiten hatte er eindeutig mehr Erfahrung.

七

„Ich weiß jetzt, worum es geht", keuchte Cindy atemlos, als sie, dicht gefolgt von Ronan, der sein Kreuzworträtsel bis auf die letzten drei Wörter gelöst hatte und immer noch einem Nebenfluss des Rheins mit vier Buchstaben nachsann, bei Mme Helena eintraf. Sie bückte sich und nahm Charles das Halsband ab. Der Hund watschelte sofort in die Küche und schlabberte Wasser aus seinem Napf. Ronan ging auf Mme Helena zu und nahm schweigend ihre Hand. Cindy runzelte die Stirn, aber sie fuhr fort: „Die wollen das Wetter manipulieren. Die wollen die ganze Atmosphäre so umbauen, dass mit Wetter Kriege geführt werden können. Und die Arktis haben sie auch absichtlich aufgetaut, um an die ganzen Rohstoffe heranzukommen."

Mme Helena sah noch einen kurzen Moment in Ronans Augen, dann blinzelte sie, als würde sie erwachen.

„Was sagst du da? Das geht doch gar nicht. Das ist unmöglich."

Cindy bekam ganz schmale Augen.

„Eine Frau, die in Kristallkugeln starrt und den ganzen Tag mit Geistern, Fernsehhelden und Außerirdischen kommuniziert, will mir erzählen, was möglich ist und was nicht?"

„Na ja. Mme Helena zuckte zurück. „Ich kann mir nicht vorstellen, wie…"

„Das ist ja das Geniale", sagte Cindy. „Keiner kann es sich vorstellen. Und deswegen können die das einfach machen."

„Wer ist die?"

„Ich weiß nicht … dieser Haderzwerg steckt mitten drin … und ein gewisser Dr. Wimpel … aber sicher ist es das ganze Militär … die ganze Wirtschaft … und die Medien…"

Sie sah sich um.

„Ist Carl Theodor noch nicht zurück?"

Mme Helena schüttelte den Kopf. „Von den beiden habe ich nichts gehört."

Cindy sank auf einen Stuhl und schleuderte die Schuhe von den Füßen. „Mann", sagte sie nur. „Ich hoffe bloß, dass dieser Typ, der mir das alles erzählt hat, einen an der Klatsche hat." Sie sah auf. „Ich glaube, er hat wirklich einen an der Klatsche. Ich bin mir allerdings trotzdem sicher, dass er mir die Wahrheit erzählt hat."

„Das glaube ich auch", sagte Ronan. Dann fügte er ein bisschen verlegen hinzu: „Na ja, ehrlich gesagt, ich habe einen kleinen Umweg über den Bildschirm von Haderzwergs Computer gemacht."

„Was hast du?" Mme Helena starrte ihn an.

„Das geht. Es ist nicht ganz risikolos, weil ich in diesem Moment gesehen werden kann. Nils war da. Ich bin gleich wieder verschwunden, er hat meinen Auftritt sicher für Werbung gehalten. Aber ich konnte ein paar Zeilen lesen. Ja, Cindy hat recht, es geht um nicht weniger als darum, dass dunkle Mächte über das gesamte Wetter der Erde bestimmen wollen."

„Ach, ich weiß nicht", sagte Mme Helena. „Irgendwie klingt das nach einem schlechten Drehbuch." Sie fuhr sich mit der Hand durch die Haare. „Cindy, entschuldige, wenn ich dich etwas frage ... ist Birgit für dich ein sehr altmodischer Name?"

„Na ja, ein bisschen retro", sinnierte Cindy. „Aber schön nordisch. Warum?"

„Nun, ich dachte ... ich heiße eigentlich so." Sie warf Ronan einen scheuen Blick zu und errötete.

„Birgit ist ein wunderschöner Name", sagte Ronan. „Ich werde dich nur noch Birgit nennen. Es klingt wie der Ruf eines kleinen Vogels in der Morgendämmerung -- birrr-gitt!"

„Ich finde ihn auch okay", sagte Cindy. „Ehrlich gesagt, diese Mme Helena-Nummer ist ein bisschen peinlich."

Birgit-Helena nickte, dann seufzte sie.

„Keine Ahnung, wo das alles noch hinführt."

Da nahm Ronan sie in den Arm und drückte sie sanft.

„Egal was passiert, wir bleiben zusammen", sagte er.

„Einem Filmhelden würde ich kein Wort glauben", kommentierte Cindy, aber sie meinte es nicht so. „Und außerdem finde ich die Geschichte mit dem Wetter gar nicht so unwichtig. Sollen wir jetzt die Welt retten oder nicht?"

Wie auf Kommando sahen alle zum Fenster. Draußen herrschte jetzt ziemlich weißes Licht, ein Zeichen dafür, dass im Moment nur noch eine Wolkenschicht vor der Sonne lag.

„Wenn die anderen zurück sind, müssen wir Kriegsrat halten", sagte Ronan. „Wir müssen eine Möglichkeit finden, die Haderzwergs und Wimpels auszubremsen."

Helena-Birgit nickte. Tief im Innersten schämte sie sich ein bisschen dafür, dass sie gegenwärtig viel mehr Gedanken an Ronans tiefe Stimme, sein raues Kinn und sein Rasierwasser verschwendete als an die Rettung der Welt. Sie fühlte sich auf schwindelnden Höhen, unbesiegbar, unsterblich! Die Zukunft lag in weichem Licht vor ihr. Sie zweifelte sogar an der Weissagung. Vielleicht war der einzige Sinn dieser Aktion gewesen, sie und Ronan zusammenzuführen. Die anderen spielten sicher nur Nebenrollen.

„Charles, nein!", schrie Cindy. Charles hob unbeirrt das Bein und pinkelte an ihren Küchenschrank.

„Das macht er sonst nie!" Cindy hatte schon die Küchenrolle in der Hand. „Er ist vollkommen verunsichert."

„Wir sollten uns vielleicht alle ein bisschen ausruhen", schlug Birgit-Helena vor.

Nach all den Jahren konnte Carl Theodor noch immer so überzeugend marschieren, dass niemand in der Kaserne an seiner Identität zweifelte.

Anders stand es um seinen außerirdischen Freund, der sehr unmilitärisch neben ihm herstolperte und sich wirr umsah, anstatt den Blick streng geradeaus zu richten.

Selbst der zufällig anwesende zivile Heizungsmonteur, der seinerseits eine strenge Ausbildung absolviert und genossen hatte, verspürte einen kurzen Moment lang die Versuchung, sich einzumischen und dem kläglichen Rekruten ordentlich die Meinung zu sagen. Aber er wandte sich dann doch lieber wieder der Reglerelektronik zu, die er bis an sein Lebensende nicht verstehen würde.

Das Gelände war weitläufig, die Sicht durch Kolonnen von Panzern und Lastwagen blockiert. Carl Theodor hielt nach einem besonders streng gehüteten Gebäude Ausschau, konnte aber keine Wachen sehen. Offenbar waren die Gefängnisse heutzutage so ausbruchsicher gebaut, dass kein Personal zu ihrer Bewachung mehr vonnöten war.

„Am einfachsten wäre es", sinnierte Leonardo, „wir ließen uns selbst einsperren. Dann finden wir das richtige Gebäude und treffen Mario. Was muss man denn hier so anstellen, um festgenommen zu werden?"

Aber da warf ihm Leonardo einen so vernichtenden Blick zu, dass er verstummte, den Kopf einzog und noch einmal versuchte, seinen Schritt an das Marschtempo seines Freundes anzupassen. „Egal, wohin du abbiegst, zögere keinen Moment", flüsterte Carl Theodor. „Du musst immer so aussehen, als wüsstest du genau, wohin du gehst."

„Aber ich weiß nicht … ich meine, ich finde es hier ganz schön unübersichtlich …", wandte Leonardo ein. Carl Theodor wandte sich ruckartig nach links und stolperte im nächsten Moment über Leonardos Füße.

„Mann! Kannst du vorher anmelden, wenn du abbiegen willst?", beschwerte sich Leonardo und rieb sich das Schienbein. Carl Theodor musste sich große Mühe geben, um weiterhin eine angemessen gelangweilte Miene zu ziehen.

Und dann blieb der Außerirdische so ruckartig stehen, dass Carl Theodor schon wieder mit ihm zusammenprallte.

„Hast du ihn entdeckt?", flüsterte Carl Theodor.

„Das Raumschiff!", keuchte Leonardo. „Sie haben mein Raumschiff hier!"

Und da es sehr unmilitärisch gewesen wäre, sich mitten auf dem Kasernengelände in die Arme zu fallen, sahen sie einander bloß aus den Augenwinkeln triumphierend an.

Carl Theodor hätte das Raumschiff nicht erkannt. Er hätte es für eine der zahlreichen neumodischen irdischen Kriegsmaschinen gehalten, von deren Existenz er inzwischen mit ungläubigem Schaudern gelesen hatte. Da er das galaktische Gefährt bisher nur sehr verkleinert und verzerrt in der Kristallkugel von Mme Helena gesehen hatte, besaß er keine genaue Vorstellung davon.

„Es wird bewacht!", stellte Carl Theodor fest. „Wir können nicht einfach hingehen."

„Aber mein Freund ist vielleicht drin!" Leonardo war kaum zu bremsen.

„Welcher Freund?", fragte Carl Theodor verdutzt, denn Leonardo hatte bis zu diesem Zeitpunkt nie von einem Begleiter gesprochen.

„Ach, das verstehst du nicht." Leonardo winkte ab. Er selbst als intelligenter Bewohner des Planeten Schlamm war unfähig, die wahre Natur der Unsichtbaren zu verstehen, also konnte man solche geistigen Leistungen von einem Erdbewohner gar nicht erwarten. Carl Theodor würde schon sehen ... na ja, sehen nun gerade nicht, aber ...

„Ich stelle ihn dir dann vor", sagte er ausweichend. „Wie kommen wir denn hinein? Du kennst dich doch mit dem Militär aus."

„Ich muss mir etwas einfallen lassen", murmelte Carl Theodor. „Komm, wir suchen uns eine warme Schreibstube und tun ein bisschen beschäftigt, dann haben wir Zeit zum Nachdenken."

Leonardo verstand wieder einmal kein Wort, aber als er kurze Zeit später gemütlich vor einer Tasse Kaffee an einem Schreibtisch lümmelte, wuchs sein Vertrauen in den altgedienten und längst verstorbenen Soldaten an seiner Seite weiter.

Carl Theodor starrte einen trockenen Kaffeering auf der Schreibtischplatte an und dachte an Cindy. Wenn er an sie dachte, wollte er singen, aber Singen war selbstverständlich auf dem Militärgelände strengstens verboten, es sei denn, es handelte sich um Kriegs- bzw. Marschgesänge oder um Nationalhymnen.

Seit vielen Generationen wird im ganzen Universum daran geforscht, was die Menschen auf der Erde immer wieder zum Aufbau von Armeen und darüber hinaus zum Besingen dieser Armeen bewogen hat. Nach neuesten Erkenntnissen handelte es sich bei der Förderung militärischer Strukturen wohl um einen im irdischen Menschen genetisch angelegten Reflex, der schließlich folgerichtig zum Untergang dieser Zivilisation geführt hat. Die Finanzierung von Forschungsvorhaben in dieser Richtung sind jedoch weiterhin wünschenswert, denn es kann nicht ausgeschlossen werden, dass letzte Spuren dieses fatalen Erbgutes in den Weiten des Universums überlebt haben.

Cindy vermisste Carl Theodor. Nein, sie machte sich lediglich Sorgen um ihn, als wäre es nicht vollkommen absurd, sich um einen Menschen Sorgen zu machen, der sowieso seit über hundert Jahren tot war.

Er hatte etwas Hilfloses, etwas Verlorenes an sich. Und gleichzeitig etwas Wissendes, das Cindy anzog.

Die Bosheiten der neuen Zeit waren ihm fremd und die Bosheiten seiner eigenen Lebenszeit waren längst in Geschichtsbüchern einbalsamiert.

Bei dem Gedanken, dass dieser so besondere Mensch sich nun ausgerechnet in einer Militärkaserne aufhielt, krampfte sich in ihr alles zusammen. Es war unrecht. Auch wenn Carl Theodor in seinem richtigen Leben Soldat gewesen war.

Die Lange Garde war ihm seinerzeit einfach zugestoßen, sagte sich Cindy. Es sollte ihm nicht noch einmal Ähnliches zustoßen.

Auf den Außerirdischen mit seinen lächerlichen Antennen war wohl wenig Verlass. Niemals hätte man ausgerechnet diese beiden völlig verqueren Gestalten auf die Suche nach Mario schicken sollen.

„Warum sind nicht Sie in die Kaserne gefahren?", fauchte sie Ronan an. „Ich denke, Sie sind ein Held?"

Ronan senkte den Blick. „Man wird müde", sagte er. „Man wird auch als Held müde. Und ehrlich gesagt, ich muss mich erst daran gewöhnen, dass mir keiner ein Drehbuch schreibt."

Cindy verdrehte die Augen.

Birgit warf Ronan einen zärtlichen Blick zu. Dann wandte sie sich direkt an Cindy.

„Was ist mit deinem Nils? Kommt er heute nicht?"

„Er ist nicht mein Nils!", fauchte Cindy. Sie stand auf und ging ans Fenster. Da war immer noch der Himmel. Hatten die Wolken, hatte das Wetter sie wirklich verraten? War dies alles längst nur noch eine Inszenierung?

„Vielleicht stimmt das alles gar nicht", sagte sie. „Vielleicht hat dieser Haderzwerg nur einen wirren Roman diktiert. Eine Dystopie."

Es war nicht zu leugnen, dass die Wolken gerade wieder in allen Regenbogenfarben schillerten. Und es war nicht zu leugnen, dass sie so etwas normalerweise nicht tun durften. Cindy wandte sich wieder um.

„Haben die wenigstens ein Handy mit?", fragte sie unwirsch.

„Ja, aber ich fürchte, keiner von den beiden kann damit umgehen", erwiderte Birgit. „Ich traue mich nicht, sie anzurufen. Vielleicht verstecken sie sich gerade irgendwo. Möchtet ihr etwas essen? Ich könnte einen Auflauf machen. Es sind noch Reste von gestern da."

Aber Cindy schlüpfte in ihre Jacke. „Ich muss mal raus hier."

„Wohin?", fragte Ronan besorgt.

„Keine Ahnung."

Charles folgte ihr bereitwillig, auf Ziele legte er kein Wert.

Cindy marschierte mit festen Schritten durch die Straße. Natürlich hatte sie eine Richtung. Ihr Ziel lag allerdings viel zu weit entfernt, als dass sie es zu Fuß hätte erreichen können. Sie stieg mit Charles, der sie mit einem vorwurfsvollen Blick bedachte, in eine Straßenbahn.

Haderzwergs Wohnung befand sich in einem schmucklosen Viertel, in dem nur Hunde mit einer maximalen Schulterhöhe von fünfundzwanzig Zentimetern gehalten wurden. Die Klingelschilder waren vollkommen gleichartig gestaltet, die Namen der Bewohner bar jeder Exotik und die Gegensprechanlage knacksfrei.

„Ist Karol zu Hause?", fragte Cindy.

„Wer ist denn da?“ Es war die Stimme eines älteren Mannes.

„Eine Freundin.“

„Holen Sie ihn ab?“

Cindy zögerte, aber die Stimme klang so hoffnungsvoll, dass sie bejahte. Nur einen Hundertstelsekunde später summte der Türöffner. Cindy erklomm die Treppe bis zur Tür von Professor Haderzwergs Wohnung. Diese öffnete sich, als sie gerade die oberste Stufe erreicht hatte.

Cindy erkannte Professor Haderzwerg sofort.

Er blickte besorgt auf Cindy und dann ins Treppenhaus. „Sind Sie allein?“

„Ja“, sagte Cindy überrascht. „Warum?“

„Ich dachte, zu mehreren ... nun, vielleicht schaffen Sie es.“ Haderzwerg trat einen Schritt zurück. „Kommen Sie doch herein.“

Er wirkte nicht annähernd so souverän und arrogant wie auf den Videos, die sich Cindy im Internet angesehen hatte. Ja, er hatte sogar etwas Mitleiderregendes an sich. Cindy musste sich ins Gedächtnis rufen, was sie von Karol erfahren hatte. Der Mann mit dem schütteren Haar, der jetzt an seinem Brillenbügel kaute, war gerade dabei, die Welt endgültig in einen öden, sinnlosen, vorsehbaren, kulturlosen und garantiert musikfreien Ort zu verwandeln. Und er arbeitete gemeinsam mit dem Militär an der Steuerung des Wetters. Es war kein harmloser, linkischer, etwas dicklich geformter Junggeselle, auch wenn er in diesem Moment so wirken mochte.

„Es ist kalt draußen“, sage sie probeweise.

„Jaja.“ Haderzwerg reagierte nicht wirklich. „Karol ist hinten im Arbeitszimmer. Er ... arbeitet.“

Cindy nickte. „Woran arbeitet er denn?“

„Er schreibt ... für mich, sozusagen ... als wäre er ich ... aber ...“

Cindy schob sich an dem zögernden Professor vorbei.

„Karol?", rief sie freundlich.

Keine Antwort. Sie betrat das Arbeitszimmer. Karol saß tief über den Bildschirm gebeugt. Seine Finger tanzten über die Tastatur. Cindy zögerte einen Moment lang. Dann tippte sie Karol auf die Schulter. Er zuckte zusammen, schrieb aber nach einer Schrecksekunde unbeirrt weiter. Cindy erhaschte einen Blick auf den Bildschirm. Sie las zehn Wörter, von denen sie drei verstand: *und*, *weiter* und *virtuell*.

„Karol, ich wollte dich besuchen", sagte sie munter.

„Ich arbeite", murmelte Karol ohne aufzusehen.

„Du arbeitest gern für Professor Haderzwerg, oder?"

„Es ist eine Ehre." Karol zögerte kurz, ließ dann den Zeigefinger auf die Kommataste fallen. „Er ist ja auch nicht nur ein Doktor." Nun wandte er sich doch um. „*Die Widerlegung von fast allem* – sagt dir das was?"

„Klar." Cindy erinnerte sich dankbar der gemeinsamen Internetrecherchen. „Ein Meisterwerk."

„Noch nicht das Meisterwerk. Das hier …" Er wies mit dem Kinn in Richtung Bildschirm, „ … wird noch einmal neue Maßstäbe setzen."

„Wahnsinn", hauchte Cindy. Der Professor rang am Rande ihres Sichtfeldes die Hände. Cindy legte Karol noch einmal kurz die Hand auf die Schulter, dann wandte sie sich zu Haderzwerg um. Der bedeutete ihr, sie möge ihm in die Küche folgen. Dort standen mehrere halb leere Kaffeetassen auf einem blanken Tisch. Es roch nach Desinfektionsmittel und lange-nichts-gekocht.

„Er hört nicht auf", flüsterte Haderzwerg. „Ich diktiere ihm nicht. Ich sage ihm nichts. Er liest meine Gedanken. Aber natürlich ist das nicht möglich. Dennoch schreibt er alles auf, was ich denke. Oder gedacht habe. Oder denken werde." Er schüttelte den Kopf und sah Cindy Hilfe suchend an. „Sie müssen ihn mitnehmen."

„Ich weiß nicht, ob er mitkommen möchte."

„Aber das hier ist meine Wohnung!" Die Stimme des Professors klang jetzt schrill.

„Rufen Sie doch die Polizei!"

„Unmöglich! Wenn er zu Protokoll gibt ...? Er schreibt geheime Dinge auf. Wenn Dr. Wimpel ... Ich meine, das alles ist noch nicht veröffentlicht. Er darf es auf keinen Fall publik machen."

„Dann muss er hier bleiben", stellte Cindy praktisch fest.

„Aber…" Der Professor griff panisch nach einer Kaffeetasse und stellte sie schnell wieder hin.

„Lassen Sie mich mit ihm allein", sagte Cindy. „Vielleicht schaffe ich es."

„Reicht es nicht, wenn ich im Nebenzimmer warte?"

„Nein." Cindys Stimme war fest. „Sie gehen am besten spazieren."

„Es ist kalt."

„Dann tun Sie etwas dagegen."

Haderzwerg sah sie wirr an.

„Ich meine, ziehen Sie sich warm an", ergänzte Cindy.

„Ach so, ja. Ja, natürlich. Wenn Dr. Wimpel anruft... nein, er hat ja meine Handynummer …"

Kurz darauf war Cindy mit Karol alleine.

Mit Karol, Charles und einem richtigen Plan.

七

Leonardo, der eigentlich hätte damit rechnen müssen, erschrak bis ins Mark, als ihm der Unsichtbare Freund plötzlich um den Hals fiel. Er hielt die kalte Umklammerung zunächst für einen Angriff mit einer erstaunlich fortschrittlichen irdischen Waffe und zappelte wild, um sich zu befreien.

„Ich bin es doch nur!", flüsterte der UsiF sanft.

Carl Theodor machte einen sogar für seine Größe erstaunlichen Satz.

„Wer ist da?", fragte er panisch.

„Keine Gefahr", beruhigte ihn Leonardo. „Es ist nur mein unsichtbarer Freund. Gibt es auf der Erde etwa keine Unsichtbaren Freunde?"

„Ich hatte einen", gestand Carl Theodor. „Als Kind. Er war mein Spielgefährte. Er hatte allerdings nicht so eine hohe Stimme wie dieser hier. Ich nannte ihn Augustinus. Aber mein Vater hat mich so lange verprügelt, bis er fortging."

Leonardo schüttelte den Kopf.

„Ihr seid echt arme Schweine auf eurem Planeten", sagte er.

Und der UsiF empörte sich: „Nicht zu fassen. Ich werde dafür sorgen, dass sich das im Universum herumspricht!"

„Leise", wisperte Carl Theodor, der sich wieder gefasst hatte und nun aufmerksam einen Unteroffizier beobachtete, der von Weitem so tat, als beobachte er die Eindringlinge nicht.

„Im Gleichschritt zum Raumschiff", raunte er.

„Ich auch im Gleichschritt?", erkundigte sich der UsiF besorgt. „Ich habe nicht so lange Beine."

„Egal", sagte Leonardo ärgerlich.

Sie marschierten los.

Die Plane über dem Raumschiff war von den Krähen schon arg zerpflückt, sodass an vielen Stellen das unvorstellbar leichte Metall hindurchschimmerte.

Carl Theodor schwieg, bis sie dicht vor dem Raumschiff standen. Aber dann konnte er seine Neugier nicht mehr länger zügeln.

„Du, Unsichtbarer", fing er an. „Du kennst Augustinus nicht zufällig? Ich meine, es könnte ja sein …"

„Nicht dass ich wüsste", piepste der UsiF. „Vielleicht hat er bei uns einen anderen Namen."

„Ich würde ihn gerne wiedersehen." Carl Theodor ließ den Kopf hängen. „Er war der netteste. Vielleicht überhaupt der einzig nette. Außer meiner Mutter. Sie weinte, wenn mein Vater mich schlug."

„Arme Frau", sagte Leonardo.

„Sie weinte auch, wenn sie mich selbst schlug", ergänzte Carl Theodor.

„Mach doch mal die Tür auf", sagte Leonardo ungeduldig zu seinem UsiF. „Ich will nachsehen, was alles kaputt ist. Wir müssen den Antrieb wieder hinkriegen. Ich will dringend weg von hier."

Der UsiF drückte auf seinen Funkschlüssel.

„O Mann", sagte Leonardo, als er den Steuerraum des Raumschiffs betrat, der einer Baustelle glich. „Wer hat denn hier alles auseinandergenommen?"

In diesem Moment tauchte Marios wirre Frisur zwischen zwei Schalttischen auf.

„Keine Sorge", sagte Mario. „Ich bin schon weit gekommen."

Er warf einen der schleimigen Schraubenschlüssel in Richtung Werkzeugkasten und verfehlte ihn.

Leonardo bückte sich und hob den Schraubenschlüssel auf.

„Kann der das?", fragte er den UsiF. Er beobachtete Mario voller Misstrauen. Bis zu diesem Moment hatte er ihn noch nie in Aktion gesehen.

„Ich denke schon", antwortete der Unsichtbare. „Ich habe den Eindruck, er ist ziemlich begabt." Seine Stimme war sanft, beinahe zärtlich.

Leonardo runzelte die Stirn.

„Wir sind eigentlich hier, um dich zu retten", sagte er beiläufig zu Mario.

Der winkte nur ab „Nicht nötig. Ist schon alles geregelt."

„Wie denn?" Leonardo warf Carl Theodor einen verwunderten Blick zu. Was war mit dem depressiven, teilnahmslosen und grundpessimistischen Mario passiert? Aber Carl Theodor achtete überhaupt nicht auf das Gespräch. Er sah sich mit großen Augen im Raumschiff um, schwankte jetzt sogar und musste sich mit der Hand abstützen.

„Vorsicht", sagte Leonardo schnell. „Der Schwerkraft-Regler."

Carl Theodor zog die Hand hastig wieder zurück.

"Würdest du mir mal die obere Zwirbelkopfschraube reichen?", fragte Mario freundlich.

„Aber sicher doch!", flötete der UsiF.

„Warst du schon immer so zuvorkommend?", brummte Leonardo. „Na, egal. Hauptsache, er kriegt's hin."

Er ließ sich in den Steuersessel fallen.

Es erschien ihm, als halte er sich schon seit einer halben Ewigkeit auf diesem ungastlichen Planeten auf. Falafel hin oder her, er wollte hier weg. Was ging ihn überhaupt die Rettung dieser Welt an? Er hatte ja schließlich eine eigene.

Carl Theodor sah sich um. „Wir sollten Mme Helena-Birgit Bescheid sagen", sagte er. „Die machen sich bestimmt Sorgen."

„Wer ist Birgit?", fragte Mario beiläufig, während er an der Schraube hantierte.

„Hat jemand ein Funkgerät?", fragte Leonardo.

Carl Theodor erinnerte sich an das Handy, das ihm Birgit zugesteckt hatte. Er empfand tiefen Stolz, als er es einschaltete und die Nummer der Hellseherpraxis eintippte. Kein Mensch hätte erkannt, dass er aus einem anderen, technikfernen Jahrhundert stammte! Selbst Leonardo wirkte beeindruckt. Nur der UsiF beachtete ihn nicht, weil er jeden Handgriff von Mario kommentieren musste.

„Das sieht gut aus! Woher hast du gewusst, dass das passt? Pass auf, stoß dich bloß nicht an der Kante …"

Carl Theodor lauschte auf das Tuten im Hörer. Er wünschte sich, Cindy würde ans Telefon gehen. Aber es war Birgits Stimme, die sich meldete.

„Ja?"

„Hier ich. Wir. Also wir alle vier."

„Was?", fragte Birgit verblüfft.

„Also wir hier. Leonardo und Mario und ich."

„Das sind drei."

„Der Vierte ist unsichtbar."

Birgit hüstelte. „Wo seid ihr?"

„Im Raumschiff", erklärte Carl Theodor glücklich. „Das Raumschiff ist auch hier."

„Das Raumschiff ist unsichtbar?"

„Nein. Nein nein." Er gab sich einen Ruck. „Ist Cindy da?"

Birgit seufzte. „Nein. Sie wollte eine Runde mit dem Hund gehen. Das ist schon über zwei Stunden her und sie ist immer noch nicht zurück."

Carl Theodors Hals schnürte sich zu.

„Hat sie kein Handy?"

„Sie geht nicht dran." Birgit hüstelte erneut. „Ach, mach dir keine Sorgen. Ihr ist bestimmt nichts passiert. So eine junge Frau muss ja auch ihr Privatleben haben, nicht wahr?"

„Wie meinst du das?" Carl Theodors Stimme überschlug sich.

„Ich meine gar nichts. Seht zu, dass ihr Mario herbringt. Wie sollen wir denn irgendetwas erreichen, wenn wir ständig auseinander laufen?"

„Natürlich. Wir kommen so schnell wie möglich."

Leonardo runzelte die Stirn. Er mochte es nicht, wenn über seinen Kopf hinweg entschieden wurde. Und er verspürte überhaupt keine Lust, sein Raumschiff noch einmal zu verlassen. Sobald Mario mit der Reparatur fertig war, konnte er abheben und dieses hintergalaktische Jammertal ein für allemal vergessen.

七

Cindy versuchte, sich zu konzentrieren. Es war schwierig, denn Karol verzichtete in seinem Redefluss konsequent auf Satzzeichen, Betonungen und Pausen. Ihm zu lauschen war etwa so, wie einen sehr komplizierten, klein gedruckten Text durch die falsche Brille zu lesen. Immerhin hatte er kein Problem damit, einzelne Abschnitte zu wiederholen, wenn Cindy etwas nicht verstand. Er setzte dann einfach an einer früheren Stelle wieder an und leierte weiter. Allmählich erschloss sich ihr der Inhalt seines Vortrags.

Professor Haderzwerg war nicht der Drahtzieher der Klimaverschwörung, aber er war mit einer vergleichbar wirksamen Aufgabe betraut: Er sollte in der Öffentlichkeit die Erinnerung an das natürliche Wetter ausmerzen. Und genau dazu konnte das Programm dienen, das Karol ihr nun schon seit geraumer Zeit zu erläutern versuchte.

„Wie geht das denn?", fragte sie noch einmal nach. „Wie kann man Erinnerungen auslöschen?"

„Noch einmal", fing Karol emotionslos an. „Materialzusammensetzung, Maße und andere relevante Daten einsetzen, Programm nach Rückfrage aktivieren. Löscht Begriffe, Namen, Fotos aus allen Datensammlungen der Welt."

„Aber doch nicht aus den Köpfen", wandte Cindy ein. Karol warf ihr einen fast nachsichtigen Blick zu.

„Was als Datei nicht mehr existiert, das vergessen die Menschen. Erinnerst du dich beispielsweise an Brad Frederick Delaware?"

„Delaware?" Cindy überlegte fieberhaft. „Delaware kenne ich. Ist das nicht ein Staat in den Staaten? Ich meine…"

„Brad Frederick. Den Mann, der vor dem Weißen Haus jahrelang für eine Abschaffung des amerikanischen Militärs demonstriert hat. Er hatte viele Millionen Anhänger weltweit. Milliarden. Einmal hat er dem amerikanischen Präsidenten vor allen Kameras der Welt mit einer Wanne voll Blut übergossen. Ist erst ein Jahr her."

„Nein. Ich kann mich nicht erinnern", gestand Cindy.

„Siehst du?" Karol triumphierte. „Wir haben ihn gelöscht. War eine Auftragsarbeit. Geheimdienst."

„Ihr habt was?"

„Sein Name und sein Bild sind vollständig aus allen Dateien der Welt verschwunden."

„Aber ... aber lebt er denn noch?"

„Wie man's nimmt." Karol lehnte sich zurück. „Kann schon sein dass er noch atmet und Cola trinkt. Mehr aber auch nicht. Er ist erledigt. Keiner erinnert sich an ihn."

„Das glaube ich nicht", sagte Cindy wütend.

„Ich kann's dir nicht beweisen." Karol lächelte sanft. „Du kannst nirgendwo mehr etwas über den Mann erfahren."

„Das ist Humbug. Aberglauben. Wenn alle ihn vergessen haben, warum kannst du dich an ihn erinnern?"

Jetzt lief Karol rot an. Er ließ sich einiges gefallen, doch dass er abergläubisch sei, das konnte man ihm nicht vorwerfen.

„Es gibt Aufzeichnungen. Was man von Hand aufschreibt, wird nicht gelöscht, verstehst du? Wir haben unser Vorgehen protokolliert."

Cindy versuchte, wieder sachlich zu werden. „Könntest du jede x-beliebige Persönlichkeit aus dem Gedächtnis der Menschheit löschen?"

„Jede Persönlichkeit, jedes Ereignis…"

„Und das geht so schnell, von einem Moment auf den anderen?"

Karol schüttelte nachsichtig den Kopf.

„Nein, natürlich nicht. Das kann Stunden, maximal zwei Tage dauern. Es ist ein komplizierter Prozess, weißt du?"

Cindy hatte nun ein klares Ziel, sie wusste nur noch nicht, wie sie es erreichen konnte.

„Kannst du mir mal ein Beispiel zeigen? Irgendeine erfundene Person löschen oder so? Dann kapiere ich das besser."

Karol nickte. Er klickte, gab ein Passwort ein, dann ein zweites, dann startete er das Programm.

Cindys Herz klopft wild.

Nun brauchte sie nur noch die Daten des Professors.

Aber da hatte sie eine Eingebung.

„Kein Wunder, dass die Chinesen sich für das Programm interessieren", sagte sie.

Karol kicherte.

„Ja, die hätten es gern. Schon klar."

„Sie müssen ein sehr großzügiges Angebot vorgelegt haben", fantasierte Cindy weiter.

„Keine Chance." Karol strich sich die Haare zurück.

„Wie meinst du das?", fragte Cindy unschuldig. „Ist dir nicht klar, dass Haderzwerg unterschrieben hat?"

„Lüge", knurrte Karol.

„Wie du meinst. Aber du kannst in Peking nachfragen."

„Ich kann kein Chinesisch."

Cindy pfiff durch die Zähne. „Ach so. Deswegen konnte es Professor Haderzwerg also vor dir verheimlichen."

Karol sprang von seinem Bürostuhl auf und stand jetzt direkt vor Cindy. Er atmete stoßweise ein und aus.

„Der Professor hat keine Geheimnisse vor mir. Ich kann seine Werke schreiben, bevor er sie diktiert hat."

„Ja. Ich weiß. In der Regel schon. Aber die Chinesen wissen Bescheid, leider. Ich werde es dir beweisen."

„Nur zu." Karols Augen blitzten.

„Pass auf. Hast du jemals von Chi Kiang Ho gehört?"

„Chi Kiang Ho?" Karol dachte sorgfältig nach. Dann schüttelte er den Kopf.

„Die Frau, die mit einem Zeppelin Tausende von Enten in die Verbotene Stadt transportiert hat? Es hieß, die Enten seien mit der Vogelgrippe infiziert. Monatelang ist in einem Umkreis von hundertfünfzig Kilometern um Peking herum jede einzelne Ente von einem Spezialkommando eingefangen, in steriler Umgebung gekeult und unmittelbar in die Erdumlaufbahn geschossen worden. Die Gänse vorsichtshalber auch."

„Davon weiß ich nichts."

„Sieh im Internet nach", forderte Cindy ihn auf, die sich von Minute zu Minute sicherer fühlte.

Schon hackte Karol auf die Tastatur ein.

„Da ist nichts. Kein Wort."

„Siehst du?" Cindy seufzte. „Die Chinesen haben alles gelöscht, mit deinem Programm. Ich habe darüber damals etwas in mein Tagebuch geschrieben. Von Hand. Du wolltest mir nicht glauben. Haderzwerg ist ein Verräter."

Karol zuckte von der Tastatur zurück, als sei sie glühend heiß. Seine Augenbrauen rückten näher zusammen. Er ballte die Fäuste.

„Er hat immer versichert, dass er nicht an die Chinesen verkauft", murmelte er.

„Ja. Doof. Ich hätte es dir vielleicht nicht sagen sollen."

Karol blinzelte. Er hatte Tränen in den Augen.

Cindy schämte sich einen Moment lang für ihre Lügen. Aber dann rief sie sich ins Gedächtnis, wofür sie das alles tat. Jetzt fehlte nur der letzte Schritt.

„Du kannst das alles ungeschehen machen", sagte sie beiläufig. „Du weißt ja wie."

Einige Sekunden lang noch saß Karol wie erstarrt. Dann wandte er Cindy ganz langsam den Blick zu. Und lächelte.

Die Existenz von Brad Frederick Delaware wie auch von Chi Kiang Ho konnte auch durch intensive Nachforschung im Universal Wide Web nicht belegt werden. Offenbar hat die Erfindung des ebenso wenig nachzuweisenden irdischen Professors Haderzwerg hervorragend funktioniert und keine auffindbaren Spuren der gelöschten Personen/Objekte zurückgelassen.

„Ich verlasse dieses Raumschiff nicht mehr“, sagte Leonardo mit sehr fester Stimme. „Tut mir leid. Eine Zeitlang war es ja in Ordnung, eure merkwürdigen Erdenspielchen mitzuspielen, aber jetzt habe ich keine Lust mehr. Ich bleibe hier sitzen, bis das Raumschiff repariert ist, und dann nichts wie weg.“

„Wenn es zu lange dauert, könnte das Raumschiff zerstört werden“, wandte der UsiF ein. „Die bereiten da draußen schon alles vor.“

Leonardo presste die Lippen zusammen.

„Ich tue was ich kann“, murmelte Mario.

Die Vier schwiegen eine Weile. Man hörte nur das schmatzende Geräusch des Schraubenziehers, ab und zu summte Mario eine kleine Melodie. Leonardo bereute, keine Falafel-Vorräte mitgebracht zu haben. Carl Theodor schritt auf und ab und stieß sich abwechselnd an Türrahmen, Steuergeräten, Lampen und Schneckenbehältern den Kopf, obwohl er seinen hohen Helm nicht trug. Er fühlte sich sehr niedergeschlagen. Leonardo wollte also wieder nach Hause. Nun, verständlich. Auch er, Carl Theodor, hätte wohl jede Gelegenheit genutzt, wieder in sein Leben, in sein Jahrhundert zurückzukehren.

Oder nicht?

Warum erschien ihm die Erinnerung an die Bauernhütte seiner Familie mit einemmal so düster und staubig?

Warum erinnerte er sich an die verzerrten Wutgesichter seines Vaters, seiner Lehrer, seiner Vorgesetzten, und nicht an die liebevoll-traurige Miene seiner Mutter?

Was war überhaupt mit der Erinnerung an seine Frau?

Carl Theodor musste sich eingestehen, dass sein Heimweh sich aufgelöst hatte wie Schnee in der Sonne. Er hatte andere Sorgen. Er hatte Sehnsucht nach Cindy und sogar nach ihrem alten, stinkenden Schäferhund, und er machte sich Sorgen. Er traute es Cindy zu, die Welt allein retten zu wollen.

Er musste ihr helfen.

Er schlug die Hacken zusammen.

Alle starrten ihn an.

„Entschuldigung." Carl Theodor spürte, wie er errötete. „Es ist so eine alte Gewohnheit. Ich habe eben einen Entschluss gefasst, das ist alles."

„Ja?", fragte Leonardo freundlich. Er war drauf und dran, diesem schlaksigen jungen Mann eine Mitfluggelegenheit anzubieten, obwohl das sonst gar nicht seine Art war.

„Mir ist egal, was ihr tut. Ich gehe. Ich muss Birgit helfen. Und Cindy."

Mario und der UsiF schwiegen.

„Glaubst du denn an diese Geschichte mit der Rettung der Welt und diesem Professor ... wie hieß er noch?"

Carl Theodor schüttelte den Kopf. „Ich weiß nur, dass jemand über das Wetter regieren möchte und dass die Welt untergehen wird, wenn wir nichts dagegen tun. Und wenn ihr nicht mehr mitmacht, dann gehe ich alleine."

„Aber das ist Unsinn. Dann seid ihr doch erst recht keine sieben mehr", wandte Leonardo ein.

Aber Carl Theodor achtete nicht auf ihn. Er rückte seine ungewohnt weiche Militärmütze zurecht und machte einen Schritt in Richtung Ausgang.

„Warte!", rief Leonardo. „Das ist zu gefährlich."

„Was soll mir schon passieren", knurrte Carl Theodor.

„Du kennst die Waffen der modernen Zeit nicht", sagte Leonardo schnell. „Die können unter Umständen sogar einem Geist gefährlich werden."

Er gestand es sich ungern ein, aber er machte sich wirklich Sorgen.

„Unsinn!"

Leonardo erhob sich von seinem Steuersitz, obwohl er sich bis zum Ende seines Aufenthalts auf der Erde nicht mehr davon hatte erheben wollen, streckte sich und legte seinen Arm um Carl Theodors Schulter.

„Es ist dir so wichtig?"

Carl Theodor nickte.

„Dann gehen wir alle. Ich meine, wir fliegen", setzte er schnell hinzu.

„Wieso fliegen?", fragte Mario.

„Wir fliegen mit dem Raumschiff. Irgendwo werden wir schon mal kurz parken können. Wir retten die Welt und dann machen wir uns endgültig vom Acker, ja? Ihr nehmt das hoffentlich nicht persönlich."

„Mario kommt mit", sagte der UsiF mit fester Stimme.

„Was?"

Mario richtete sich auf. Er sah Leonardo an. „Ihr habt da angeblich richtig blauen Himmel. Und es ist sowieso alles anders als hier."

Leonardo versuchte, sich an die Vorschriften zu erinnern, aber seine Prüfung für den Raumführerschein lag schon viel Jahrzehnte zurück. Also zuckte er mit den Schultern. „Von mir aus."

„Wie lange dauert es denn noch?", fragte Carl Theodor.

„Noch ungefähr eine Stunde", sagte Mario. „Dann müsste ich den Antrieb komplett gesäubert und wieder zusammengesetzt haben."

„Das ist unglaublich", flötete der UsiF. „Das ist…"

„War gar nicht so schwierig." Mario tauchte wieder ab.

七

„Und was hast du jetzt vor?", fragte Cindy, als sie mit Karol vor dem Wohnhaus stand und Charles die Nase witternd in Richtung eines vorüberpromenierenden Rauhaardackels (unter fünfundzwanzig Zentimeter Schulterhöhe) hob. Sie war ein bisschen nervös, denn jeden Moment musste der nichtsahnende Haderzwerg zurückkommen.

„Ich suche mir einen neuen Professor", sagte Karol. Er lächelte beinahe freundlich. Überhaupt fand Cindy ihn von Minute zu Minute sympathischer, als habe er beim Bedienen des Programms gleichzeitig auch ein unerfreuliches Kapitel in seinem eigenen Leben gelöscht. „Alle Professoren der Welt suchen Assistenten, die ihre Gedanken vorausahnen können."

Cindy nickte.

„Ich hab noch zu tun", sagte sie. „Ein paar Freunde erwarten mich."

Karol gab ihr die Hand. „Mach's gut."

Fast hätte Cindy sich zu guter Letzt noch in ihn verliebt. Karol war ihr aber dann doch ein bisschen zu klein und zu breit und zu modern gekleidet und insgesamt zu sehr von dieser Welt und aus diesem Jahrhundert.

„Da kommt er", sagte Karol.

„Wer?"

„Der Professor ..." Karol überlegte. „Haderzwerg", ergänzte er.

Cindys Herz klopfte bis zum Hals.

Haderzwergs Gang wirkte unsicher. Er blieb mehrmals stehen und fühlte in seiner Jackentasche, als suche er irgendetwas, vielleicht seinen Schlüssel.

„Hallo", sagte Karol. „Ich gehe gerade."

„Gut", sagte Haderzwerg lahm. Er warf Cindy einen fragenden Blick zu. „Ich meine, schade. Ja, schade. Aber du hast genug gearbeitet für heute. Ach so, hast du meinen Schlüssel noch? Es könnte sein, dass Nils ihn braucht."

Karol nestelte in seiner Hosentasche und überreichte dem Professor seinen Wohnungsschlüssel mit großer Geste. Haderzwerg besah den Schlüssel einen Moment, als traue er ihm nicht ganz, dann wandte er sich Cindy zu.

„Ich wünsche Ihnen einen schönen Abend."

Er tat Cindy beinahe leid. Es war ein gewisser Trost, dass sie sich in spätestens zwei Tagen nicht mehr an ihn erinnern würde.

„Ich Ihnen auch", antwortete sie lahm, und dann hatte sie es eilig. Sie winkte Karol noch einmal zu und nahm Charles sogar an die Leine, damit er nicht trödeln konnte.

Als Cindy in die Straßenbahn stieg, war ihr schwindlig. Es war zu viel. So viel passte nicht in einen Song. Bestenfalls in ein ganzes Musical. Aber Cindy verabscheute Musicals.

Und dann war die Musik wieder da, ganz in ihrer Nähe. Sie befand sich nicht in der Straßenbahn, sondern schien diese parallel zu begleiten, sich weder zu nähern, noch zu entfernen. Und Cindy wusste, dass sie ihr nicht ein zweites mal entgleiten würde.

Sie nahm Charles' Kopf in beide Hände und drückte ihn fest.

„Ich hoffe, wir haben das gut gemacht", sagte sie.

„Gut gemacht", verstand Charles, und so wedelte er überzeugt mit dem Schwanz. Cindy kannte ihren Hund gut genug, um diesem Urteil nicht zu trauen.

七

Ronan und Birgit saßen in der Küche, sahen einander in die Augen und blickten in regelmäßigen Abständen gleichzeitig auf die Uhr, wie ein älteres Ehepaar, dessen flügge gewordene Kinder gerade ihre erste Expedition in die Welt unternehmen. Sie hofften auf die baldige Rückkehr von Cindy, Mario, Leonardo und Carl Theodor, und doch genossen sie es, allein zu sein.

„Was willst du jetzt tun?", fragte Birgit, als sie zum zweiten Mal die Teetassen gefüllt hatte. „So ganz ohne Drehbuchautor und Regisseur."

Ronan drehte die Tasse zwischen den Fingern. Eine kleine Menge Tee schwappte über und bildete einen dunklen Fleck auf der blauweiß karierten Tischdecke. Gedankenverloren stellte Ronan seine Tasse auf dem Fleck ab.

„Ich habe keine festen Pläne. Es ist alles möglich, alles! Daran muss man sich erst einmal gewöhnen, wenn man jahrzehntelang nur nach Drehbuch und festen Programmzeiten gelebt hat."

„Man kann immer wieder neu anfangen", sagte Birgit. „Ich habe immer wieder neu angefangen und werde das wieder tun. Ich glaube, wenn das alles vorbei ist, werde ich die Hellseherei aufgeben."

Ronan nahm ihre Hand.

„Ich bin dir so dankbar dafür, dass du mich in deiner Kristallkugel gefunden hast", sagte er. „Deine Hellseherei hat mich gerettet."

„Du bist ein Held", wandte Birgit ein. „Helden rettet man nicht so einfach."

Ronan lachte das warmherzige, schmunzelnde Lachen, das längst sein ursprünglich vorgeschriebenes hämisches Heldenlachen ersetzt hatte.

Es klingelte. Ronan und Birgit sprangen gleichzeitig auf, aber Birgit war schneller an der Tür.

Es war der Lehrer.

„Sagen Sie es, wenn ich störe", verlangte er und trat mit entschlossenem Schritt in die Wohnung.

„Möchten Sie Tee?", fragte Birgit, weil ihr nichts anderes einfiel.

„Ach nein, wenn Sie Besuch haben …"

Birgit schob den Lehrer in die Küche. Ronan erhob sich und musterte den Besucher mit eiskalter Höflichkeit. Selbst in seiner neuen, eigentlichen Identität als „Ronan, die ausgestreckte Hand" fiel es ihm mitunter schwer, die Hand auszustrecken, aber er zwang sich dazu. Der Lehrer drückte Ronans Hand sehr flüchtig und ließ sich dann auf dem Stuhl nieder, auf dem Birgit eben noch gesessen hatte.

„Bei Ihnen ist ja in letzter Zeit immer etwas los", sagte er zu Birgit, die ihm eine volle Teetasse hinschob. „Ich freue mich für Sie, dass Sie so viel Gesellschaft haben."

Er warf Ronan ebenfalls einen eiskalten Blick zu.

Ronan versuchte, sich daran erinnern, dass Helden auch Lehrern gegenüber souverän auftreten konnten. Er atmete tief durch.

„Darf ich fragen, woran Sie alle zusammen arbeiten? Irgendein besonderes Projekt?" Der Lehrer nippte am Tee. Seine Augenbrauen rutschten ein kleines bisschen nach oben. Der Tee hatte eindeutig zu lange gezogen.

„Ich werde es Ihnen erklären", beschloss Birgit. Sie rückte sich einen Stuhl zurecht und setzte sich.

Ronan warf ihr einen warnenden Blick zu, aber sie lächelte nur.

„Ich habe mich mit einer Gruppe von Leuten zusammengetan, um die Welt zu retten", fing Birgit an.

Der Lehrer verschüttete Tee auf seine Hose. Er starrte Birgit an und suchte offensichtlich nach einem Hinweis darauf, dass er diese Aussage als Scherz zu verstehen habe.

„Mein Freund hier", fuhr Birgit fort, „ist eigentlich nur ein Fernsehheld. Ronan die Faust, kennen Sie ihn nicht? Ach nein, Sie sehen ja nicht fern. Er hat sich mit seinem Drehbuchautor nicht mehr verstanden, wissen Sie. Die anderen sind gerade unterwegs. Der groß gewachsene junge Mann, dem Sie schon begegnet sind, ist Carl Theodor, der Geist eines Gardisten aus dem neunzehnten Jahrhundert. Leonardo, der mit den Antennen, stammt vom Planeten Schlamm. Dann wäre da noch Mario, unser Depressiver, und schließlich Cindy. Die kennen Sie auch schon."

Der Lehrer starrte nur noch.

Ronan starrte auch. Er konnte es nicht fassen, dass Birgit ausgerechnet dem Lehrer alles verriet.

„Ich verstehe", sagte der Lehrer kühl. Er erhob sich. „Dann gehe ich mal wieder. Sie wissen, wo Sie mich finden, wenn ich gebraucht werde."

„Gehen Sie noch nicht!", rief Birgit schnell. „Wir suchen noch nach dem Siebten im Bund. Vielleicht wären Sie ja…"

Sie legte dem Lehrer eine Hand auf den Arm. „Haben Sie schon mal von Haderzwerg gehört und von seinem Standardwerk… Moment, wieso fällt mir jetzt der Name nicht ein…"

„Ich finde den Weg."

„Auf Wiedersehen", sagte Ronan förmlich.

Der Lehrer wandte sich noch einmal um und blickte ihn über seine halbe Brille hinweg lange an. Ronan brauchte all seinen Heldenmut, um dem Lehrerblick standzuhalten, ohne die Augen niederzuschlagen. Es gelang ihm. Als sich die Wohnungstür hinter dem Besucher schloss, stieß er die angehaltene Luft pfeifend durch die Zähne.

„Ich verstehe nicht …", fing er an. Und schon klingelte es wieder an der Tür.

„Er hat was vergessen", vermutete Birgit. Sie öffnete die Tür. Es war Cindy.

„Wo warst du?", fragte Birgit vorwurfsvoll.

„Ich war bei …" Cindy stutzte. Sie legte die Stirn in Falten. „Moment. Gleich fällt es mir ein. Was ist eigentlich mit deinem Nachbarn? Der sah gerade ein bisschen verärgert aus. Hat kaum gegrüßt."

„Birgit hat ihm alles erzählt", sagte Ronan.

Cindy warf ihre Jacke in die Ecke und hakte Charles los. Dann sah sie auf.

„Wieso das denn?"

„Ganz einfach", sagte Birgit. „Mir war klar, dass er kein Wort glauben würde. Er wird denken, dass ich ihn belogen habe."

Ronan lehnte sich zurück. Seine Züge entspannten sich, er lächelte.

„Genial", stellte er anerkennend fest.

Birgit wandte sich wieder an Cindy.

„Also, wo warst du?"

„Na ja, bei diesem Professor... dem Professor, bei dem Nils und Karol arbeiten."

„Welcher Professor?" Birgit schüttelte verständnislos den Kopf. „Kennen wir einen Professor?"

„Haderzwerg!" Cindy atmete erleichtert aus, dann sprudelte es aus ihr heraus. „Ihr werdet ihn vergessen. Alle werden ihn vergessen. Ich habe Karol dazu gebracht, ihn zu löschen. Erinnert ihr euch daran, dass Karol von einem geheimnisvollen Programm erzählt hat? Ein Programm, mit dem man jede Erinnerung an bestimmte Dinge oder Personen vernichten kann?"

Sie sah sich fast panisch um.

„Ich brauche einen Stift und Papier. Nur was man von Hand aufschreibt, bleibt erhalten. Alle anderen Erinnerungen und Hinweise verschwinden einfach."

Birgit ließ sich auf ihren Stuhl sinken, anstatt nach Papier und Stift zu laufen. Ronan tastete seine Hemdtaschen ab, fand aber nichts. Cindy schüttelte entnervt den Kopf, dann nahm sie ihren kleinen Rucksack ab und zog ein Notizbuch hervor. Sie kritzelte, ohne die beiden anderen eines Blickes zu würdigen. Dann schlug sie das Notizbuch zu und atmete auf.

„So. Das hätten wir. Wenn ihr in Zukunft unsicher seid, was passiert ist, leiht euch mein Notizbuch. Hier steht alles drin."

„Und was bedeutet das jetzt?", fragte Birgit. "Hast du jetzt die Welt gerettet? Ganz allein?"

Sie wusste nicht, ob sie Cindys Erfolg billigen oder missbilligen sollte. Was war aus dem Bund der Sieben geworden? Wie hatte Cindy nur so vorpreschen können?

Ronan stand auf und drückte Cindy fest an sich.

„Du musst uns näher erzählen, wie du es geschafft hast", sagte er. Dann wandte er sich an Birgit. „Aber nein, die Welt ist noch nicht gerettet. Dieser Doktor ... Professor... wie hieß er noch? ... ist vermutlich nur ein kleines Licht, eine kleine Nummer im Machtspiel mit dem Wetter."

Ihm wurde bewusst, wie viel Routine er im Umgang mit kleinen und großen Lichtern im Spiel der Bösewichter hatte. Vielleicht war der Drehbuchautor doch nicht ganz so unbegabt gewesen wie Ronan vermutete.

Birgit sah ihn bewundernd an.

Cindy ließ den Kopf hängen. „Du meinst, das hat nichts gebracht?"

„Doch", sagte Ronan. „Die Welt hat sicherlich Zeit gewonnen."

Draußen blitzte es. Blendende rote, blaue, grüne Blitze.

„Der Lehrer hat die Polizei gerufen!", rief Birgit entsetzt.

Aber es war nur das Raumschiff, das gerade zur Landung auf dem Dach ansetzte.

Professor Haderzwerg versuchte verzweifelt, seinen Freund Dr. Wimpel zu erreichen. Mit dessen Telefonanlage schien etwas nicht in Ordnung zu sein. Jedesmal wenn Haderzwerg sich mit seinem Namen meldete, rief Dr. Wimpel nur: „Was? Wer ist da? Nie gehört!"

Beim fünften Versuch fügte er hinzu: „Ich verlange, dass Sie aufhören, mich auf meiner Durchwahl zu belästigen! Wo haben Sie die überhaupt her?"

Haderzwerg legte das Telefon ab und wanderte durch seine Wohnung. Er fühlte sich so einsam, dass er sich beinahe nach Karol sehnte. Er schaltete seinen Computer ein und las noch einmal, was Karol zuletzt geschrieben hatte.

Zu seinem ungläubigen Staunen stellte er fest, dass der Text lückenhaft, kaum lesbar war. Alle Aussagen über Dr. Wimpel waren erhalten, aber sämtliche Informationen, die sich auf seine, Haderzwergs, eigene Forschungen bezogen, fehlten. Haderzwerg schüttelte ärgerlich den Kopf. Er hätte wissen müssen, dass ein Assistent, der aus der Psychiatrie geflohen war, seine Arbeit nicht mir nichts, dir nichts und reibungslos wieder aufnehmen konnte. Dem alten Karol wären solche Fehler nie passiert. Nun, Nils würde das in Ordnung bringen, wenn die Zeit für die Veröffentlichung kam. Es hatte keine Eile. Immerhin konnte Haderzwerg sich dazu beglückwünschen, dass der Geisteskranke überhaupt wieder aus seinem Leben verschwunden war.

Haderzwerg ging an seinen Kühlschrank und öffnete ihn. Aber nicht einmal dieser vertraute Anblick konnte ihn heute beruhigen. Er war nervös, obwohl er längst widerlegt hatte, dass so etwas wie Nervosität überhaupt existierte. Er schlug die Kühlschranktür zu und wandte sich wieder seinem Computer zu. Er hatte keine neue Mail bekommen.

Er trat ans Fenster und öffnete es. Da entdeckte er Nils, der gerade die Straße herunterradelte. Haderzwerg rief seinen Namen und winkte ihm zu, obwohl ihm solche herzlichen Grüße normalerweise fremd waren. Sein Assistent kam, wie es sich für den perfekten Assistenten gebührte, genau im richtigen Moment und Haderzwerg war Manns genug, das zu honorieren.

Aber Nils radelte am Haus des Professors vorbei, ohne von seinem Lenker aufzusehen.

Haderzwerg stand noch eine Weile unschlüssig da. Erst als ihm kalt wurde, trat er einen Schritt zurück und schloss das Fenster. Es war ganz still.

Da tat Haderzwerg etwas Unerhörtes. Er ließ sich auf sein Sofa sinken und drückte am helllichten Tag auf die Fernbedienung des Fernsehers, in der stillen Hoffnung, dass auf irgendeinem Kanal Ronan die Faust auftauchen würde. Er braucht ihn jetzt, Ronan, den Helden, der immer einen Ausweg wusste und nie auch nur einen Moment lang zögerte. Ronan, der ihn mit seinem langjährigen Freund Dr. Wimpel immer noch verband.

Aber die Serie war längst abgesetzt.

七

Für die Mehrzahl der sechs Verschworenen kam ihr eigener Entschluss eher überraschend.

Birgit Helena bat um kurze Bedenkzeit, die Leonardo gewährte. Sie fühlte sich verpflichtet, die Sache mit ihrem Vater zu besprechen, den sie ungern auf einem dem Untergang geweihten Planeten im Stich lassen wollte. Aber Leonardo und Mario waren sich in einem Punkt einig: Mehr als sieben Passagiere und ein Hund ließen sich nicht sicher transportieren. Eine Person mehr und das Raumschiff konnte ins Trudeln geraten, und dann war es reine Glückssache, wo die Pannenverzögerungsautomatik es wieder absetzte. Birgit konnte ihren Vater also nicht mitnehmen. Er wäre sowieso nicht mitgekommen, das war ihr klar, als sie mit ihm telefonierte. Er verwechselte Malaga mit einem anderen Planeten und seine weiße klimatisierte Box mit einem Raumschiff. Aber dieses Vehikel würde ihn nicht retten. Dass es gerade einen heftigen Schneesturm gegeben hatte und die Palmen verwirrt unter ihren weißen Schöpfen hervorstarrten, änderte die Sachlage für ihn auch nicht, er fühlte sich davon nur persönlich beleidigt, denn er verabscheute Schnee- und Eisglätte.

Dennoch hatte Mme Helena Tränen in den Augen, als sie sich von ihm verabschiedete, denn sie wusste, dass sie nie wieder mit ihm sprechen würde.

Cindy dagegen nahm den Abschied von der Erde ziemlich leicht. Einen Moment lang plagten sie Gewissensbisse wegen Kralle, aber dann beschloss sie, ihre Band gegebenenfalls nachkommen zu lassen. Natürlich nur unter der Voraussetzung, dass es zwischen Carl Theodor und Kralle nicht zu irgendwelchen Rivalitäten kam, denn so etwas konnte sie gar nicht leiden. Kralle musste akzeptieren, dass Carl Theodor einfach größer war als er, tiefer, trauriger, wissender. Sie schrieb Kralle eine

SMS, in dem sie ihm mitteilte, wo er seinen Bus finden könne und dass der Lehrer die Schlüssel bereithielt. Sie erwähnte nicht, dass der Lehrer nicht eingeweiht war, sie würde ihm die Schlüssel einfach in den Briefkasten werfen.

Carl Theodor verstaute sehr, sehr vorsichtig ihre Gitarre im Raumschiff, nachdem Leonardo ihn darauf hingewiesen hatte, dass so ein Flug sich wegen der Raum-Zeit-Verwerfungen manchmal recht ruppig gestalten konnte.

„Ohne Charles fliege ich auf keinen Fall", erklärte Cindy, als Leonardo den alten Hund, der gemächlich an Bord watschelte, mit einem gewissen Widerwillen betrachtete.

„Natürlich nicht", sagte Carl Theodor schnell und warf Leonardo einen bittenden Blick zu. Leonardo nickte resigniert.

Mario kauerte in einem Bordsessel und tuschelte mit dem UsiF. Ab und zu kicherten die beiden. Leonardo warf ihnen einen irritierten Blick zu.

„Dir ist klar, dass du mich beim Startmanöver unterstützen musst, oder?", fragte er schließlich gereizt.

„Ja, natürlich", piepste der UsiF.

Ronan legte seinen Arm um Birgit.

„Wir wissen nicht, was uns erwartet", sagte er. „Wir wissen nicht, was im Drehbuch steht. Wir müssen improvisieren. Ein neuer Abschnitt beginnt."

Birgit warf ihm einen etwas irritierten Blick zu.

„Hoffentlich werde ich nicht seekrank", sagte sie nur. Dann sprang sie auf. „Ich habe noch etwas vergessen."

Leonardo sah leicht gereizt auf die Uhr.

„Wir müssen los", sagte er.

„Es geht ganz schnell!"

Birgit rannte zurück in ihre Wohnung. Ihre Möbel, ihre Bilder, ihre Glaskugel würdigte sie keines Blickes. Stattdessen griff sie nach dem großen, in schwarzes Leder gebundenen Buch der Weissagungen, das auf ihrem Arbeitstisch lag. Sie presste es an sich und ging, ohne sich noch einmal umzusehen, an Bord. Es war auch wirklich Zeit, denn unten auf der Straße hatten sich bereits zahlreiche Polizei- und Rettungsfahrzeuge, Kamerateams und Endzeitprediger versammelt.

„Können wir?", fragte Leonardo.

„Los doch!", quietschte der UsiF aufgeregt.

Leonardo warf das Zwirbeltriebwerk an. Es fauchte nur leise, während sich das Raumschiff auf einem ungeheuren Feuerstrahl über die Einsatzfahrzeuge, die Fernsehteams und die Endzeitprediger erhob. Die Fahrgäste mussten angeschnallt bleiben, und so konnte nur Charles einen letzten Blick aus dem kleinen runden Fenster auf die Erde werfen, die mit wachsender Entfernung zunehmend einem blaugrünen Ball glich und daher für ihn immer interessanter wurde.

Cindy war eigentlich ganz froh, dass sie nicht zurückblicken konnte.

So ganz edel war es ja nicht, die Erde einfach dem Untergang zu überlassen, nur weil keinem eingefallen war, wer die Nummer Sieben sein konnte.

Aber manchmal musste man eben an sich selbst denken.

Sie musterte ihre Mitreisenden. Mme Helena hielt die Augen geschlossen. Vielleicht schlief sie, vielleicht machte sie Pläne, vielleicht war sie traurig. Carl Theodor saß aufrecht in seinem Sessel und strahlte Cindy an, sobald ihr Blick auf ihn fiel, und die Musik war da, nur ganz kurz, aber deutlich und haltbar wie in Stein gemeißelt. Cindy lächelte zurück. Dann sah sie Mario an, dessen Verwandlung sie vollkommen verblüffte. Kennengelernt hatte sie ihn als blassen, trübsinnig daherschlurfenden Zauderer, und nun glänzten seine Augen, er scherzte und lachte und sah sich von Zeit zu Zeit so stolz im Raumschiff um, als habe er es eigenhändig zusammengeschraubt, was nur teilweise zutraf. Allerdings redete er mit keinem seiner Mitreisenden von der Erde, sondern ausschließlich mit dem UsiF, dessen hohes Gekicher sich mit dem leisen Fauchen des Zwirbelantriebs mischte, wie Flöte und Bass, dachte Cindy und sie überprüfte mit geschlossenen Augen, ob es sich hier um eine brauchbare Sequenz für ein neues Stück handelte. Erst als Leonardo den UsiF anherrschte, weil er sich nicht um die Navigation kümmerte, verstummte Mario wieder.

Cindy wandte sich ihm zu. „Du bist froh, dass du von da unten wegkommst, was?", fragte sie.

Mario nickte. „Allein hätte ich mich vielleicht doch nicht getraut. Aber sie hat mich überredet."

Cindy runzelte die Stirn. „Mme Helena – Birgit hat dich überredet?"

Mario warf den Kopf zurück und lachte. „Nein. Sie." Er wies mit dem Kinn auf den Sessel, von dem aus der UsiF seine Navigationsgeräte bediente.

Cindy hielt die Luft an. „Sie? Ist der UsiF … ist sie eine Frau?"

„Ja, natürlich! Sie heißt immerhin Lufthauch-wie-aus-den-Nüstern-eines-jungen-Pferdes". Ist das deiner Meinung nach etwa ein Männername?"

Carl Theodor zuckte richtig zusammen. Er strahlte.„Gibt es auf Schlamm etwa Pferde?"

„Klingt so", sagte Mario. „Wenn sie doch so heißt."

„Cool!", sagte Carl Theodor spontan. Und dann wurde er tiefrot.

Alle sahen wie auf Kommando zu Leonardo.

Da dieser immer noch seine irdische Gestalt hatte – er wollte seine Mitreisenden erst nach und nach an die neuen Umstände gewöhnen – errötete auch er.

„Hast du das etwa nicht gewusst?", fragte Mme Helena fassungslos.

„Nein!", verteidigte sich Leonardo. „Woher hätte ich es denn wissen sollen? Man sieht die doch nicht."

„Aber die Stimme", sagte Cindy. „Es hätte dir doch klar sein müssen ...“

Leonardo schwieg. Er fühlte sich verraten. Mehr als das: Er fühlte sich verunsichert. Er war die ganzen Jahre über mit einer Frau unterwegs gewesen? Wie oft hatte er sich vollkommen daneben benommen, sich blamiert, gedemütigt? Und vor allem: Wie sollte er Füße-wie-kleine-Schwimmflossen das erklären? Ihm brach der Schweiß aus. Es konnte das Ende all seiner Träume sein.

„Du hättest es mir sagen müssen", murmelte er.

„Du hast nie gefragt", sagte die UsiF nüchtern.

„Natürlich nicht. Wie hätte ich denn ... Ich wusste überhaupt nicht, dass es auch Frauen unter euch gibt."

„Und warum sollte es die nicht geben?", fragte die UsiF kriegerisch.

Aber Mario wandte sich zu ihr um

„Streite dich doch nicht. Wir blicken nur noch nach vorn."

Die UsiF schwieg eine Weile, aber Mario sah so zärtlich in ihre Richtung, als wäre sie für ihn körperlich sichtbar.

„Sie ist schön", sagte er träumerisch.

Und in diesem Moment entfuhr Birgit ein spitzer Schrei.

Alle schraken zusammen. Carl Theodor sprang sogar von seinem Sitz auf und Charles fing an zu bellen, wobei er wirr in verschiedene Richtungen sah.

„Was ist?", fragte Ronan besorgt.

„Ich weiß", wisperte Cindy. Ronan starrte in ihre Richtung, dann sah er Birgit an. Aber er war ein Held, hatte viele Widersacher überwunden und noch mehr Probleme gelöst. Und so kam er, wie zu erwarten, mit etwas Verzögerung doch noch auf denselben Gedanken wie Birgit und Cindy.

„Sie ist die Nummer Sieben", erklärte er mit Grabesstimme.

„Was für eine Nummer bin ich?", fragte die UsiF gereizt.

„Die schöne Sieben ist leicht zu durchschauen", rezitierte Birgit."Darauf hätten wir doch kommen können." Sie sank gegen ihre Lehne.

"Wir konnten es nicht wissen", wandte Cindy ein. "Wir hatten keine Ahnung, dass so ein Wesen existiert. Nur Leonardo hätte drauf kommen können."

"Leonardo hat uns überhaupt nie ernst genommen." Ronan schüttelte den Kopf. Es ist ja nicht sein Heimatplanet. Es ist ja nur die Erde."

„Für mich zählt es überhaupt nicht, ob dieses Wesen sichtbar ist oder unsichtbar." Marios Stimme klang ungewohnt erregt. „Was macht das für einen Unterschied? Ich mag sie so wie sie ist."

„Jaja", brummte Ronan. „Kannst du ja. Es ist nur so, dass wir mit ihrer Hilfe die Erde vielleicht gerettet hätten."

„Tja", Leonardo schlug sich auf die Schenkel. „Das Kapitel müssen wir jetzt abhaken. Schade, aber so was kann überall im Weltraum passieren. Ich kann euch sagen, was ich schon alles gehört habe ..."

Aber keiner beachtete ihn.

Jeder saß in Gedanken versunken, ließ die vergangenen Wochen noch einmal Revue passieren, rief sich die Erde in Erinnerung, schämte sich, ärgerte sich, wunderte sich., trauerte oder resignierte.

Erst nach einer langen Schweigepause, in der die Erde unweigerlich und hilflos immer weiter zurück blieb, sah Cindy auf.

„Was ist mit Leonardo?", fragte sie erschrocken. „Er sieht ein bisschen ... ähm ... merkwürdig aus...."

Die UsiF kicherte.

„Na ja." Ihre Stimme klang jetzt ein bisschen boshaft. „Das Raummorphingsystem... wir entfernen uns von der Erde. Er wird jetzt allmählich wieder zu einem echten Schlammbewohner."

„Sehen die..." Birgit zögerte. „Sehen die alle ... so ... aus?"

„Natürlich", erklärte die UsiF fröhlich. „Aber es wird euch bald nicht mehr auffallen. Das Raummorphingsystem wird umgekehrt genauso perfekt dafür sorgen, dass ihr euer Aussehen anpasst und auf unserem Heimatplaneten nicht auffallt."

Ronan sah Birgit an. Birgit sah Ronan an.

Carl Theodor sah Cindy an. Cindy sah Charles an.

Mario sah die UsiF an. Er strahlte.

Aber Leonardo achtete nicht auf seine Passagiere. Er dachte an Füße-wie-kleine-Schwimmflossen und überlegte, welche Episode seiner Raumfahrt er ihr zuerst erzählen würde.

Den Untergang der Erde stellte er erst einmal zurück. Es gab im Universum wahrlich bedeutendere Ereignisse.

An dieser Stelle enden die Informationen auf dem Datenträger. Es sind noch keinerlei Daten aufgetaucht, die über das weitere Schicksal der Exilerdlinge Aufschluss geben. Es wird behauptet, die Musik des Planeten Schlamm weise einige irdische Einflüsse auf, aber diese Theorie ist umstritten. Andere Wissenschaftler führen eine Hunderasse an, die bis heute durch ihren besonders intensiven Geruch auffällt.

Viele Informationen werden uns trotz intensiver Forschung noch lange unverständlich bleiben. Ich bedanke mich bei meinem Lehrprofessor und beim Institut für die Untersuchung Untergegangener Zivilisation für die Unterstützung, und natürlich bei meiner Frau und bei meinem Lieblings-Falafellokal „Zur kichernden Erbse", ohne dessen Unterstützung ich die langwierige Entschlüsselungsarbeit niemals bis zum Ende hätte durchhalten können.

Sämtliche Personen und Ereignisse in „Die Sieben oder warum die Welt dann doch nicht gerettet wurde" sind selbstverständlich frei erfunden. Falls ein Detail aber doch der Wahrheit entsprechen sollte, übernimmt die Autorin dafür ebensowenig die Verantwortung wie für die gescheiterte Rettung der Welt.

Bettina Obrecht alias Juna März ist seit vielen Jahren freie Autorin und Übersetzerin. Sie hat zahlreiche Kinder- und Jugendbücher sowie Prosa, Lyrik und Hörspiele für Erwachsene veröffentlicht.
www.bettinaobrecht.de

… demnächst von Juna März :

Death Lomba

Ein halbindianischer Kommissar ermittelt
in der ~~Wüste~~ deutschen Provinz.